得好别人称赞我们,那仅仅是因为我们干得好,而不是因为我们事先已经有了被称赞的优势。我们靠货真价实的工作赢得尊重时,我们也不妨接受别人的帮助。自尊不意味着拒绝别人的好意。只想帮助别人而一概拒绝别人的帮助,那不是强者,那其实是一种心理的残疾,因为事实上世界上没有任何人不需要别人的帮助。

我们既不能忘记残疾朋友,又应该好走出残疾人的小圈子,怀着博大的爱心,自由自在地走进全世界,这是克服残疾、超越局限

史铁生
作品全编

·增订版·

4

中短篇小说

(1985—1987)

人民文学出版社

图书在版编目(CIP)数据

史铁生作品全编. 4, 中短篇小说. 1985—1987 / 史铁生著. -- 增订版. -- 北京：人民文学出版社, 2025.
ISBN 978-7-02-019083-6

Ⅰ. I217.2
中国国家版本馆 CIP 数据核字第 2024SB6124 号

·史铁生像·

本 卷 说 明

本卷收入 1985 年至 1987 年发表的中短篇小说，共 8 篇。

目 录

来到人间 …………………………………………… 1
命若琴弦 …………………………………………… 20
插队的故事 ………………………………………… 42
毒药 ………………………………………………… 148
我之舞 ……………………………………………… 168
原罪·宿命 ………………………………………… 194
礼拜日 ……………………………………………… 233
车神 ………………………………………………… 296

来到人间

星期六晚上,男的八点多才回到家,在过道里锁车的时候就感到意外:孩子没喊他,也没听见孩子的笑声。

屋里光线很暗,没开大灯,只一盏八瓦的小灯亮在尽里头的写字台上。女的坐在床沿上,见他进来,只把两条腿变了下位置,脸依然冲着电视,披了件旧外套,像是怕冷的样子。床上扔满了玩具。孩子在玩具中间睡着了,没脱衣裳,身上盖了条毛毯。

"没想到又这么晚。"男的说,看了看手表。女的没搭腔。

男的走到床的另一侧,一边解风衣扣一边俯身看看孩子:"怎么这么睡?"

女的还是没回头,说:"饭在厨房里,锅里。"声音囔囔的,掏出手绢擤鼻子。

男的又绕到女的身旁,站着看电视,把胳膊抱在胸前,注意着妻子的脸。电视的光忽明忽暗在她脸上晃,让人弄不清她的表情。电视里在播球赛。他知道她从来不爱看球赛。

"怎么了你?"男的问。

"饭在锅里,凉了热热。"妻子的声音仍旧囔囔的,鼻音很重。

男的愣了一会儿,正转身要去厨房,听见女的长出气,并且像啜泣那样颤抖。

"到底怎么了你?"男的又转回身来问。

"你先吃饭去。"

男的走了几步,伸手去开大灯。

"别开!"女的说。

男的退回到床边,挨着女的坐下,瞪着电视发愣。街上过汽车,荧光屏咔嚓咔嚓地闪。

"到底怎么啦?"

女的不说话,一条腿不住地颠。

"是不是孩子又怎么了?"

"她没说幼儿园好不好?"男的又问。

这下女的忍不住了,"哎——哎——"地哭起来,把头顶在丈夫肩上,浑身不住地抽动。丈夫茫然地坐着,抓紧妻子冰凉的手。

这孩子一来到世上,面前就摆好了一条残酷的路。先天性软骨组织发育不全。一种可怕的病。能让人的身体长不高,四肢长不长,手脚也长不大,光留下与正常人一样的头脑和愿望。一条布满了痛苦和艰辛的路,在等一个无辜的小姑娘去走。也许要走六十年,七十年,或者还要长,重要的是没有人知道这种病到什么时候才有办法治。

孩子不知道这些。和别的孩子一样,她睁开眼睛,看见一个五光十色的世界。小拳头紧攥着,蹬蹬腿,踹踹脚,想来这个世界上试试似的。饿了,或者尿了,她也哭。吃饱了,高兴了,她也笑。买只红气球挂在床栏杆上,太阳把气球照得透明闪亮,她皱着眉头不眨眼地看。和别的孩子完全一样。

"你说她是吗?"年轻的母亲说,不愿意说出那个病名。人们一般管那种病叫"侏儒症"。

年轻的父亲捅捅那只气球。一片红光飘来飘去,孩子的眼睛跟着转,笑了。还在襁褓里,这孩子就会笑。

妻子斜靠在被摞上,两手垫在脑后,眨巴着眼睛看对面的墙,像是那儿有一道题。丈夫趴在椅背上,交叉起两手顶着下巴,好像另一道题写在妻子的脚上。对面阳台上有个人在给盆花浇水,一边唱着京戏,遇着高音就巧妙地变个调子。孩子什么都不管,看着那只红气球,"咿咿唔唔"地说着自己的歌,仿佛知道童年不会太长,得抓紧懂事前的这段好时光。

"要不再到别的医院去看看?"母亲说。

父亲好一会儿没有出声,把目光从妻子的脚上转向窗外的天上。

"我看她不像。"母亲又说。

父亲猛地站起来:"那就走!"

两口子急急忙忙把孩子裹好,抱起来,出了门,就像这回准有什么好结果。

"我们团有个编剧,"一边下楼梯女的一边说,"头一回化验说是肝炎,还很厉害,没过几天又到另一个医院去化验,结果各项指标都正常。咱们上哪儿?"

街上永远有那么多人,那么多车,简直不知道是为什么。男的站在马路边想了想,说:"这回咱们不去太大的医院了。"

女的没有哭太久。"把灯开开吧。"她说。

男的把大灯拉开。

"把电视关了吧。"

男的把电视关掉。

女的开始收拾床上的玩具,一样一样收进一只小木箱。然后给孩子脱衣服。"噢噢,把衣服脱了睡。"不管你心里愿不愿意承认,孩子现在四岁了,个子就是比其他同岁的孩子矮,胳膊腿也明显的短。孩子一岁多的时候,这种病的特征开始显露,再不用跑医院检查了,剩下的是怎么接受这个事实。"噢噢,妈妈在这儿,脱了衣服好好睡。"孩子在梦里睁开眼看了看妈妈,又看见了爸爸,困得又闭上眼睛,呼吸中带着抽噎。

两个人一直看着孩子睡熟了,呼吸平稳了。

"嗯。"男的说,是问话,看着女的。

"下了班我去接她，"女的说，"一进幼儿园就见她一个人靠窗台站着，光是看着别的孩子在院儿里玩。一见我来，她就跑过来，拽着我要回家。两个阿姨在聊天。我问阿姨她怎么样。阿姨说还好，不过才两个礼拜，谁知道时间长了怎么样呢？对了，你先吃饭吧。"

"等会儿。"

"出幼儿园没多远，她就跟我说，她的被子和枕头都丢在幼儿园了，让我回去拿。我说不用，星期一还要来呢。她一下子就哭起来，蹲在地上说什么也不走了，非让我把她的被子和枕头都拿回来不可。我说：'你不是想上幼儿园吗？'她光是哭。我说：'你怎么又不想上了呢？'她光是哭。要不我去把饭给你拿来？"

"不用，不着急。"男的等着她往下说。

"她用胳膊钩住路边的一棵小树，就是不走。小胳膊钩也钩不住，就用两只胳膊这么抱着。我拉她也拉不动，就打了她一下。"女的用手抹眼泪，伤心地摇头。

男的焦急地等着她往下说。

"我还从来没打过她。我不知道我今天是怎么了。我从来没打过她一下。"

"我知道，我知道。这也没什么。"

"我打了她一巴掌。"女的仰起脸，把一缕头发拢到耳后，声音放得平缓些，"她就一个人哭着往幼儿园走，走到幼儿园门口又不敢进去，自己靠墙边儿站着，把脸扭过去不朝我这边看。好半天，还是我先过去跟她说对不起，问她为什么不想再上幼儿园了。她说：'你把被子和枕头拿回来，我再告诉你。'你看她。"

男的想：糟糕的就是她还这么聪明。

"我本来想说，你告诉我，我就去把被子和枕头拿回来。"

"千万别这么说。"

"就是。我知道不能骗她。"女的说，"她又让了一步，说：'你要是拿不动,明天让爸爸来拿。'"

"你答应了?"

"没。我知道咱们不能骗她。"

男的叹了口气。"嗯,后来呢?"

"这会儿天就快黑了。我狠了狠心,猛地抱起她来就走。你猜她怎么?也不哭了,也不喊了,使劲闭着嘴,一直到家,一句话都不说。我跟她说什么她也不理我。你说她这脾气。"

"就是,这孩子又聪明又有个性。"男的说。

女的到厨房去拿来个面包,给男的。

"不用。等会儿再吃。"男的把面包搁在桌上,"她到底跟你说为什么了没有?"

"回到家她还是不理我,自己坐在床上摆弄那只塑料狗。我把饭做好摆在桌子上,她连看也不看。我把所有的玩具都给她拿出来,好,她连那只塑料狗也甩到一边去。我坐在床上,想跟她一块玩,她干脆一个人跑到厕所里去,把厕所的门插上。过了一会儿,我贴着厕所的门听,听见她在厕所里小声哭。我扒着门缝跟她说:'是不是别的小朋友说你什么了?'她立刻'哇——'的一声大哭起来,一边哭一边说,说别的孩子管她叫大头,叫她大脑壳,还管她叫丑八怪,还有。我说:'你告诉阿姨了没有?'她说她才不去告诉阿姨呢,她说她知道阿姨光喜欢别的孩子。"

女的又抽泣起来。男的不说话。

"我怀疑是阿姨那么叫过她,孩子们怎么想得起来那么叫她?"

"你先别这么瞎怀疑。"男的说,"先冷静点。"

"我要去找阿姨谈谈,找她们园长!"

"谈谈不是不可以,必要的时候甚至……不过这都不是最要紧的。"

"我让她把门开开,她说不,除非我答应明天把她的被子和枕头都拿回来。我说好吧。"

"你这么说了?"

"我没骗她!我明天就去把她的东西都拿回来!不让她去了。让她自己在家里玩。要不就把原来看她的那个老太太再请来,多少钱都行,五十,六十也行!"

"你再好好想想。"

"我早想了!"

"问题不在钱上,问题是她不能总在家里!"

"我也没说在钱上。得得得!我不听你说!"

"咱们别又吵。你想想,孩子总有一天……"

"你要说什么我都知道!我养她,养她一辈子。你不养算了,我一个人养!"

"你又不冷静。"男的说,站起来朝厨房走去。

女的追到过道里说:"就你那德行冷静!"然后又回到屋里,坐在沙发上,呆愣着坐了好一会儿,眼泪又止不住地流。

死应该是一件轻松的事。生才是严峻的。一个人快要死了,无论如何我们可以安慰他:"放心吧!伙计,不管怎么说,你把你的路走完了,走得还不坏。"对一个刚来到世上的孩子呢?你能安慰他什么?你能知道这个娇嫩的肉体和天真的心灵,将来会碰上什么吗?你顶多可以跟他说:"行了伙计,既然来了,就得开始了。"

对所有的人来说,也都是这样。没人知道什么时候会碰上什么。生活中随时可能出现倒运的事。

丈夫很有才气,得了硕士学位,现在是工程师,身高一米八十三。妻子是话剧演员,当然漂亮,身高一米六十八。有一套一居室的房子,有厨房、厕所、煤气、暖气。女的还在香港有个叔叔,送给他们彩电、冰箱、录音机。然后,这个孩子来了,上帝像是生怕世上有一个平平安安的家庭。

妻子生这孩子的时候就不太顺利。孩子先是窒息、抽风,之后又得了肺炎,一直在医院里抢救。母亲也出了点毛病,住在另一间病房里。母女俩还没见过面。有一天大夫告诉父亲,"发现您这孩子有一种先天性的疾病。""嗯?什么病?""软骨组织发育不全。""我不懂,对病我一点儿都不懂。""这病,怎么说呢?不好治,而且……""会死吗?"年轻的父亲有些慌。"那倒不会,这病没有生命危险。"接着,大夫把那种病的后果告诉了他。

年轻的父亲跑到医院的小花园里坐着。夏天的中午,小花园里没什么人,晒蔫了的洋槐树下有一条长椅,水泥路面上浮着一层颤抖的热气。他坐了一个多小时,才渐渐明白发生了什么。一个矮人儿,只有一米一二高,头很大,躯干也像成年人的一样,只是四肢短,手指像脚趾一样又粗又短。他记得自己小时候就嘲弄过那样的人,追在人家身后喊"大个儿",没人教过他,也没有人制止他。他已经把这事忘了很多年了。这些年他忙这忙那,忙着考大学,忙着考研究生,不知不觉已经做了父亲。现在他清晰地记起来,那个矮人怎样装作没听见他的话,怎样急匆匆地走,想要摆脱他。现在他才想到,他曾给过一个心灵怎样的折磨。那颗心上已经磨出了老茧,已经不反抗了,只是逃避。他将有一个那样的女儿。

"不对!"他的一个老同学跟他说,"糟糕的不是你有一个那样的女儿,是有一个灵魂要平白无故地来世上受折磨!"

"这我想过。不过,所有的人不都是一样吗?譬如说我现在。"

"不一样。当然,人世间的痛苦你都可能碰上。可她呢?她是生来就注定了,痛苦要跟她一辈子。"

"她也许能因此成为一个很有作为的人呢?"

"战争能造就不少英雄,但是为了造就英雄就发动一场战争,有这回事吗?"

"那当然不。"他说。

"人是不得不成为英雄的。"

"这我同意。"

"大夫怎么说?"

"大夫说,她的肺炎很厉害,救得活救不活还不敢说。"

"这是暗示。"

"我知道是暗示。"

"你也可以给大夫一个暗示。"

"这我得跟我爱人商量。"

"她会同意吗?"

"我想不会。"

"你得说服她。"

"她肯定不听。"

正如父亲所预料的那样,年轻的母亲一听便大哭起来:"不!不!我就要她!什么模样我也要!"

男的把饭菜热好,端进屋里。女的在看当天的晚报。

"你不再吃点?"

"什么叫再吃点?我也一点没吃呢!"

男的听出,她已经冷静下来了。男的又跑去拿了一个碗和一双筷子,盛好饭放在茶几上,自己在另一个沙发上坐下。

"你怎么买着鱼了?哪儿买的?"

她没回答,把自己的饭拨一半到男的碗里。

"什么鱼?是鲤鱼吗?"男的拨弄着碗里的鱼,很快地朝女的脸上扫一眼。

过了一会儿,男的又说:"我看像鲤鱼。"

"不是。"女的勉强回答。

"不是鲤鱼?"男的故意装出惊讶的样子。

"我看她现在还太小。"女的说。

男的在嘴里费劲儿地捯着鱼刺,考虑怎么回答她。

"再过一年,啊?怎么样?明年再让她去。"

"还不是一样吗?反正早晚有这么一天,她得知道她长得丑。"

"我答应了她,你没见她多高兴呢,立刻不哭了,一个人在床上玩,让我跟她一块玩。我到厨房去,她跑到厨房来问我:'你说我丑吗?'"

"你怎么说?"

女的张了张嘴,没说出话来,低头吃饭。

"你准又说她不丑。我跟你说不能骗她!"

"等她再大点,到五岁,再告诉她,可能会好一点。"

"干吗不到六岁?干吗不到七岁?大点也长不好!别说五岁。头一回知道自己是畸形人,和所有的人都不一样,别说五岁,五十岁也受不了。岁数越大也许越糟糕。"

"那怎么办?"

"没别的办法。得让她知道,让她及早在心里接受这个事实。"

男的又想起自己小时候嘲弄过的那个矮人。是接受这个事实,可不能是习惯、麻木和自卑,男的在心里对自己说,得让她保留生来的自尊。

"我怕她受不了。"女的说。

"谁受得了?谁他妈的也受不了!"男的喊,使劲把饭碗蹾在茶几上。

妻子吓坏了。丈夫在屋里走了两个来回,赶紧把攥紧的拳头松开,提醒自己:要冷静。

"要是世界上只有你、我和她,咱们就永远不让她知道。"男的说。

"不过,"男的又说,"即便那样也不行,她自己早晚也会发现,你就长得比她漂亮。"

"还不如让我是她,让她是我。"母亲说。

"别瞎说了。"

"真的,我真的愿意。"

"我知道,"父亲抓住母亲的手,"我知道。不过不可能。即便可能又怎么样呢?她也会像你现在这样,你也会像她这样。这事轮上谁,谁也受不了。"

"要是她是我,我是她,我就受得了。"

"咱们别说废话了好不好?"男的说。

"就让她再过一年再去吧。"女的坐到床上,看着熟睡的孩子。

男的不说话。

"我已经答应她了,我不能骗她。"

父亲还是不说话。

母亲看着梦中的孩子。"咱们还不如不生她。还不如那时候不让她活。"

孩子能满床上爬了,满床上爬着追那只气球。气球在她眼前飘,她总是抓不住,捉不着。气球飘到桌子上,飘上玻璃窗,飘上屋顶,又飘下来。孩子嘎嘎地笑,尖声地叫,一心一意地追。她挺聪明,等到气球滚到她跟前,一下子扑上去,抱着气球坐在床上笑,举起来给爸爸妈妈看。忽然"砰!"的一声。孩子吓愣了,抬起头来看看桌子上,看看屋顶上,看爸爸,看妈妈,"哇——"地哭开了。

孩子那惶然四顾的样子,给了父母很深刻的印象。还有那一声哭,使人想起一个在人丛中走丢了的孩子,发现左右没有了父母,都是些陌生的人。

夫妻俩越来越多地想到孩子的将来。

"你说她能长到一米四吗?女孩子只要能长到一米四,也就还可以。"女的跟好多人这么说过,有的人不言语,有的人说"也许差不多"。年轻的母亲叹气,心里什么都明白:要真能长到一米四,还算什么有病呢……

孩子又得了一场大病,肾炎。真是个多灾多难的小姑娘。母亲请了假在家里,抱她去打针,按时给她喂药,大夫说不能让她吃盐。父亲的工作放不下,每天尽量早地跑回家。孩子明显地没有精神,不爱笑,总睡。

"今天好点吗?"

"打针的时候恨不能把嗓子哭破了。从注射室出来,她使劲把脑袋往门框上碰。这脾气长大了可怎么办?"

窗外正下着雪。从三层楼的窗口望出去,家家户户的灰房子上,都有一个白色的屋顶。雪花静静地飘落。他们知道自己要比孩子先离开世界,知道这孩子无论碰上什么事都将是一个"难"字,一个"苦"字,不知道她能不能应付得了。

"她真还不如不来。"母亲说。

"当初不如听那个大夫的话。"父亲说。

"其实,那时候她等于还没有生命。"他又说。

"什么?"

"人是在开始懂事了,才算有了生命。"

"我没懂你的意思。"

"那时候如果听了大夫的话,其实她一点都不知道痛苦。跟没生她一样。"

女的想了一会儿,说:"真的,是这么回事。"

"当时我就跟你说过。"男的说。

"你根本没这么说。"

"我说了。你根本一句都听不进去。"

"我光想,她长得再丑我也一样会爱她。"

"我说你应该替她想想。我还说,这不光是我们受得了受不了的事。你根本听不进去。"

女的想着过去的事和以后的事。

"咱们可以再生一个正常的。"男的忽然说。

"像咱们这种情况,也允许再生一个。"男的又说。

妻子把脸埋在手里,痛苦地摇头。

"我问过大夫了,行。"丈夫说,"这病不是遗传,咱们生这样的孩子,其实非常偶然。"

妻子抬起头,认真地听。

"是否正常,可以在怀孕期间检查出来。"

一直到晚上快睡觉的时候,女的才又说起这件事。

"不,我不想再要了。我怕那样咱们会偏心。我就要她一个。咱们别再要了。"

"咱们不会不偏心?"丈夫说。

"肯定会。不是偏那个就是偏这个。"

孩子睡在两个人中间。雪早停了,一缕月光照在床上。两个人都看着睡在中间的孩子。

"还有几个加号?"

"三个。还是跟原来一样。尿还是发红。"

"其实她现在也还什么都不懂。"男的说。

"这是命。"女的一下子没懂他的意思。

"我是说,她现在也可以一点痛苦都没有,跟没生她一样。"

"什么?你说什么?"妻子恐怖地看着丈夫。

一团云彩又挡住了月亮,屋里完全黑暗。没有声音。两个人都知道对方没有睡。过了很久,丈夫感觉到床在颤动。妻子在哭。

男人在夜里才哭。男人睡着了的时候才把握不住自己。妻子把他推醒。那时月光又落在地上。他立刻很清醒:无论什么事,也不管对不对,做不到就是做不到。因为爱这孩子,所以不想让她受以后这几十年的痛苦,但正是因为爱又做不到。就像算命,不管算得准不准,反正你不会相信。或者不管你信不信,你还得活下去,该干什么还得干什么。

母亲该给孩子喂药了,父亲穿着单薄的衣服下地去拿暖壶。

现在孩子懂事了,生命真正开始了。夫妻俩一直害怕着这一天,没料到竟来得这么早。她有了记忆,知道了歧视,懂得气愤和痛苦了。她还不知道这仅仅是个开始。她想逃避,还不知道这是逃不开的。

"这不过是第一回。"男的说,半坐半躺在床上。他又想起那个被他嘲弄过的人。

女的躺在被窝里,睁着眼睛看天花板。孩子睡在她身边。街上传来洒水车"当当当"的铃声。

"这回还不是最难办的呢。"男的又说,"不过咱们得跟她说实话。"

"怎么说?"

"怎么说倒是小事。"

"那你说,你跟她说。"

"我当然可以说。不过,你答应了她不去幼儿园,她会说是你不让她去的。"

"你跟她说。然后我紧跟着就说,你说得对。"

"也行。不过怎么说呢?"

"你就说,所有的孩子都得上幼儿园。"

"不是,主要不在这儿。上幼儿园好办,硬把她送去她也得去。"

"那你说怎么说?"

"得让她知道,她确实是长得不好看。"

"我看说这个还早。她还太小。"

"就得现在说！大了就更难办。"

"她脾气倔极了，她能干脆不理你。"

"那也得说。"

"还是你自己跟她说吧。她要是闹脾气，我好哄她。"

"就怕这样！就怕我什么都跟她说了，你再来说好听的，说不是那么回事，'你长得不丑，你长得漂亮，你跟别的孩子一样，大伙都会喜欢你。'怕就怕这个！比不说还坏！"

"我不是这么哄。我没说这么哄。"

"那你怎么哄？我问你，你怎么哄？"

女的坐起来，披上衣服，胳膊交叉着抱在胸前，皱着眉头不说话。

楼上传来"嚓啦嚓啦"的拖鞋声，一会儿又"嚓啦嚓啦"地走回来。

男的赶紧又把攥紧的拳头松开，说："但是她可以在其他方面不比别人差，你得这么说，她能在很多方面超过别人，做得比别人强。"

第二天是星期日，孩子很早就醒了，赖在被窝里不起来，看着春天的太阳照进屋里，太阳光越来越多，自己躺在床上唱。

母亲做好了早点，进屋来说："快起床吧，小懒丫头，吃完饭带你去公园。"

"真的？"

"真的。"

"爸爸！是真的吗？"爸爸还在厨房里。

她跳出被窝，抱住妈妈的脖子，在床上蹦，在妈妈的脸上亲。这孩子会来事儿。

"妈妈！我穿哪件毛衣呀？"

"妈妈！我穿什么裤子呀？"

"我的新皮鞋呢?爸爸!你给我买的新皮鞋放在哪儿啦?"

年轻的父母在过道里擦肩而过,互相看了一眼,表情都很严肃,甚至是紧张。

临出门的时候,孩子忽然有些担心:"妈妈,我不去幼儿园了吧?"

"不去。不去幼儿园。"

丈夫扽了一下妻子的衣襟。孩子一蹦一蹦地跑到楼道里去了。

"我知道,我知道。"妻子赶忙解释,"可是现在没法说。"

"那你也别那么说呀,'不去!''不去!'说得那么肯定。"

两个人都叹气,急忙出来。孩子站在楼梯上喊他们。

公园里有了春天的模样,柳条绿了,湖面上有了游船。孩子一进公园就跑起来,跑跑停停,转回身喊她的父母。

"快来呀你们!草!草!"

草也绿了。孩子蹲在地上看,用手摸摸。

"有的草是绿的,爸爸,有的草是黄的。"孩子说。

"草跟草不一样。"父亲说。孩子已经跑开了。

到了儿童运动场,孩子不进去,只是扒着栅栏朝里面看,一声不响。

"你不想去滑滑梯吗?"母亲问她。

"你看,里面有那么多小朋友在玩。"父亲说。

孩子猛地跑开,故意蹦跳着,在地上捡石子,好像是说她自己也可以玩得很开心。她会掩饰自己的愿望了。

"这样下去她会离群,"父亲对母亲说,"她会慢慢变得孤僻。"那个极力想摆脱他的矮人,又浮现在他眼前,这几年他不断地想起那件事。

"船!船!妈妈,咱们划船吗?"孩子又跑回来,抱住母亲的腿。

"告诉妈妈,你们幼儿园有船吗?"母亲说。

孩子一愣。

妻子看一眼丈夫,丈夫点点头,鼓励她。

"妈妈,我想划船。"

"那你得答应妈妈一件事,明天去幼儿园。"

"嘘——"丈夫做了个不满意的表情。

"嗯?"妻子有些慌张。

"别这么说,别这么许愿似的。"丈夫小声说。

孩子拉着母亲的手默默地走,专心地望着湖面上的船。

"爸爸带你划船去,走!"父亲拉过孩子的手。

孩子有些犹豫,把手缩回来,望望妈妈。湖面上那些划船的人真让人羡慕。

"走,咱们划船去,妈妈也去!"母亲说。

在船上,孩子一直不说话。船桨有时打起水花,孩子忍不住笑起来,尖声叫,但很快又静下来,像个大人似的,心事重重地看着船边荡漾的湖水。

"你看她。"母亲悄声说。

"嘘——"父亲说,"哎,那个愁眉苦脸的,看咱们的船快不快!"

孩子故意不看他们,装听不见。划船原来是这么没意思。这样,明天就得上幼儿园去了。

"行了,你瞧她这脾气吧。"

"嘘——"

整个上午,孩子再没有真正笑过。父母俩想尽办法让她高兴起来。孩子却想回家了。

"咱们吃点饭吧,回家去没有饭吃呀?"父亲对孩子说。

在饭馆里等饭的时候,父亲给孩子讲了个故事:"从前我认识一个小个子的人,很矮,只有筷子这么高……"

孩子笑起来:"真的？那他用什么吃饭呢？"

"别笑,还没人敢笑话他。别看他个子矮。这个人很了不起,从来不把高个子的人放在眼里,很多事别人干不了,可他能干。"

"他能干什么？"

"嗯……很多,譬如说,他研究出了一种药,这种药矮个子的人吃了就能长高。"

"那他干吗不给自己吃一点？"

"嗯……可是他已经老了。别人吃了这种药都长高了,可是他自己却不会再长高了。所以没人敢笑话他矮,大伙都特别尊敬他。"

"这个人从小就上幼儿园。"母亲插嘴说。

丈夫差点没跳起来,狠狠瞪了妻子一眼。

孩子又低下头。过了一会儿,她又喊着要回家了,一个人先跑到饭馆外边去。

"我跟你说了,上幼儿园是小事!"丈夫冲妻子喊,跑出去追孩子。

女的呆呆地坐在饭馆里,想哭又哭不出来。服务员把饭菜端来了。她问多少钱,服务员说交过钱了。等服务员走开,她也走出饭馆。

她看见丈夫和孩子在草坪那边的长椅上,孩子正扯破了嗓子哭。她赶紧跑过去。

"看,妈妈来了。"父亲说,"妈妈给你道歉来了。"

"妈妈,"孩子哭着说,"我不去幼儿园。"

母亲抱着孩子,"噢噢,不哭,不哭。"不知再说什么好。

"妈妈骗了你,妈妈要给你说对不起。"丈夫给妻子使眼色。

孩子用脚使劲踢爸爸:"你甭说！不用你说！你走！你滚一边去！"

母亲还是说不出话来,光流眼泪。

"他还说,"孩子哭着对妈妈说,"还说我就是大脑袋,就是、长得、难看,他还说。"

"那怕什么?那没关系。"母亲抹掉眼泪,尽量让声音平缓、柔和,"大脑袋怕什么?矮个子也没关系,你能在其他地方比别人强,比别人更有用。"

"不!不!!"孩子喊起来,"我不是!我不是!爸爸、才、是哪!"她从母亲怀里挣脱出来,一个人哭着往前走去。

丈夫拍拍妻子的背:"这会儿你别再哭,有一个就够了。"

"我知道。我没哭。"

两个人跟在孩子后面追上去。

到家以后,孩子又把自己关在厕所里。

女的在厨房里洗菜、切菜。男的淘米。男的隔一会儿到阳台上去一回,从窗户缝往厕所里看看。

"干什么呢?"母亲问。

"靠墙站着,把鞋给脱了。"

母亲去敲厕所的门:"快开门,妈妈要上厕所。"没有回答。"把鞋穿上,要不该着凉了。"

过了一会儿,父亲又到阳台上去,回来说:"把袜子也脱了。"

"她这脾气可怎么办?"

"我看倒好。她得有点脾气。得让她有点脾气。"

妻子靠在丈夫怀里,觉得身上一点劲儿都没有了。"得让她把鞋穿上,要不该着凉了。"

"不会。放心,不会。"丈夫说,"得让她保持住这种硬劲儿。没办法。无论将来她遇见什么,她不能太软了,得有股硬劲儿。"

天渐渐黑了。夫妻俩站在厨房通向阳台的门旁,听着孩子的动静。

过了很久,厕所的门轻轻响了一下。

孩子站在厨房门前的过道里,看见爸爸搂着妈妈,外面是万家灯火,还有深蓝色的天空和闪闪的星星……

1985 年

命 若 琴 弦

莽莽苍苍的群山之中走着两个瞎子,一老一少,一前一后,两顶发了黑的草帽起伏踯动,匆匆忙忙,像是随着一条不安静的河水在漂流。无所谓从哪儿来,也无所谓到哪儿去,每人带一把三弦琴,说书为生。

方圆几百上千里的这片大山中,层峦叠嶂,沟壑纵横,人烟稀疏,走一天才能见一片开阔地,有几个村落。荒草丛中随时会飞起一对山鸡,跳出一只野兔、狐狸或者其他小野兽。山谷中常有鹞鹰盘旋。

寂静的群山没有一点阴影,太阳正热得凶。

"把三弦子抓在手里。"老瞎子喊,在山间震起回声。

"抓在手里呢。"小瞎子回答。

"操心身上的汗把三弦子弄湿了。弄湿了晚上弹你的肋条?"

"抓在手里呢。"

老少二人都赤着上身,各自拎了一条木棍探路,缠在腰间的粗布小褂已经被汗水沤湿了一大片。蹚起来的黄土干得呛人。这正是说书的旺季。天长,村子里的人吃罢晚饭都不待在家里;有的人晚饭也不在家里吃,捧上碗到路边去,或者到场院里。老瞎子想赶着多说书,整个热季领着小瞎子一个村子一个村子紧走,一晚上一晚上紧说。老瞎子一天比一天紧张、激动,心里算定:弹断一千根琴弦的日子就在这个夏天了,说不定就在前面的野羊坳。

暴躁了一整天的太阳这会儿正平静下来,光线开始变得深沉。

远远近近的蝉鸣也舒缓了许多。

"小子！你不能走快点吗？"老瞎子在前面喊,不回头也不放慢脚步。

小瞎子紧跑几步,吊在屁股上的一只大挎包叮唥哐唥地响,离老瞎子仍有几丈远。

"野鸽子都往窝里飞啦。"

"什么？"小瞎子又紧走几步。

"我说野鸽子都回窝了,你还不快走！"

"噢。"

"你又鼓捣我那电匣子呢。"

"嘿——鬼动来。"

"那耳机子快让你鼓捣坏了。"

"鬼动来！"

老瞎子暗笑:你小子才活了几天？"蚂蚁打架我也听得着。"老瞎子说。

小瞎子不争辩了,悄悄把耳机子塞到挎包里去,跟在师父身后闷闷地走路。无尽无休的无聊的路。

走了一阵子,小瞎子听见有只獾在地里啃庄稼,就使劲学狗叫,那只獾连滚带爬地逃走了,他觉得有点开心,轻声哼了几句小调儿,哥哥呀妹妹的。师父不让他养狗,怕受村子里的狗欺负,也怕欺负了别人家的狗,误了生意。又走了一会儿,小瞎子又听见不远处有条蛇在游动,弯腰摸了块石头砍过去,"哗啦啦"一阵高粱叶子响。老瞎子有点可怜他了,停下来等他。

"除了獾就是蛇。"小瞎子赶忙说,担心师父骂他。

"有了庄稼地了,不远了。"老瞎子把一个水壶递给徒弟。

"干咱们这营生的,一辈子就是走。"老瞎子又说,"累不？"

小瞎子不回答,知道师父最讨厌他说累。

"我师父才冤呢。就是你师爷,才冤呢,东奔西走一辈子,到了没弹够一千根琴弦。"

"小瞎子听出师父这会儿心绪好,就问:"师父,什么是绿色的长乙(椅)?"

"什么?噢,八成是一把椅子吧。"

"曲折的油狼(游廊)呢?"

"油狼?什么油狼?"

"曲折的油狼。"

"不知道。"

"匣子里说的。"

"你就爱瞎听那些玩意儿。听那些玩意儿有什么用?天底下的好东西多啦,跟咱们有什么关系?"

"我就没听您说过,什么跟咱们有关系。"小瞎子把"有"字说得重。

"琴!三弦子!你爹让你跟了我来,是为让你弹好三弦子,学会说书。"

小瞎子故意把水喝得咕噜噜响。

再上路时小瞎子走在前头。

大山的阴影在沟谷里铺开来。地势也渐渐的平缓,开阔。

接近村子的时候,老瞎子喊住小瞎子,在背阴的山脚下找到一个小泉眼。细细的泉水从石缝里往外冒,淌下来,积成脸盆大的小洼,周围的野草长得茂盛,水流出去几十米便被干渴的土地吸干。

"过来洗洗吧,洗洗你那身臭汗味。"

小瞎子拨开野草在水洼边蹲下,心里还在猜想着"曲折的油狼"。

"把浑身都洗洗。你那样儿准像个小叫花子。"

"那您不就是个老叫花子了?"小瞎子把手按在水里,嘻嘻地笑。

老瞎子也笑,双手掬起水往脸上泼。"可咱们不是叫花子,咱们有手艺。"

"这地方咱们好像来过。"小瞎子侧耳听着四周的动静。

"可你的心思总不在学艺上。你这小子心太野。老人的话你从来不着耳朵听。"

"咱们准是来过这儿。"

"别打岔!你那三弦子弹得还差着远呢。咱这命就在这几根琴弦上,我师父当年就这么跟我说。"

泉水清凉凉的。小瞎子又哥哥呀妹妹的哼起来。

老瞎子挺来气:"我说什么你听见了吗?"

"咱这命就在这几根琴弦上,您师父我师爷说的。我都听过八百遍了。您师父还给您留下一张药方,您得弹断一千根琴弦才能去抓那服药,吃了药您就能看见东西了。我听您说过一千遍了。"

"你不信?"

小瞎子不正面回答,说:"干吗非得弹断一千根琴弦才能去抓那服药呢?"

"那是药引子。机灵鬼儿,吃药得有药引子!"

"一千根断了的琴弦还不好弄?"小瞎子忍不住哧哧地笑。

"笑什么笑!你以为你懂得多少事?得真正是一根一根弹断了的才成。"

小瞎子不敢吱声了,听出师父又要动气。每回都是这样,师父容不得对这件事有怀疑。

老瞎子也没再做声,显得有些激动,双手搭在膝盖上,两颗骨头一样的眼珠对着苍天,像是一根一根地回忆着那些弹断的琴弦。盼了多少年了呀,老瞎子想,盼了五十年了!五十年中翻了多少架山,走了多少里路哇,挨了多少回晒,挨了多少回冻,心里受了多少委屈呀。一晚上一晚上地弹,心里总记着,得真正是一根一根尽心尽力地弹断的才成。现在快盼到了,绝出不了这个夏天了。老瞎子知道自己又没什么能要命的病,活过这个夏天一点不成问题。"我比我师父可运气多了,"他说,"我师父到了儿没能睁开眼睛看一回。"

"咳!我知道这地方是哪儿了!"小瞎子忽然喊起来。

老瞎子这才动了动,抓起自己的琴来摇了摇,叠好的纸片碰在蛇皮上发出细微的响声,那张药方就在琴槽里。

"师父,这儿不是野羊岭吗?"小瞎子问。

老瞎子没搭理他,听出这小子又不安稳了。

"前头就是野羊坳,是不是,师父?"

"小子,过来给我擦擦背。"老瞎子说,把弓一样的脊背弯给他。

"是不是野羊坳,师父?"

"是!干什么?你别又闹猫似的。"

小瞎子的心扑通扑通跳,老老实实地给师父擦背。老瞎子觉出他擦得很有劲。

"野羊坳怎么了?你别又叫驴似的会闻味儿。"

小瞎子心虚,不吭声,不让自己显出兴奋。

"又想什么呢?别当我不知道你那点心思。"

"又怎么了,我?"

"怎么了你?上回你在这儿疯得不够?那妮子是什么好货!"老瞎子心想,也许不该再带他到野羊坳来。可是野羊坳是个大村子,年年在这儿生意都好,能说上半个多月。老瞎子恨不能立刻弹断最后几根琴弦。

小瞎子嘴上嘟嘟囔囔的,心却飘飘的,想着野羊坳里那个尖声细气的小妮子。

"听我一句话,不害你。"老瞎子说,"那号事靠不住。"

"什么事?"

"少跟我贫嘴。你明白我说的什么事。"

"我就没听您说过,什么事靠得住。"小瞎子又偷偷地笑。

老瞎子没理他,骨头一样的眼珠又对着苍天。那儿,太阳正变成一汪血。

两面脊背和山是一样的黄褐色。一座已经老了,嶙峋瘦骨像是山根下裸露的基石。另一座正年轻。老瞎子七十岁,小瞎子才十七。

小瞎子十四岁上父亲把他送到老瞎子这儿来,为的是让他学说书,这辈子好有个本事,将来可以独自在世上活下去。

老瞎子说书已经说了五十多年。这一片偏僻荒凉的大山里的人们都知道他:头发一天天变白,背一天天变驼,年年月月背一把三弦琴满世界走,逢上有愿意出钱的地方就拨动琴弦唱一晚上,给寂寞的山村带来欢乐。开头常是这么几句:"自从盘古分天地,三皇五帝到如今,有道君王安天下,无道君王害黎民。轻轻弹响三弦琴,慢慢稍停把歌论,歌有三千七百本,不知哪本动人心。"于是听书的众人喊起来,老的要听董永卖身葬父,小的要听武二郎夜走蜈蚣岭,女人们想听秦香莲。这是老瞎子最知足的一刻,身上的疲劳和心里的孤寂全忘却,不慌不忙地喝几口水,待众人的吵嚷声鼎沸,便把琴弦一阵紧拨,唱道:"今日不把别人唱,单表公子小罗成。"或者:"茶也喝来烟也吸,唱一回哭倒长城的孟姜女。"满场立刻鸦雀无声,老瞎子也全心沉到自己所说的书中去。

他会的老书数不尽。他还有一个电匣子,据说是花了大价钱从一个山外人手里买来,为的是学些新词儿,编些新曲儿。其实山里人倒不太在乎他说什么唱什么。人人都称赞他那三弦子弹得讲究,轻轻漫漫的,飘飘洒洒的,疯疯狂放的,那里头有天上的日月,有地上的生灵。老瞎子的嗓子能学出世上所有的声音,男人、女人、刮风下雨、兽啼禽鸣。不知道他脑子里能呈现出什么景象,他一落生就瞎了眼睛,从没见过这个世界。

小瞎子可以算见过世界,但只有三年,那时还不懂事。他对说书和弹琴并无多少兴趣,父亲把他送来的时候费尽了唇舌,好说歹说连哄带骗,最后不如说是那个电匣子把他留住。他抱着电匣子听得入神,甚至没发觉父亲什么时候离去。

这只神奇的匣子永远令他着迷,遥远的地方和稀奇古怪的事物使他幻想不绝,凭着三年朦胧的记忆,补充着万物的色彩和形象,譬如海,匣子里说蓝天就像大海,他记得蓝天,于是想象出海;匣子里说海是无边无际的水,他记得锅里的水,于是想象出满天排开的水锅。再譬如漂亮的姑娘,匣子里说就像盛开的花朵,他实在不相信会是那样,母亲的灵柩被抬到远山上去的时候,路上正开遍着野花,他永远记得却永远不愿意去想。但他愿意想姑娘,越来越愿意想;尤其是野羊坳的那个尖声细气的小妮子,总让他心里荡起波澜。直到有一回匣子里唱道,"姑娘的眼睛就像太阳",这下他才找到了一个贴切的形象,想起母亲在红透的夕阳中向他走来的样子,其实人人都是根据自己的所知猜测着无穷的未知,以自己的感情勾画出世界。每个人的世界就都不同。

也总有一些东西小瞎子无从想象,譬如"曲折的油狼"。

这天晚上,小瞎子跟着师父在野羊坳说书,又听见那小妮子站在离他不远处尖声细气地说笑。书正说到紧要处——"罗成回马再交战,大胆苏烈又兴兵。苏烈大刀如流水,罗成长枪似腾云,好似海中龙吊宝,犹如深山虎争林。又战七日并七夜,罗成清茶无点唇……"老瞎子把琴弹得如雨骤风疾,字字句句唱得铿锵。小瞎子却心猿意马,手底下早乱了套数……

野羊岭上有一座小庙,离野羊坳村二里地,师徒二人就在这里住下。石头砌的院墙已经残断不全,几间小殿堂也歪斜欲倾百孔千疮,唯正中一间尚可遮蔽风雨,大约是因为这一间中毕竟还供奉着神灵。三尊泥像早脱尽了尘世的彩饰,还一身黄土本色返璞归真了,认不出是佛是道。院里院外、房顶墙头都长满荒藤野草,蓊翁郁郁倒有生气。老瞎子每回到野羊坳说书都住这儿,不出房钱又不惹是非。小瞎子是第二次住在这儿。

散了书已经不早,老瞎子在正殿里安顿行李,小瞎子在侧殿的檐下生火烧水。去年砌下的灶稍加修整就可以用。小瞎子撅着屁股吹火,柴草不干,呛得他满院里转着圈咳嗽。

老瞎子在正殿里数叨他:"我看你能干好什么。"

"柴湿嘛。"

"我没说这事。我说的是你的琴,今儿晚上的琴你弹成了什么。"

小瞎子不敢接这话茬,吸足了几口气又跪到灶火前去,鼓着腮帮子一通猛吹。"你要是不想干这行,就趁早给你爹捎信把你领回去。老这么闹猫闹狗的可不行,要闹回家闹去。"

小瞎子咳嗽着从灶火边跳开,几步蹿到院子另一头,呼哧呼哧大喘气,嘴里一边骂。

"说什么呢?"

"我骂这火。"

"有你那么吹火的?"

"那怎么吹?"

"怎么吹?哼,"老瞎子顿了顿,又说,"你就当这灶火是那妮子的脸!"

小瞎子又不敢搭腔了,跪到灶火前去再吹,心想:真的,不知道兰秀儿的脸什么样。那个尖声细气的小妮子叫兰秀儿。

"那要是妮子的脸,我看你不用教也会吹。"老瞎子说。

小瞎子笑起来,越笑越咳嗽。

"笑什么笑!"

"您吹过妮子脸?"

老瞎子一时语塞。小瞎子笑得坐在地上。"日他妈。"老瞎子骂道,笑笑,然后变了脸色,再不言语。

灶膛里腾的一声,火旺起来。小瞎子再去添柴,一心想着兰秀儿。才散了书的那会儿,兰秀儿挤到他跟前来小声说:"哎,上回你答应我什么来?"师父就在旁边,他没敢吭声。人群挤来挤去,一会儿又把兰秀儿挤到他身边。"嘿,上回吃了人家的煮鸡蛋倒白吃了?"兰秀儿说,声音比上回大。这时候师父正忙着跟几个老汉拉话,他赶紧说:"嘘——我记着呢。"兰秀儿又把声音压低:"你答应给我听电匣子你还没给我听。""嘘——我记着呢。"幸亏那会儿人声嘈杂。

正殿里好半天没有动静。之后,琴声响了,老瞎子又上好了一根新弦。他本来应该高兴的,来野羊坳头一晚上就又弹断了一根琴弦。可是那琴声却低沉、零乱。

小瞎子渐渐听出琴声不对,在院里喊:"水开了,师父。"

没有回答。琴声一阵紧似一阵了。

小瞎子端了一盆热水进来,放在师父跟前,故意嘻嘻笑着说:"您今儿晚还想弹断一根是怎么着?"

老瞎子没听见,这会儿他自己的往事都在心中,琴声烦躁不安,像是年年旷野里的风雨,像是日夜山谷中的流溪,像是奔奔忙忙不知所归的脚步声。小瞎子有点害怕了:师父很久不这样了,师父一这样就要犯病,头疼、心口疼、浑身疼,会几个月爬不起炕来。

"师父,您先洗脚吧。"

琴声不停。

"师父,您该洗脚了。"小瞎子的声音发抖。

琴声不停。

"师父!"

琴声戛然而止,老瞎子叹了口气。小瞎子松了口气。

老瞎子洗脚,小瞎子乖乖地坐在他身边。

"睡去吧,"老瞎子说,"今儿格够累的了。"

"您呢?"

"你先睡,我得好好泡泡脚。人上了岁数毛病多。"老瞎子故意说得轻松。

"我等您一块儿睡。"

山深夜静。有了一点风,墙头的草叶子响。夜猫子在远处哀哀地叫。听得见野羊坳里偶尔有几声狗吠,又引得孩子哭。月亮升起来,白光透过残损的窗棂进了殿堂,照见两个瞎子和三尊神像。

"等我干吗,时候不早了。"

"你甭担心我,我怎么也不怎么。"老瞎子又说。

"听见没有,小子?"

小瞎子到底年轻,已经睡着。老瞎子推推他让他躺好,他嘴里咕囔了几句倒头睡去。老瞎子给他盖被时,从那身日渐发育的筋肉上觉出,这孩子到了要想那些事的年龄,非得有一段苦日子过不可了。唉,这事谁也替不了谁。

老瞎子再把琴抱在怀里,摩挲着根根绷紧的琴弦,心里使劲念叨:又断了一根了,又断了一根了。再摇摇琴槽,有轻微的纸和蛇皮的摩擦声。唯独这事能为他排忧解烦。一辈子的愿望。

小瞎子做了一个好梦,醒来吓了一跳,鸡已经叫了。他一骨碌爬起来听听,师父正睡得香,心说还好。他摸到那个大挎包,悄悄地掏出电匣子,蹑手蹑脚出了门。

往野羊坳方向走了一会儿,他才觉出不对头,鸡叫声渐渐停歇,野羊坳里还是静静的没有人声。他愣了一会儿,鸡才叫头遍吗?灵机一动扭开电匣子。电匣子里也是静悄悄。现在是半夜。他半夜里听过匣子,什么都没有。这匣子对他来说还是个表,只要扭开一听,便知道是几点钟,什么时候有什么节目都是一定的。

小瞎子回到庙里,老瞎子正翻身。

"干吗哪?"

"撒尿去了。"小瞎子说。

一上午,师父逼着他练琴。直到晌午饭后,小瞎子才瞅机会溜出庙来,溜进野羊坳。鸡也在树荫下打盹,猪也在墙根下说着梦话,太阳又热得凶,村子里很安静。

小瞎子踩着磨盘,扒着兰秀儿家的墙头轻声喊:"兰秀儿——兰秀儿——"

屋里传出雷似的鼾声。

他犹豫了片刻,把声音稍稍抬高:"兰秀儿!兰秀儿——"

狗叫起来。屋里的鼾声停了,一个闷声闷气的声音问:"谁呀?"

小瞎子不敢回答,把脑袋从墙头上缩下来。

屋里吧唧了一阵嘴,又响起鼾声。

他叹口气,从磨盘上下来,怏怏地往回走。忽听见身后嘎吱一声院门响,随即一阵细碎的脚步声向他跑来。

"猜是谁?"尖声细气。小瞎子的眼睛被一双柔软的小手捂上了。——这才多余呢。兰秀儿不到十五岁,认真说还是个孩子。

"兰秀儿!"

"电匣子拿来没?"

小瞎子掀开衣襟,匣子挂在腰上。"嘘——别在这儿,找个没人的地方听去。"

"咋啦?"

"回头招好些人。"

"咋啦?"

"那么多人听,费电。"

两个人东拐西弯,来到山背后那眼小泉边。小瞎子忽然想起件事,问兰秀儿:"你见过曲折的油狼吗?"

"啥?"

"曲折的油狼。"

"曲折的油狼？"

"知道吗？"

"你知道？"

"当然。还有绿色的长椅。就是一把椅子。"

"椅子谁不知道。"

"那曲折的油狼呢？"

兰秀儿摇摇头，有点崇拜小瞎子了。小瞎子这才郑重其事地扭开电匣子，一支欢快的乐曲在山沟里飘荡。

这地方又凉快又没有人来打扰。

"这是《步步高》。"小瞎子说，跟着哼。

一会儿又换了支曲子，叫《旱天雷》，小瞎子还能跟着哼。兰秀儿觉得很惭愧。

"这曲子也叫《和尚思妻》。"

兰秀儿笑起来："瞎骗人！"

"你不信？"

"不信。"

"爱信不信。这匣子里说的古怪事多啦。"小瞎子玩着凉凉的泉水，想了一会儿。"你知道什么叫接吻吗？"

"你说什么叫？"

这回轮到小瞎子笑，光笑不答。兰秀儿明白准不是好话，红着脸不再问。

音乐播完了，一个女人说："现在是讲卫生节目。"

"啥？"兰秀儿没听清。

"讲卫生。"

"是什么？"

"嗯——你头发上有虱子吗？"

"去——别动！"

小瞎子赶忙缩回手来，赶忙解释："要有就是不讲卫生。"

"我才没有。"兰秀儿抓抓头,觉得有些刺痒。"噫——瞧你自个儿吧!"兰秀儿一把搬过小瞎子的头。"看我捉几个大的。"

这时候听见老瞎子在半山上喊:"小子,还不给我回来!该做饭了,吃罢饭还得去说书!"他已经站在那儿听了好一会儿了。

野羊坳里已经昏暗,羊叫、驴叫、狗叫、孩子们叫,处处起了炊烟。野羊岭上还有一线残阳,小庙正在那淡薄的光中,没有声响。

小瞎子又撅着屁股烧火。老瞎子坐在一旁淘米,凭着听觉他能把米中的沙子拣出来。

"今天的柴挺干。"小瞎子说。

"嗯。"

"还是焖饭?"

"嗯。"

小瞎子这会儿精神百倍,很想找些话说,但是知道师父的气还没消,心说还是少找骂。

两个人默默地干着自己的事,又默默地一块儿把饭做熟。岭上也没了阳光。

小瞎子盛了一碗小米饭,先给师父:"您吃吧。"声音怯怯的,无比驯顺。

老瞎子终于开了腔:"小子,你听我一句行不?"

"嗯。"小瞎子往嘴里扒拉饭,回答得含糊。

"你要是不愿意听,我就不说。"

"谁说不愿意听了?我说'嗯'!"

"我是过来人,总比你知道得多。"

小瞎子闷头扒拉饭。

"我经过那号事。"

"什么事?"

"又跟我贫嘴!"老瞎子把筷子往灶台上一摔。

"兰秀儿光是想听听电匣子。我们光是一块儿听电匣子来。"
"还有呢?"
"没有了。"
"没有了?"
"我还问她见没见过曲折的油狼。"
"我没问你这个!"
"后来,后来,"小瞎子不那么气壮了,"不知怎么一下就说起了虱子……"
"还有呢?"
"没了。真没了!"

两个人又默默地吃饭。老瞎子带了这徒弟好几年,知道这孩子不会撒谎,这孩子最让人放心的地方就是诚实,厚道。
"听我一句话,保准对你没坏处。以后离那妮子远点儿。"
"兰秀儿人不坏。"
"我知道她不坏,可你离她远点儿好。早年你师爷这么跟我说,我也不信……"
"师爷?说兰秀儿?"
"什么兰秀儿,那会儿还没她呢。那会儿还没有你们呢……"老瞎子阴郁的脸又转向暮色浓重的天际,骨头一样白色的眼珠不住地转动,不知道在那儿他能"看"见什么。

许久,小瞎子说:"今儿晚上您多半又能弹断一根琴弦。"想让师父高兴些。

这天晚上师徒俩又在野羊坳说书。"上回唱到罗成死,三魂七魄赴幽冥,听歌君子莫嘈嚷,列位听我道下文。罗成阴魂出地府,一阵旋风就起身,旋风一阵来得快,长安不远面前存……"老瞎子的琴声也乱,小瞎子的琴声也乱。小瞎子回忆着那双柔软的小手捂在自己脸上的感觉,还有自己的头被兰秀儿搬过去时的滋味。老瞎子想起的事情更多……

夜里老瞎子翻来覆去睡不安稳,多少往事在他耳边喧嚣,在他心头动荡,身体里仿佛有什么东西要爆炸。坏了,要犯病,他想。头昏、胸口憋闷、浑身紧巴巴的难受。他坐起来,对自己叨咕:"可别犯病,一犯病今年就甭想弹够那些琴弦了。"他又摸到琴。要能叮叮当当随心所欲地疯弹一阵,心头的忧伤或许就能平息,耳边的往事或许就会消散。可是小瞎子正睡得香甜。

他只好再全力去想那张药方和琴弦:还剩下几根,还只剩最后几根了。那时就可以去抓药了,然后就能看见这个世界——他无数次爬过的山,无数次走过的路,无数次感到过她的温暖和炽热的太阳,无数次梦想着的蓝天、月亮和星星……还有呢?突然间心里一阵空,空得深重。就只为了这些?还有什么?他朦胧中所盼望的东西似乎比这要多得多……

夜风在山里游荡。

猫头鹰又在凄哀地叫。

不过现在他老了,无论如何没几年活头了,失去的已经永远失去了,他像是刚刚意识到这一点。七十年中所受的全部辛苦就为了最后能看一眼世界,这值得吗?他问自己。

小瞎子在梦里笑,在梦里说:"那是一把椅子,兰秀儿……"

老瞎子静静地坐着。静静地坐着的还有那三尊分不清是佛是道的泥像。

鸡叫头遍的时候老瞎子决定,天一亮就带这孩子离开野羊坳。否则这孩子受不了,他自己也受不了。兰秀儿人不坏,可这事会怎么结局,老瞎子比谁都"看"得清楚。鸡叫二遍,老瞎子开始收拾行李。

可是一早起来小瞎子病了,肚子疼,随即又发烧。老瞎子只好把行期推迟。

一连好几天,老瞎子无论是烧火、淘米、捡柴,还是给小瞎子挖药、煎药,心里总在说:"值得,当然值得。"要是不这么反反复复对自己说,身上的力气似乎就全要垮掉。"我非要最后看一眼不可。""要不怎么着?就这么死了去?""再说就只剩下最后几根了。"后面三句都是理由。老瞎子又冷静下来,天天晚上还到野羊坳去说书。

这一下小瞎子倒来了福气。每天晚上师父到岭下去了,兰秀儿就猫似的轻轻跳进庙里来听匣子。兰秀儿还带来煮熟的鸡蛋,条件是得让她亲手去扭那匣子的开关。"往哪边扭?""往右。""扭不动。""往右,笨货,不知道哪边是右哇?""咔嗒"一下,无论是什么便响起来,无论是什么俩人都爱听。

又过了几天,老瞎子又弹断了三根琴弦。

这一晚,老瞎子在野羊坳里自弹自唱:"不表罗成投胎事,又唱秦王李世民。秦王一听双泪流,可怜爱卿丧残身,你死一身不打紧,缺少扶朝上将军……"

野羊岭上的小庙里这时更热闹。电匣子的音量开得挺大,又是孩子哭,又是大人喊,轰隆隆地又响炮,嘀嘀嗒嗒地又吹号。月光照进正殿,小瞎子躺着啃鸡蛋,兰秀儿坐在他旁边。两个人都听得兴奋,时而大笑,时而稀里糊涂莫名其妙。

"这匣子你师父哪买来的?"

"从一个山外头的人手里。"

"你们到山外头去过?"兰秀儿问。

"没。我早晚要去一回就是,坐坐火车。"

"火车?"

"火车你也不知道?笨货。"

"噢,知道知道,冒烟哩是不是?"

过了一会儿兰秀儿又说:"保不准我就得到山外头去。"语调有些恓惶。

"是吗?"小瞎子一挺坐起来:"那你到底瞧瞧曲折的油狼是什么。"

"你说是不是山外头的人都有电匣子?"

"谁知道。我说你听清楚没有?曲、折、的、油、狼,这东西就在山外头。"

"那我得跟他们要一个电匣子。"兰秀儿自言自语地想心事。

"要一个?"小瞎子笑了两声,然后屏住气,然后大笑:"你干吗不要俩?你可真本事大。你知道这匣子几千块钱一个?把你卖了吧,怕也换不来。"

兰秀儿心里正委屈,一把揪住小瞎子的耳朵使劲拧,骂道:"好你个死瞎子。"

两个人在殿堂里扭打起来。三尊泥像袖手旁观帮不上忙。两个年轻的正在发育的身体碰撞在一起,纠缠在一起,一个把一个压在身下,一会儿又颠倒过来,骂声变成笑声。匣子在一边唱。

打了好一阵子,两个人都累得住了手,心怦怦跳,面对面躺着喘气,不言声儿,谁却也不愿再拉开距离。

兰秀儿呼出的气吹在小瞎子脸上,小瞎子感到了诱惑,并且想起那天吹火时师父说的话,就往兰秀儿脸上吹气。兰秀儿并不躲。

"嘿,"小瞎子小声说,"你知道接吻是什么了吗?"

"是什么?"兰秀儿的声音也小。

小瞎子对着兰秀儿的耳朵告诉她。兰秀儿不说话。老瞎子回来之前,他们试着亲了嘴儿,滋味真不坏……

就是这天晚上,老瞎子弹断了最后两根琴弦。两根弦一齐断了。他没料到。他几乎是连跑带爬地上了野羊岭,回到小庙里。

小瞎子吓了一跳:"怎么了,师父?"

老瞎子喘吁吁地坐在那儿,说不出话。

小瞎子有些犯嘀咕:莫非是他和兰秀儿干的事让师父知道了?

老瞎子这才相信:一切都是值得的。一辈子的辛苦都是值得的。能看一回,好好看一回,怎么都是值得的。

"小子,明天我就去抓药。"

"明天?"

"明天。"

"又断了一根了?"

"两根。两根都断了。"

老瞎子把那两根弦卸下来,放在手里揉搓了一会儿,然后把它们并到另外的九百九十八根中去,绑成一捆。

"明天就走?"

"天一亮就动身。"

小瞎子心里一阵发凉。老瞎子开始剥琴槽上的蛇皮。

"可我的病还没好利索。"小瞎子小声叨咕。

"噢,我想过了,你就先留在这儿,我用不了十天就回来。"

小瞎子喜出望外。

"你一个人行不?"

"行!"小瞎子紧忙说。

老瞎子早忘了兰秀儿的事。"吃的、喝的、烧的全有。你要是病好利索了,也该学着自个儿去说回书。行吗?"

"行。"小瞎子觉得有点对不住师父。

蛇皮剥开了,老瞎子从琴槽中取出一张叠得方方正正的纸条。他想起这药方放进琴槽时,自己才二十岁,便觉得浑身上下都好像冷。

小瞎子也把那药方放在手里摸了一会儿,也有了几分肃穆。

"你师爷一辈子才冤呢。"

"他弹断了多少根?"

"他本来能弹够一千根,可他记成了八百。要不然他能弹断一千根。"

天不亮老瞎子就上路了。他说最多十天就回来,谁也没想到他竟去了那么久。

老瞎子回到野羊坳时已经是冬天。

漫天大雪,灰暗的天空连接着白色的群山。没有声息,处处也没有生气,空旷而沉寂。所以老瞎子那顶发了黑的草帽就尤其蹑动得显著。他蹒蹒跚跚地爬上野羊岭。庙院中衰草瑟瑟,蹿出一只狐狸,仓惶逃远。

村里人告诉他,小瞎子已经走了些日子。

"我告诉他我回来。"

"不知道他干吗就走了。"

"他没说去哪儿?留下什么话没?"

"他说让您甭找他。"

"什么时候走的?"

人们想了好久,都说是在兰秀儿嫁到山外去的那天。

老瞎子心里便一切全都明白。

众人劝老瞎子留下来,这么冰天雪地的上哪去?不如在野羊坳说一冬书。老瞎子指指他的琴,人们见琴柄上空荡荡已经没了琴弦。老瞎子面容也憔悴,呼吸也孱弱,嗓音也沙哑了,完全变了个人。他说得去找他的徒弟。

若不是还想着他的徒弟,老瞎子就回不到野羊坳。那张他保存了五十年的药方原来是一张无字的白纸。他不信,请了多少个识字而又诚实的人帮他看,人人都说那果真就是一张无字的白纸。老瞎子在药铺前的台阶上坐了一会儿,他以为是一会儿,其实已经几天几夜,骨头一样的眼珠在询问苍天,脸色也变成骨头一样的苍白。有人以为他是疯了,安慰他,劝他。老瞎子苦笑:七十岁了再疯还有什么意思?他只是再不想动弹,吸引着他活下去、走下去、唱下去的东西骤然间消失干净。就像一根不能拉紧的琴弦,再难弹出赏心悦耳的曲子。老瞎子的心弦断了。现在发现那目的原来是空的。老瞎子在一个小客店里住了很久,觉得身体里的一切都在熄灭。他整天躺在炕上,不弹也不唱,一天天迅速地衰老。直到花光了身上所有的钱,直到忽然想起了他的徒弟,他知道自己的死期将至,可那孩子在等他回去。

茫茫雪野,皑皑群山,天地之间蹒动着一个黑点。走近时,老瞎子的身影弯得如一座桥。他去找他的徒弟。他知道那孩子目前的心情、处境。

他想自己先得振作起来,但是不行,前面明明没有了目标。

他一路走,便怀恋起过去的日子,才知道以往那些奔奔忙忙兴致勃勃的翻山、赶路、弹琴,乃至心焦、忧虑都是多么欢乐!那时有个东西把心弦扯紧,虽然那东西原是虚设。老瞎子想起他师父临终时的情景。他师父把那张自己没用上的药方封进他的琴槽。"您别死,再活几年,您就能睁眼看一回了。"说这话时他还是个孩子。他师父久久不言语,最后说:"记住,人的命就像这琴弦,拉紧了才能弹好,弹好了就够了。"……不错,那意思就是说:目的本来没有。老瞎子知道怎么对自己的徒弟说了。可是他又想:能把一切都告诉小瞎子吗?老瞎子又试着振作起来,可还是不行,总摆脱不掉那张无字的白纸……

在深山里,老瞎子找到了小瞎子。

小瞎子正跌倒在雪地里,一动不动,想那么等死。老瞎子懂得那绝不是装出来的悲哀。老瞎子把他拖进一个山洞,他已无力反抗。

老瞎子捡了些柴,点起一堆火。

小瞎子渐渐有了哭声。老瞎子放了心,任他尽情尽意地哭。只要还能哭就还有救,只要还能哭就有哭够的时候。

小瞎子哭了几天几夜,老瞎子就那么一声不吭地守候着。火光和哭声惊动了野兔子、山鸡、野羊、狐狸和鹞鹰……

终于小瞎子说话了:"干吗咱们是瞎子!"

"就因为咱们是瞎子。"老瞎子回答。

终于小瞎子又说:"我想睁开眼看看,师父,我想睁开眼看看!哪怕就看一回。"

"你真那么想吗?"

"真想,真想——"

老瞎子把篝火拨得更旺些。

雪停了。铅灰色的天空中,太阳像一面闪光的小镜子。鹞鹰在平稳地滑翔。

"那就弹你的琴弦,"老瞎子说,"一根一根尽力地弹吧。"

"师父,您的药抓来了?"小瞎子如梦方醒。

"记住,得真正是弹断的才成。"

"您已经看见了吗?师父,您现在看得见了?"

小瞎子挣扎着起来,伸手去摸师父的眼窝。老瞎子把他的手抓住。

"记住,得弹断一千二百根。"

"一千二?"

"把你的琴给我,我把这药方给你封在琴槽里。"老瞎子现在才弄懂了他师父当年对他说的话——咱的命就在这琴弦上。

目的虽是虚设的,可非得有不行,不然琴弦怎么拉紧;拉不紧就弹不响。

"怎么是一千二,师父?"

"是一千二,我没弹够,我记成了一千。"老瞎子想:这孩子再怎么弹吧,还能弹断一千二百根?永远扯紧欢跳的琴弦,不必去看那张无字的白纸……

这地方偏僻荒凉,群山不断。荒草丛中随时会飞起一对山鸡,跳出一只野兔、狐狸、或者其他小野兽。山谷中鹞鹰在盘旋。

现在让我们回到开始:

莽莽苍苍的群山之中走着两个瞎子,一老一少,一前一后,两顶发了黑的草帽起伏蹴动,匆匆忙忙,像是随着一条不安静的河水在漂流。无所谓从哪儿来、到哪儿去,也无所谓谁是谁……

1985 年 4 月 20 日

插队的故事

一

去年我竟做梦似的回了趟陕北。

想回一趟陕北,回我当年插队的地方去看看,想了快十年了。我的精神没什么毛病,一直都明白那不过是梦想。我插队的那地方离北京几千里路,坐了火车再坐火车,倒了汽车再倒汽车,然后还有几十里山路连汽车也不通。我这人唯一的优点是精神正常,对这两条残腿表示了深恶痛绝,就又回到现实中来。何况这两条腿给我的遗憾又并非唯此为大。

前年我写了一篇关于插队的小说,不少人说还像那么回事。我就跟几个也写小说的朋友说起了我的梦想。大家说我的梦想从来就不少,不过这一回倒未必是,如果作家协会肯帮忙,他们哥儿几个愿意把我背着扛着走一回陕北。我在交友方面永远能得金牌,可惜没这项比赛。

作家协会的同志说我怎么不早说,我说我要是知道行我早就说了,大伙都说"咳——"

连着几夜失眠。我一头一头地想着我喂过的那群牛的模样,不知道它们当中是不是还有活着的。耕牛的寿命一般只有十几年。我又逐个地想一遍村里的老乡,肯定有些已经老得认不出了,有些长大了变了模样,我走后出生的娃娃当然更不会认得。就又想我们当年住过的那几眼旧石窑,不知现在还有没有。又去想那些山梁、山峁、山沟的名字,有些已经记不清了。我拦过两年牛,为了知道哪儿有好草,那些山梁、山峁、山沟我全走遍……

很快定了行期。我每晚吃一片安定,养精蓄锐。我又想起我的一个朋友,当年在晋中插队,现在是北京某剧团的编剧,三十二岁成家,带着老婆到他当年插队的地方去旅行结婚,据说火车一过娘子关这小子就再没说过话,离他待过的村子越近他的脸色越青。进了村子碰见第一个人,一瞧认得,这小子胡子拉碴的二话没说先咧开大嘴哭了。我想很多插过队的人都能理解,不过为什么哭大约没人能说清。不过我想我最好别那样。不过我们这帮搞文艺的是他妈好像精神都有点毛病。不过我不这么看。

一行七人,除我之外都没到过陕北,其中五个都兴致很高,不知从哪儿学来几句陕北民歌,哼哼叽叽地唱。我说,你们唱的这些都是被篡改过的,丢了很多人情味。只一人例外,说要不是为了我,他干吗要去陕北?"我不如用这半个月假回一趟太行山。"他在太行山当过几年兵。一路上他总说起他的太行山,说他的太行山比我的黄土高原要壮观得多,美得多。我说也许正相反。他说:"民歌也不比你们那儿的差。"他说,于是扯了脖子唱:"干妹子好来果然是好,"我便跟他一块唱:"走起路来好像水上漂……""扯淡!这明明是陕北民歌。""扯淡!"他也说,"当然是太行山的。"过了一会有人提醒我们:太行山也是黄土高原的一部分。"陕北也不过是黄土高原的一部分。"他说,似乎找到了一点平衡。

十几年前我离开那儿的时候,老乡就说,这一走不晓今生再得见不得见。我那时只是腰腿疼,走路有些吃力,回北京来看病,没想到会这么厉害。老乡们也没料到我的腿会残废,但却已料到我不会再回去。那是春天,那年春天雨水又少,漫山遍野刮着黄风。太阳浑蒙蒙的,从东山上升起来。山里受苦去的人们扛着老镢,扛着锄,扛着弯曲的木犁,站在村头高高的土崖上远远地望着我。我能猜出他们在说什么:"咋,回北京去呀。""咋,不要在这搭儿受熬煎了。""这些迟早都要走哇。"老乡们把知识青年统称为"这些"或"那些"。仲伟帮我把行李搬上驴车,绑好。他和随随送我到县城。娃娃们追过河,追着我们的驴车跑,终于追不上了,就都站下来定定地望着我们走远。驴车沿着清平河走,清平河只剩了几尺宽的细流。随随赶着车,总担心到县里住宿要花很多钱,想当天返回来。仲伟说:"来回一百六七十里,把驴打死你也赶不回来。放心,房钱饭钱一分不用你出。"随随这才松了口气,又对我说:"这一走怕再不得回。"随随比我大几岁,念过三年书。"得回哩?怕记也记不起。"他在鞋底上磕磕烟锅儿,蓝布鞋帮上用白线密密地纳了云彩似的图案。我光是说:"怎么会忘呢?不会。"村头那面高高的土崖上,好像还有人站在那儿朝我们望……

　　十几年了,想回去看看,看看那块地方,看看那儿的人,不为别的。

二

　　有人说,我们这些插过队的人总好念叨那些插队的日子,不是因为别的,只是因为我们最好的年华是在插队中度过的。谁会忘记自己十七八岁,二十出头的时候呢?谁会不记得自己的初恋,或者头一遭被异性搅乱了心的时候呢?于是,你不仅记住了那个姑娘或是那个小伙子,也记住了那个地方,那段生活。

　　得承认,这话说得很有些道理。不过我感觉说这话的人没插过队,否则他不会说"只是因为"。使我们记住那些日子的原因太多了。

　　我常默默地去想,终于想不清楚。

　　夜里就又做梦:无边的黄土连着天。起伏绵延的山群,像一只只巨大的恐龙伏卧着,用光秃秃的脊背没日没夜地驮着落日、驮着星光。河水吃够了泥土,流得沉重、艰辛。只在半崖上默默地生着几丛葛针、狼牙刺,也都蒙满黄尘。天地沉寂,原始一样的荒凉……忽然,不知是从哪儿,缓缓地响起了歌声,仿佛是从深深的峡谷里,也像是从天上,"咿哟哟——哟嗨——"听不清唱的什么。于是贫瘠的土地上有深褐色的犁迹在走,在伸长;镢头的闪光在山背洼里一落一扬;人的脊背和牛的脊背在血红的太阳里蠕动;山风把那断断续续的歌声吹散开在高原上,"咿呀咳——哟喂——"还是听不清唱些什么,也雄浑,也缠绵,辽远而哀壮……

又梦见一群少男少女在高原上走,偶尔有人停下来弯腰捡些什么,又直起腰来继续走,又有人弯腰捡起些什么,大家都停步看一阵,又继续走,村里的钟声便"当当当"地响起来……

前不久仲伟带着他四岁的女儿来我家,碰巧金涛也来了,带着儿子。金涛的儿子三岁多。孩子和孩子一见面就熟起来,屋里屋外地跑,尖声叫,一会儿哭了一个,一会儿又都笑,让人觉得时光过得太快了点。去插队的时候我们也还都是孩子,十七岁,有的还不到。后来两个孩子趴在床上翻我的旧相册,翻着翻着嚷起来:"这是我爸爸在陕北!""的(这)是我爸爸带(在)清平湾!""叔叔,你怎么也有这张照片?"女孩子说。男孩子也说:"叔叔,的当道片(这张照片)我们家也有。""看,黄土高原。""才不是呢,的(这)是山!""也是山,也是黄土高原!这些山都是水冲出来的,把挺平挺平的高原冲成这样的……"

仲伟满意地看着他的女儿。

男孩子感到自己处于劣势,一把夺过相册去:"我爸爸带(在)那儿它(插)过队!"

"我爸爸也在那儿插过队。"毕竟姑娘脾气好。

"你爸爸旦(干)吗它(插)队?"金涛说他儿子从来不懂什么叫没话说,就是有点大舌头。

小姑娘转过脸去询问般地看着她的爸爸。

越来越多的人开始评判知识青年上山下乡的得失功过了。也许,这不是我们这辈人的事。后人会比我们看得清楚(譬如眼前这个小姑娘),会给出一个冷静的判断,不像我们,带了那么多感情……

我、仲伟、金涛也都凑过去看那些旧照片。

有一张是:十个头上裹了白羊肚手巾的小伙子。还有一张:十个穿着又肥又大的破制服的姑娘。这就是我们一块在清平湾插队的二十个人。背景都是光秃秃的山梁、山峁、冒着炊烟的窑洞,村前那条没不了膝的河。金涛和李卓坐在麦垛上。仲伟一本正经扛着老镢站在河滩里。袁小彬一条腿蹬在磨盘上,身旁卧着"玩主"。"玩主"是我们养的狗。数我照得浪漫些,抱着我的牛犊子。那牛犊子才出世四天,我记得很清楚。去年回清平湾去,我估计我那群牛中最可能还活着的就是它,我向老乡问起,人们说那牛也老了,年昔牵到集上卖了。

可惜的是,竟没有一张男女生全体的合影——小伙子们和姑娘们刚刚不吵架了,刚刚有了和解的趋势,就匆匆地分手了,各奔东西。那时我们二十一二岁。那张全体女生的合影,还是两年前我见到沈梦苹时跟她要的。她说:"那时候刘溪几次说,男女生应该一起照张相。"我说:"那你们干吗不早说?"她说:"谁敢跟你们男生说呀。"我说:"恐怕不是不敢,是怕丢了你们女生的威风。"她就笑,说:"真的,是不敢。""现在敢了?""现在晚了。""不知道谁怕谁呢。""谁怕谁也晚了。"

那条河叫清平河,那道川叫清平川,我们的村子叫清平湾。几十户人家,几十眼窑洞,坐落在山腰。清平河在山前转弯东去,七八十里到了县城,再几十里就到了黄河边。黄河岸边陡岩峭壁,细小的清平河水在那儿注入了黄河。黄河,自然是宽阔得多也壮伟得多。

我们那二十个人如今再难聚到一起了。有在河北的,有在湖南的,有的留在了陕西。两个人出了国,李卓在芝加哥,徐悦悦也在美国。多数又回到北京,差不多都结了婚有了孩子,各自忙着一摊事。偶尔碰上,学理工的,学文史的,学农林的,学经济和企业管理的,干什么的都有,共同的话题倒少了。唯一提起插队,大家兴致就都高。

"那时候真该多照些照片。"

"那会儿怎么就没想起来呢?"

"光想革命了。"

"还有饿!"

"还有把后沟里的果树砍了造田。"

"用破裤子去换烟抽,这位老兄的首创。"

"不要这样嘛,没有你?"

"饿着肚子抽烟,他妈越抽越饿……"

话多起来,比手划脚起来,坐着的站起来,站着的满屋子转开,说得兴奋了也许就一仰在床上躺下,脚丫子跷上桌,都没了规矩,仿佛又都回到窑洞里。反复说起那些往事,平淡甚至琐碎,却又说到很晚很晚。直到哪位忽然想起了老婆孩子,众人就纷纷看表,起立,告辞,说是不得了,老婆要发火了。

三

去插队的那年,我十七岁。直到上了火车,直到火车开了,我仍然觉得不过像是去什么地方玩一趟,跟下乡去麦收差不多,也有点像大串联。大串联的时候我还小,什么都不懂,起哄似的跟着人家跑了几个城市,又抄大字报又印传单,什么也不懂。其实我最愿意这么大家在一块热热闹闹的,有男的有女的,都差不多大,到一个遥远的地方去干一点什么事。

火车很平稳地起动了。老实说我一点都没悲伤,倒也不是有多么革命,只是很兴奋。老实说,我也不知道我那么兴奋都是因为什么。譬如说,一想到从现在开始指不定会碰上什么事,就兴奋。譬如说火车要是出轨翻车了,那群女生准得吓得又喊又叫,我想我应该很镇静,说不定我们男生还得好歹把她们女生救出来。不过由此又联想到死,心里却含糊。

这时金涛凑到我跟前来,满脸诡秘的笑,说:"刚才仲伟他妈跟他姐真够神的……"

"嘿,说真的你怕死吗?"我忽然说。然后我装出想考考他的样子。

"怕死?不怕呀?干吗?"

"不干吗。问问。"

金涛挺认真地看着我,猜不透我到底什么意思。

"没事儿。我就问问。你刚才说什么?"

"仲伟他妈跟他姐姐真神,"他满脸又涌起诡秘的笑,"刚才跟仲伟说,你们也得对女同学好点,都不小了,要是有什么事你们得多关心人家。神不神?"

"这怎么了?"我说,"这有什么。"

金涛咽了口唾沫,脸上的笑纹变浅。我的反应有点出乎他的意料。老实说也出乎我自己的意料。

"仲伟跟你说的?"

"不是。是我听见的,当时我就在旁边。"他脸上的笑纹又加深,紧盯着我,希望我能对他这一发现表示出足够的兴趣。

我想着别的:假如需要死,我敢不敢。

"蒙你是孙子。"金涛又说。

"说真的,你真的怕死不怕?"我说。

"你吃错什么药了?"

"甭废话,你真的怕不怕?"

他严肃地想了大约一秒钟:"不怕。你呢?"

"废话。"我说。

车厢剧烈地晃动起来,火车在变换轨道,发出令人不安的铁和铁的摩擦声。许多条铁轨穿叉交错。

"仲伟他妈跟他姐真够神的。"金涛还在说。

金涛是我们当中年纪最小的,个子并不矮,但是瘦,脸小,脸上纵横着几道皱纹,外号却叫"牛"。这小子在车厢里四处乱窜,又怪模怪样学起女人哭来,嘴里念念有词抑扬顿挫,自己并不笑。大伙都说学得像,都笑。车起动的那会儿,站台上有个中年妇女猛地大哭大喊,像是死了人。

车开之前,车上车下就有不少人在抹眼泪,只是没那么邪乎。那会儿我和李卓勾肩搭背在站台上瞎溜达,一边吃果脯;李卓带了一盒果脯,说不如这会儿给吃完就算了。他不时地捅捅我,说:"快瞧,那儿又有俩哭的。""快瞧快瞧,又一个。"我们在人群中穿来穿去,希望那些抹眼泪的人能注意到我们泰然自若的神态,同时希望抹眼泪的人不妨再多点,再邪乎点。所谓唯恐天下不乱。我暗自庆幸没有让母亲来车站送我,否则她非也得跟着瞎哭不可。

我和李卓又逛了一阵儿,拣个人少的地方靠着根石柱子坐下,开始认真地吃那盒果脯。

"你妈今儿早上哭了吗?"李卓问我。

"你妈哭了吗?"

"我妈这回够呛,她们系里的人说不定要整她。不过她什么也没干。"

停了一会儿,李卓又说:"反正不做亏心事不怕鬼叫门。"

"她们系里说她什么?"

"海外关系。你可别跟别人说。"

"放心。"我说,然后严肃地向毛主席做了保证。后来我才知道这事本用不着我去跟别人说,他自己跟谁都说。

这时候仲伟不知从哪儿喘吁吁地钻出来,说:"你们俩上哪儿了？我这找你们劲儿的！"

"你妈和你姐姐她们呢？"我问仲伟。

"我让她们回去了。"

"你妈哭了吗？"李卓问。

仲伟装着没听见，也靠着石柱子坐下。

"嘿，你妈哭了吗？"

我说："牛他们也不知哪儿去了。"

"仲伟，你妈哭没哭？"

我赶紧又说："金涛和小彬他们也不知上哪儿去了。"

"嘿，仲伟，你妈哭……"

"你妈！"我说，踹了李卓一脚。

火车头开始喷起气来。

仲伟一直紧闭着嘴发愣，这会儿问："吃什么呢你们？"

我们三个坐在石柱子那儿直把那盒果脯吃光，然后把纸盒子扔到火车底下的铁道上去。一个铁路工人瞪了我们一眼。火车喷气的声音非常响，如果你站在离车头很近的地方你就知道了，那声音非常响。

后来不知怎么就上了火车，火车就开了。似乎一切都太简单，还没过够瘾。我觉得就跟出去玩一趟一样。后来金涛就学那个中年妇女哭，"天呀地呀"的。

"牛！别瞎学了，那是徐悦悦她妈！"——不知从哪儿传出了这么个消息。我至今不知道这是不是真的，估计不过是源于一句玩笑。

小伙子们却添了兴致，纷纷上厕所，厕所在车厢前边，女生们都坐在前边。我们先是想看看那个又漂亮又厉害的徐悦悦哭没哭，哭起来是不是还那么傲慢，后来则发现，到车厢前边去走一趟，朝女生群中扫两眼，原是一件颇得乐趣的事情。女生中似乎有几个眼边发红，这又让"男子汉"们感到几分优越。"头发太长。"金涛说。徐悦悦并没哭,是件小遗憾。

四

火车在大平原上跑,拉着长长的烟和长长的嘶鸣。已经是冬天,车窗外北风刮得凶,树和荒草东倒西摇,愈见荒凉了,愈感到离北京远了。土路上慢吞吞地走着一辆马车,赶车的抱着鞭子,下巴缩到领口里。马车上还坐着个孩子,两只手尽力往袖筒里插。弯曲的土路通向远处一个村落。这会儿我想了一下家,想了一下母亲,也并没想得太久。

我心里盼着天黑,盼着一种诗境的降临。"在九曲黄河的上游,在西去列车的窗口,是大西北一个平静的夏夜,是高原上月在中天的时候……"还有什么塞外的风吧;滚滚的延河水啦;一群青年人,姑娘和小伙子怎么怎么了吧;一条火龙般辉煌的列车,在深蓝色的夜的天地间飞走,等等。还有隐约而欢快的手风琴声,等等。想得呆,想得陶醉。

嘻,你正经得承认诗的作用,尤其是对十六七岁的人来说。尤其是那个时代的十六七岁。

当然,发自心底想去插队的人是极少数。像我这么随潮流,而又怀了一堆空设的诗意去插队的就多些。更多数呢?其实都不想去,不得不去罢了;不得不去便情愿相信这事原是光荣壮烈的。其实能不去呢?还是不去。今天有不少人说,那时多少多少万知青"满怀豪情壮志",如何如何告别故乡,奔赴什么什么地方。感情常常影响了记忆。冷静下来便想起本不是那么回事。

延安对我确有吸引力。不过如果那时候说,也可以到儒勒·凡尔纳的"神秘岛"去插队,我想我的积极性会更高。我那时既不懂发愁,也不太去想什么前途,一切单凭兴趣,随潮流。

第一回听说"插队"这个词,是在六七年秋天。那年我十五岁。听说有几个高中同学自愿去东北农村插队,户口也迁去,城市户口换成农村户口,不挣工资,挣工分,一辈子。

"光靠挣工分?"

"废话。"

"跟农民一样光挣工分?"

"多——新鲜!"或者:"多新——鲜!"

我问仲伟:"你去吗,要是你?"

"到时候再说。你呢?"

"去不了工厂再说。牛,你去吗?"

"不去!"金涛正满嘴嚼着江米条。

那时我们几个正在清华园里闲逛。"文化革命"开始不久,学校里的伙食质量就下降,接近忆苦饭水平,我们这些住宿生就建立了"补养大军",经常浩浩荡荡光顾清华园里的食品店。大家都不阔,无非是每人一包江米条,一毛一,一两粮票,或者一包炸排叉,价格同上。嘴里嘎吱嘎吱响亮地嚼,在清华园里逛。瞧见大字报就看大字报,碰上批斗会也听一会儿批斗会。有时正赶上哪位首长来清华下指示,就挤上去拼命看个明白。事后金涛就吹嘘,那位首长跟他握了手或者差点要跟他握手,大伙就说:"牛!"金涛就粗着脖子讲当时的细节,大伙还是说:"牛!"因为每一回首长都差点要跟他握手。嘴里的东西嚼完了,一伙人依然晃晃悠悠地走,有人把包装纸揉成团,随便别在路边哪辆自行车的辐条上。

"文化革命"已经进行到费解又散漫的地步,我们都是逍遥派。我们几个既非红五类子弟又非黑五类出身,因而不是敌人,也不想找麻烦去与人为敌。这大约正是由阶级地位所决定。为此心里由衷的惭愧。何以解惭愧?唯有读马列的书。便认认真真地读了些马列经典,条条杠杠地在书上画,像过去背外语单词般地记住了很多。有机会与人就当下的什么事辩论起来,就知道那书没有白读,惭愧少了些,添之以骄傲。在辩论中取胜的方法有二:一是引出大段大段与自己观点合拍的马列的话;一是引出大段大段与对方观点类似的托洛斯基的话,考茨基、布哈林、杜林等人的话。这就看谁功夫深了。只要你能不断大段大段地引出,对方必定就心虚害怕,旁观者也不由得站到你一边。

　　不过去插队之前,我真正感兴趣的是千方百计找一本本"毒草"来读,当然得说是为了批判。再就是到圆明园的小河沟里去摸鱼。我们学校在圆明园旁边。通常是和仲伟、李卓、金涛,我们四个,在小河最窄的地方筑起两道坝,小河很浅且水流速度很慢,用脸盆把两坝之间的水掏干,可以摸到鲫鱼、黑鱼、小白鲢、泥鳅,有时还能抓到黄鳝。鱼都不大,主要为了玩。一九六八年秋天,正是我们摸鱼的兴致高涨之际,传开了一个消息,说是谁也别做梦想留在北京当工人了,都得去插队,连大学生和出身好的人也得去。"谁说的?""多——新鲜!""真的?蒙人是什么?""孙子!"这有点让我失望,我满心盼望当了工人以后自己能有点钱,能买一双"回力"球鞋的——那是当时的中学生们最以为时髦的鞋,十块多钱一双,在当时算很贵。"都去哪儿?""全中国,哪儿都去。""都得去?""不错,拍拍脑袋算一个。"这还有什么可说的?

　　"报名了?"母亲问我。

　　"报了。"

　　"去哪儿?"

　　"东北内蒙山西陕西云南,没准儿。"

　　母亲呆呆的。

　　"给我钱吧,我去买插队用的东西。"

　　我买了一只箱子,几身衣服,一顶皮帽子,终于买了一双白色的"回力"鞋。我妈也没说我。没想到这竟是个机会,我妈忽然慷慨起来,无论我想买什么,她都不再嫌贵,痛痛快快地掏钱。好像一夜之间我成了大人,让你觉得单为这个去插队也值得。我醉心于整理行装,醉心于把我的财产一样一样码在箱子里,反复地码来码去。有机会我就对人说:"我要走了,插队去,八成近不了。"我妈开始叹气,开始暗暗地落泪。好多成年人对此也都叹气,或流露出叹气般的表情。我也迎合以煞有介事的叹气,手里摇着箱子钥匙,端详着那只箱子作沉思状,觉得那样才更不像个孩子了,才更像要出远门去的样子。后来定了去延安。我妈一天说好几回"毕竟那是老区",眼泪少了些。我却盼着走,盼着"高原上月在中天的时候",盼着"在那春光明媚的早晨,列车奔向远方"……以后呢?管那么多跟老娘们儿似的!我总觉得好运气在等着我,总觉得有什么新鲜、美妙的事向我走近了。

五

分组的方法,新鲜而且美妙:一个村子一个知识青年小组,每个小组都是按男女生名额各半分配的。这是什么意思?又宣传什么"安家落户",又是这么个分配法。十六七岁的"男子汉"群中起了骚动,爆发了一阵抵抗:"我们组只要男生,光男生就够了!""好家伙,这得腻烦死多少人哪。""我们可不负责养活她们!"……其实掩盖着某种兴奋和激动。掩盖得又很拙劣,因为抵抗得并不顽强。姑娘们当时怎么想,我不知道。现在想来,十六七岁的"男子汉"都憨直,又想在姑娘们面前显显能,又不愿意承认异性对自己的引力,欲盖弥彰。好在十六七岁的姑娘们还看不穿这些,否则就不会又喊又跳,气得要哭了。

也许是因为那个时代,也许是那个年龄,我们以对女性不感兴趣来显示"男子汉"的革命精神。平时,我们看见她们就装没看见,扭着头走过去。不过总是心神不安定,走过去之后要活动活动脖子。她们迎面碰上我们多半是低下头——也许这对脖子要好一些。

袁小彬不同凡响,他是为了刘溪才去插队的。刘溪是我们班一个女生。小彬本来可以去当兵,他爹是高干,老战友遍天下。当兵在当时是最难得的,比进工厂还让人羡慕。这小子却偏要去插队,跟家里也吵翻了,住在学校不回去。一开始我们还直劝他:"至于那么革命吗,驴奔儿!"他光说他觉得插队挺有意思。

小彬那时身高已经一米八六,块头也大,外号"大驴奔儿"或者"驴奔儿",干事从来不同凡响,愣。"文革"前有一回上体育课,全班在操场上站好队,体育老师说:"女同学例假的出列。"四五个女生站出去。男生队伍里便隐隐有不满的唏嘘声。已经不是第一回了,近来体育课上总发生这事。忽然小彬也站了出去。体育老师一愣:"你什么事?""请例假。"回答得很有底气。体育老师直发蒙。"凭什么光让女生请,不让男生请?"小彬问得有理。女生都低下头悄悄笑,互相使眼色。这更把男生都激怒。老师只好说:"她们身体不好。""我们身体也不好!"男生群里嚷开了,说肚子疼的,说脚崴了,闪了腰的。"她们怎么了?往食堂跑时比谁都快!""再说,身体不好才应该锻炼锻炼呢!"一个个又都正义凛然。那节体育课没上成,一直吵。那时我们真太小了。那时没有性教育,也没人给讲生理。

这回我们还以为驴奔儿是在犯愣。事情是这么败露的:刘溪和我们分在一组,小彬也要求分在我们组,可"光荣榜"公布时,刘溪的名字被错写到别的组去了,小彬于是也要求调到那个组去,等到工宣队批准他调过去了,光荣榜上的错误又被改正,小彬又要求再调回来。"男子汉"们对此类事从来反应灵敏。

"干吗刘溪上哪个组你上哪个组呀?"

"嘿,看来你主要不是想跟我们哥儿几个在一块儿。"

"驴奔儿,你多半儿看上刘溪了吧?"

"看上了就说看上了,哥几个给你保密。"

这是件开心事,小伙子们都聚拢来,眼里闪着异样的光彩。我们以为驴奔儿肯定会否认,会赌咒发誓说他没那么想。可这家伙不吭声。

"是不是为了刘溪你才不去当兵的?"

"说话呀驴奔儿。肯定保密,说话算数。"

"真的,"我对所有在场的人说,"就这几个人知道,谁说出去大伙一块治他。"

大伙都说,谁说出去谁是孙子。

小彬点头承认。

我们原以为可以大笑一场的,可是预备好了的笑容都在脸上凝固、消失,气氛竟然严肃。小彬眨巴眼睛,长出气,似乎求所有人原谅。大伙面面相觑。我觉得心里有些乱。金涛说小彬够意思,对咱们够信任的,咱们得挨个保证不说出去。于是在场的人都很感动,纷纷指天发誓,像真正的男子汉那样安慰小彬,说刘溪也没什么了不起,这事能成。还有人说,谁早晚都得有这事,怕什么的?

那天下午,我、仲伟、李卓、金涛又去圆明园摸鱼。已经秋深,小河上漂着金黄的落叶,像一条条小鱼悄然游去。四个人兴致都不高,都说水太凉,光是坐在岸上把搪瓷脸盆敲得丁当响。谁都不说起上午的事,不说起袁小彬,也不说起刘溪。中午仲伟曾特地跑来跟我说:"哎,刘溪可是'井冈山'的。"我明白他的意思——袁小彬是老红卫兵的,和刘溪是对立派。我没理他,我那会儿不怎么高兴,心里无端地乱。

圆明园的秋天色彩缤纷,树林静静的。

远处的红楼是我们的学校,我们的教室。我记起阳光投在黑板上,白杨树的影子在那儿摇,老师用教鞭敲着黑板:"注意啦,注意啦……"

太阳快落山的时候,金涛说:"嘿,犯什么傻呢,赶紧再摸一回吧。"

"真的,下个月就该走了,再摸一回吧。"

仿佛单单是摸鱼这件事,使我们感到了一点离别的味道,感到了一点人生的严肃。我们在小河上筑坝、淘水,摸了不少鱼,摸到很晚。月亮出来的时候,我们坐在小河边搓着冻麻了的腿和脚,又觉得很快活了。鱼在水盆里翻着银光,"扑棱扑棱"想往外跳。仲伟说:"小彬跟刘溪可不是一派的。"金涛说:"那有什么新鲜的,我爸跟我妈就不一派……"

六

十六年过去,弹指一挥间。有一回李卓从美国来信还提到当年在圆明园摸鱼的事。他在读博士。他说他买了一辆旧"丰田",很便宜,暑假里开着车出去旅游,从芝加哥到亚利桑那,看了科罗拉多河大峡谷。"可惜没有咱们那哥儿几个在一块儿。"他说。他说美国实在是很不错,可他每一秒钟都忘不了那是人家的。他说等他回国后,"咱们哥儿几个也来一次旅游,回清平湾去看看。"我说别忘了,那会儿你就没有"丰田"了。

从北京到清平湾有两条路。一条是走西安,那条路好走些。另一条路是走太原,走介休,然后换汽车从军渡过黄河,到绥德歇一宿,再换汽车到永坪,下了汽车再走三四十里山路。插队那些年我们多半是走这条路,难走,却能少花几块钱。这条路建筑和保养得都差,逢上雨雪,汽车说不定在沿途的哪个小镇子上就走不动了。我们就花三毛钱在车马大店的长炕上找一个位置,盼着天晴。三毛钱只够在那条长炕上躺直,没有铺盖;走这条路原本是为省钱,当然不舍得再花五毛钱去租一条油光光的被子。

去年回清平湾去,当然走了头一条路。

同行的几个人连背带抱把我弄上卧铺车厢。我平生头一回坐卧铺。追溯到上一回坐火车,还是在插队的时候。

北京站没有什么变化,和十六年前去插队的时候差不多。不过站台上人群的色彩变了。那时候都是蓝的、灰的、国防绿,如果见一点红色,确定无疑是袖章或者语录本。现在处处是披肩发、牛仔裤、国际流行色。不过十几年罢,历史的脚步不算慢。换一种说法也对:十几年啦!还不算慢?还要怎样才算慢?我是想:历史以自己的脚步在向前走,旁若无人。

火车又很平稳地起动了。仿佛就在昨天。

于是眼前渐渐开阔。火车行驶的声音在旷野上散开,也显得弱小、轻飘。

凡是树木茂盛处,就是一个村落。

村子里的人见了火车头也不抬。

在我们那儿,不少老婆儿连汽车也没见过,更别说火车。清平湾不通汽车,要看汽车得翻两架大山到几十里外的小镇上去,那些老婆儿们的三寸金莲又走不动。套上驴车专程去看一回吧,她们又觉得那太近奢侈和浪费。她们倒都见过飞机,是胡宗南的轰炸机。

同行的几个人都说,命运其实不公平。在太行山当过兵的那个说,他家请了个小保姆,从安徽农村来,十七岁。有一回他在这屋里写东西,偶尔到那屋去找一本书,见那小保姆正在穿衣镜前作一个舞蹈姿势,显然是从电视里学的,学得确实很到家。他说他马上想起在太行山时认识的一个小女孩。那时他们时常给邻近的老乡演点样板戏一类,他能拉两下子小提琴,那女孩就来缠他,央告着也让她拉两下,"看我拉得响不。"这孩子颇有灵气。他离开太行山时,那孩子拉得已经不比他差。"可惜没有个像样的老师教。"他说,"那孩子现在也得有十七八了。"然后他又细推算一回,说哪止十七八呀,他离开那儿已经十五年,那孩子应该已经出嫁,没准儿都成了孩子妈。

一伙人又都感慨:人不知道被命运安排在哪儿,又不知道为什么被安排在那儿。

我于是想起明娃。

七

　　有一年明娃和明娃妈跟我们一起到北京来,给明娃治病。母子俩都头一回坐火车,头一回见平原,一天一宿不睡也不困,扒着窗口往外望,说,"受苦也这搭儿介受哩,麦种得够咋稠。"说,"做牲灵也要在这搭儿做哩,一满是平川地。"正是清晨,广阔的平原上阳光渐渐铺开,雾气也变得辉煌。明娃却忽然叹气,说:"今生不顶事了,不胜早些儿死下再托生。"明娃妈眼角的皱纹立刻都散开,沉了脸怨他:"又瞎说哩!"散开的皱纹都是一道道白痕,因为那儿太阳晒得少些。我们也劝明娃别胡想,来北京不正是为了把病治好么。明娃再不言传。母子俩都不再说话,望着窗外,窗外仿佛全是虚空。

　　明娃的病是先天性心脏病。

　　才到清平湾时,我们自己的窑洞还没有,就先住了明娃家一眼旧石窑,在村头那面高高的土崖上,离崖边二三十米,终日听见清平河的水声。明娃的大①,叫"疤子",不记得他的学名。陕北话管麻子叫疤子。明娃妈也叫疤子婆姨,叫个什么凤英或者什么玉英。明娃是老大,下面六个都是小子,排几就叫几元儿。

　　明娃若生在北京,至少不会那么年轻就死。生在我们那地方,除去是动弹不得,总就是个受苦②吧。山里的苦都不轻,就是跟在牛屁股后头打土坷垃,你也得抢着老镢慌慌地走;一个成年劳力打土坷垃,要跟得住三四簇牛。十七八岁往成年劳力过渡,最要付出大气力,别人不情愿承认你长大了,不情愿给你记十分工。明娃正是这年纪,拼着命想挣十分工。除非你在体魄和力气上先就压倒

---

① 大:爹。
② 受苦:干活,劳动。

了许多成年劳力，否则就难。明娃长得不矮，却叫病闹得瘦。收工时众人纷纷往回村走，他要站在地头喘一阵气，拄着镢把，嘴唇没有血色。后走的人劝他不要贪图着工分倒把身体垮了，他便硬充着笑，说"咋也不咋"，连着喘，声音低得像在对自己说。

书上这么介绍我们那儿：地表破碎，梁峁起伏，沟壑纵横。黄河沿岸地带，山梁狭窄，坡陡沟深，基岩裸露，形成峡谷峭壁……

据说是风把黄土搬来，成了那一片纵横几千公里的高原，水又在漫长的年月里把它们切割得破碎。六九年初去的时候，浩浩荡荡几十辆卡车，扬起几里滚滚黄尘，"哼……哼……"地在高原上爬。人蜷在车棚里颠。不久看见了窑洞，一排排很革命的样子，大伙都慨叹。一会儿又见了羊群，拦羊老汉披着老羊皮袄，大家又都从心里崇敬，冲老汉招手，老汉却只顾了他的羊群。然后又看见了戴白羊肚手巾的人群拥在塬畔上，木然且疑惑地看我们的车队，我们又冲人家招手，人家仍旧木然且疑惑地站着。塬地平坦而开阔，就像平原，一望无际。忽然，汽车仿佛开到了大地的尽头，平平的塬地斧砍刀劈般塌下去一大片深谷，往下看头晕目眩。深谷中也有人间，炊烟袅袅，犬吠鸡鸣，牲灵和赶牲灵的人小得如蚂蚁在爬。越往北走这样的深谷越多，越大，渐渐不见了平地，全是起伏不断的山梁。然后到了延安。然后发现宝塔山并不"巍巍"，延河又因在冬天不能"滚滚流"。然后遇见有人朝我们伸来饭碗，被带队的县干部吼开。我心里的诗意遭了挫折。李卓在牙间"呲——"了一声，歪着脑袋想了半天。

到了我们县境内。在小镇上下了卡车，带队的县干部问，是歇一宿再走那几十里山路，还是现在走？男男女女都赛着英雄，说来也来了，就再不怕什么，现在走就现在走。几个干部引上我们走，翻了山又过沟，过了沟又翻山，说是寻一条近路。几十个老乡扛上我们的行李，迈着骆驼一样的步伐往山上爬；哪一件行李都有七八十斤重。山都又高又陡，一样的光秃，羊肠小道盘在上面。半天才走下一道山梁,半天才又爬上一座山峁,四下望去,仍是不尽的山梁、山峁、深沟大壑,莽莽与天相连。

山顶上却都是平整整的松土。仲伟喘着问我:"这上面还种庄稼?""不可能。"金涛说,也喘。女生中也有人问:"这么高的地方还种东西吗?""是风刮的吧,这么平?"老乡们笑起来:"有那来便宜的风?还要往这搭儿送粪哩!""怎么送?""人担哩嘛。""种什么?""麦。""亩产多少?""两三斗。""是多少斤?""合上七八十斤。""一亩?""噢嘛。""一亩才七八十斤?!""噫!那就拔尖,还要赶上好年成。"行了,这下弄懂什么叫"傻眼"了,都默默地低下头走,不知是这些老乡在骗我们,还是临来时学校的工宣队骗了我们。腿下于是沉重起来。那翻松的土地上确实长着麦苗,阵阵山风吹得它们发抖。

疤子撅着屁股"吭吭"地走,扛的正是我那只装了书的箱子。我知道那箱子有多沉,里面装了不少精装的马列经典和文学的、哲学的名著。心想既是走入社会,以后当然要想些正事,不能再去想摸鱼了。疤子不知道他正扛着那么多思想和主义,似乎也奇怪这不大的箱子何以会这么沉。看他额头上渗出汗来,我也绝没胆量说一句"让我来扛一会儿",我只是惭愧地问:"沉吗?"疤子眼角上、额头上立刻堆起笑纹,"咳呀!"他说,然后满脸笑纹一直保持着,扛着箱子愈走愈欢。半天他才又寻出一句话,问我:"北京起身呀是?"我说是从北京来。"咳呀!"他说,满脸笑纹又一直保持着,努力想,却再寻不出别的话。"多会儿回?"另一个老乡问。我说不回去了,以后就在清平湾。"咳呀!!"所有的老乡都喊起来,笑个不停,仿佛听见了鬼话。

这"咳呀!"含意很多,与北京话中的"没治了"略似,说好说坏,是惊讶,是嘲笑,还是赞叹、羡慕,得视具体情况定。到清平湾第二天,早晨一睁眼,炕沿前已经站满一排人,老汉、娃娃、后生。那儿的人习惯不敲门就进窑里来串。一排脑袋瞪着一排眼睛,正

"咳呀咳呀"地轻声慨叹。捏捏厚厚的铺盖,"咳呀!"摸摸照得出人影的箱子:"咳呀!"捅捅李卓的半导体,不知道能派什么用场,又都"咳呀!"仲伟的假牙放在窗台上的漱口杯里,一排人轮番看过,都不言传了。一个老汉悄声问:"什吗介?"一个后生回答:"不晓球。"疤子挤到前边,看了说:"球——狗牙。"我们都笑得醒过来,知道不能再睡了。疤子还在争辩:"人说公社里姚书记家婆姨,年昔肚子疼得一满不行,到西安换了节狗肠肠。噢嘛,尺二长!"他歪着头比划,把周围的人都看一遍,看有敢对此表示怀疑的人没有,脸上的麻子全变红。"这事我晓得哩。"一个老汉作证说。那老汉像是在众人里有些威望。

李卓开了半导体,音乐一响,满窑又是"咳呀咳呀"的惊叹声。婆姨、女子们原都远远地站着望,这时也不顾了,进到窑里来贴墙站着,几个小女子悄悄地互相推搡。那是清平湾的人头一回见到半导体——那么一个小东西却能唱得那么红火。

八

疤子那年三十七岁,看上去像有五十。疤子是不大会发愁的人,或者也会,只是旁人看不出。他生来好像只为做两件事,一是受苦,一是抽烟,两件事都做得愉快。担粪上山,众人的筐更像盘子,疤子的筐却如一对坛子。他光记得力气用不完,却忘了多出力要多吃饭,窑里的粮却有限。明娃妈骂他"憨脑",他坐在碾盘上"咝咝"地抽烟,仿佛研究烟的道理。明娃妈三十五。这年龄要在北京,尚可飘飘扬扬地穿一身连衣裙。明娃妈已经有了七个儿子。山沟里生孩子,随便找把剪子就把脐带剪断,死亡率很高。明娃妈倒是生了七个就活了七个。除去明娃,个个都活蹦蹦的,结实着哩。冬天的早晨,雪刚停,五元儿、六元儿站在窑前撒尿,光着屁股在雪地里跳,在雪地里嚷,在雪地上尿出一排排小洞。晚上,一条炕上睡一排,一个比一个短一截,横盖一条被。这时候明娃妈就坐到炕里去,开始纺线或者织布。油灯又跳又摇,冒着黑烟。疤子或者一心抽烟,或者边抽烟边响起鼾声。

"人说黑市上粮价涨了。"明娃妈说。那时私人卖粮是犯法的事。

"噢。"疤子应道,停了鼾声。

"卖上几升玉米吧。"

"嚎,窑里吃甚?"

"卖了玉米换些红薯回来。"明娃妈盘算,这就又能余下些钱。

明娃睡不着了,又为自己只挣七分工心焦,起身到我们窑里来。袁小彬和金涛正就"生产力和生产关系"的事在喊,我和李卓也不时参加进去。那时我们开始想些正经事了。小彬一上手就读《资本论》。我和李卓想,斯大林的《苏联社会主义经济问题》或许更实用。仲伟每晚都拉小提琴,偶尔给我们评判一下谁说的更合逻辑,然后吱吱嘎嘎地拉,每日都不见长进。明娃却如一首梦幻曲,无声地在灶火前坐下,无声地往灶膛里添柴,瘦削的脸上光剩了眼睛,火光在那儿闪亮,又在那儿熄灭。

半夜起来出去撒尿,还听见明娃妈的织布机声,看见窗纸上印着她的影子,头发垂在脸边顾不上拢。

在她手里,你看不出有什么东西需要花钱买。线,自己纺的;布,自己织的;鞋和衣裳都是自己做;油,自己出,把麻籽儿炒了,再放大锅里熬,慢慢的麻渣沉下去,青亮亮的麻油浮上来;酱也是自己酿,用麦麸,或者也加些黑豆。单是买些盐。还要买些颜料,把织好的布染黑。钱都抬起①,钢镚儿变票票,小票票变大票票。明娃妈有一桩要用钱的事:去给明娃把病治了,县上不行上延安,再不行去西安,去北京。明娃已经问下婆姨,那女子是三十里外赵家

---

① 抬起:存起来。

河人。

"咋看到了北京什么病治不了!"明娃妈跟明娃说。在她想来,北京还有治不了的病么。

"治罢病,咱也去天安门看一回。"她故意说得轻松,怕明娃心疼钱。

明娃坐在窑前的磨盘上化玉米,不言传。化玉米就是把玉米粒从玉米棒上搓下来。

明娃妈在纳鞋底,把麻线扯得哧啦啦响。

"不要叫我大炭窑上去。"明娃忽然说。

明娃妈愣一下,继续纳鞋底,只是眼角的皱纹又散成一道道白痕。

"不要叫去。"

明娃妈不搭话。

"不要叫去!"

不去又怎么办?明娃妈停下手里的事。卖猪、卖鸡蛋、卖青油,直能卖多少?治病的钱多会儿能攒够?母亲望着儿子。她有七个儿子,不因为有七个,就对其中的一个爱得轻些。

九

炭窑就是煤矿。我们那地方有煤,不过煤层很薄,且分布零散。只是公社一级常组织些开采,设备极原始,称不上矿,叫炭窑很恰当。打一眼井,比一般的水井大些,井口上一个辘轳,也比一般的辘轳大,几个人摇,把掏炭的人吊下去,把掏好的炭吊上来。地下水也是从这井口吊上来——用一张大牛皮兜着,吊上来倒掉。几班人轮番不停地摇辘轳,用肌肉代替吊车,代替抽水机,"哼哼咳咳"地喊。掏炭的人嘴上叼一盏小油灯,攀在绳索上下去,三四丈深到了煤层。巷道只一米来高,又很窄,没有坑木——用不着也用不起。掏炭的人在里头爬,有时要爬几里地,挖一块煤,几百斤,用绳拖在身后,再往回爬。膝盖磨烂了,然后磨出膙子。煤吊上来了,然后掏炭的人也吊上来了,人和煤都湿漉漉的。冬天井口上挂满了冰凌。所谓安全设备,就是地面上有几根不高的烟筒,为通风用,不能没有。

留传下来一个不成文的规矩:哪个人下了炭窑,他就是欠了你再多的钱粮,你也不能去催要了,不然就是逼人去死。下了炭窑就是说已经到了山穷水尽的地步。讨饭只是不顾了脸,掏炭却是不顾了命。然而我们在的那些年,这规矩只成了一个传说,实际人们却争着下炭窑。一个人下炭窑,一家人的日子就好过些。下炭窑的人能吃饱,吃白馍,吃小米,吃不掺麸也不掺糠的净玉米干粮,偶尔还能吃一顿大肉,有些萝卜、洋芋。主要是能给窑里挣回些钱。

疤子一直羡慕人家去掏炭,自己没机会。这年疤子的哥哥在公社灶房上给干部们做饭,慢慢跟些人混熟,给疤子争来了这机会。同是走后门搞不正之风,有人给自家的儿女弄得去上大学,有人给自家的兄弟弄个舍命的事做。炭窑上的窑头也看得下疤子,知道他苦好①、厚道、有力气。

明娃妈想,等把明娃治病的钱攒够,就不再叫男人下炭窑。她想,一天总能挣回一块钱,一年三百几,两年下来就再不叫疤子下炭窑去。

十

老乡们都烧柴。煤价虽不高,但总要钱买。柴可以自己去山里砍,只要有力气。煤都运到公社,运到县上,运到邮局、医院、商店、车站去。"给公家儿的烧去!"老乡们管挣工资的人叫"公家儿

---

① 苦好:活儿干得好。

的",就是公家的儿子。"看给公家为儿够咋美,消消停停倒把钱挣下。"或者"看那些公家儿的咋着意,烧炭火,吃白馍。"话里含了怨气,自然也含了羡慕。所以老乡们的审美标准也与"公家儿的"有关。新媳妇出嫁,要在花条绒袄外再披一件制服棉袄,要在红红绿绿的头巾上再加一顶黑呢子制帽。小伙子去相亲呢?要有一包纸烟,要在上衣兜里别支钢笔。这确实是一条唯物主义美学观的佐证。

"明娃的相好来啦!"听见娃娃们喊,我们都跑去看。纷纷扬扬的大雪落白了群山,让人想起那首打油诗:江山一笼统,井上黑窟窿,黑狗身上白,白狗身上肿。娃娃们也喊,狗也叫,呐喊山寂静的小路上下来两个人,前面一个黑的,后面一个红的。前边的头上裹一条白手巾,后边的戴一条花头巾加一顶黑呢子帽,下得呐喊山,走过呐喊坪,朝庄里来了。所谓"呐喊山""呐喊坪",就是村子对面最近的山和坪,在那儿呐喊一声全村都能听见,因而得名。黑呢子帽下根本是一个还没有长大的小姑娘,胸脯瘪瘪的,头发黄黄的,穿了一身红条绒,怯怯地跟在一个中年汉子身后走,臂弯里扢个篮,篮子上盖块花布。中年汉子在前边背起手悠悠地迈着大步。一群嘎娃娃追在那小女子身后,问:"寻明娃了是?""明娃在哩,等得心焦哩。""给明娃做婆姨了是?"……小女子红了脸紧走,忽然返转身来喊:"看把人家的鞋踩掉了没吗!"娃娃们笑嚷着散开。她弯腰去提鞋,篮子上的花布开了,里面是蒸的白馍,每个馍上一个红点。如同北京人串亲戚常拿一盒点心。这就是碧莲,虚岁才十七。

随随站在小学校的窑顶上,两手插在袖筒里。下雪天,他没去拦羊。女生们也都站在小学校的窑顶上。

"随随,你问下婆姨了没?"徐悦悦问。女生们都嘻嘻哈哈地笑。只是跟老乡们说话时她们才这么大方。

"问下啦!"随随一本正经。

"怎么没见过?"庄宁问。

"常来串哩,你们倒没见着?"

"哪个村儿的?"

随随想想:"朱家沟,叫个黑玉英。"

众人都笑起来。

"笑什么你们?"

"照①,"一个老婆儿说,"'黑玉英'串来啦。"

不远处"哼哼"地晃过来一只老母猪。

女生们都骂,自然是北京妇女界最传统的用词:"流氓!"我们不敢笑。凡女生们参与其中的事,我们都视而不见,听而不闻,否则她们会以为我们多么希望理她们。她们也只当我们不在场。活到三十几岁回过头来想,才知道。倘小伙子们不在场,姑娘们也不至于那么叽叽嘎嘎嚷得欢。

"噫,敢是没钱嘛!"随随说,"寻个婆姨,没有五六百块不得过去。"

明娃的婆姨六百块。那天疤子又给碧莲大交了十五块钱。交够了数数过门,那儿的规矩。

没想到所谓"老区""圣地"竟还是这样。倒真是"信知生男恶,反是生女好"。如果这一家养的女子多,这家便富裕些。疤子的七个全是儿子,七六四千二百块。幸亏七个儿子不是同时都长大。徐悦悦为这事去找疤子辩论。"你就不给,看他敢怎么着!""噫,不能不给嘛。""怎么不能?""咳呀,你买了人家东西,不给人家钱能行哩?""你说什么?这是买东西呀?碧莲是人!""人哩嘛,不喽出六百块?""你是不是贫下中农?!"徐悦悦急了,要上纲上线了。疤子全然不怵这一套:"贫农咋啦?咳呀,贫农也出得起六百块。"……

---

① 照:看、瞧。

那年明娃来北京治病，我们带他看了天安门，照了相，又逛了颐和园、动物园、王府井。病却不能治，大夫说若是早几年或许还可以做手术，现在只好吃些药，多注意保养。明娃妈背着明娃哭了几场，便不吝惜钱，让明娃在北京美美地玩几回，吃几回，买几件像样的衣裳。明娃明白母亲的心愿，便显出高兴的样子，说清平湾的人有几个能像他这样到北京来逛过呢。从北京回去后，明娃妈把攒下治病的钱一回全交给了碧莲大，不久碧莲过了门。明娃妈说，不能让明娃这辈子连婆姨也没有过。一年后碧莲给明娃生了个儿子。这孩子倒很壮实。这孩子一岁多时，明娃死了，死在山里，正掘地时便倒在山上，抬回村里已经不出气。明娃妈让那孩子也戴上孝，抱着去给明娃送葬。碧莲哭得死去活来，说她才晓得明娃有这么重的病，哭得众人都落泪……

十一

　　随随家是全村数得着的穷户。

　　随随的大是个瞎子。据说他三岁上害了场大病。险些送了命，小棺材也打下了他又没死，单是把一双眼睛瞎了。六十年，他没走出过清平湾，也没有成亲。随随是他收养的别人的孩子。窑里短个女人，日子穷半边，衣裳要求人缝，穿鞋要买着穿。

　　他先前是跟着哥哥嫂嫂一搭里过。他能旋磨，能捻毛线，能担水劈柴，还能铡草挣些工分。一把铡刀，两个人，一个人人草，一个人掌刀。这瞎子掌刀。谁把草入得太长他也觉得出，笑骂一句："你狗日的懒松！"把铡刀悬在半空不往下落。所以不用担心他会铡到别人的手。每天去饲养场上铡半响草，挣四分，有时候铡一整天就挣八分，工分全交给哥嫂，自己除去吃穿再无所求，反倒帮助哥嫂把光景过得强些。有个跳大神的巫婆给他说过："这瞎子四十五岁上能成家哩。"他笑笑，摇头，不言传。是不相信呢？是无所谓呢？还是心想要是那样敢情好呢？众人都没想起问。

常见他一个人半晌半晌地仰着脸，枯瘪的眼窝不住地蠕动。他依稀记得山川的模样。

偏偏在他四十六岁这年，从绥德来了个吹手，提着一把唢呐，带个三四岁的男娃。天黑时，吹手领着孩子走到了清平湾，睡在了呐喊山上的小庙里。吹手病倒了，病得很重。过了两天，要不是那个男孩子哭喊，众人还不晓得呐喊山的小庙里住着父子俩。众人来看时，吹手已经不行了。吹手撂下了一把唢呐和一个孩子，这孩子就是随随。瞎子不顾一切地要收养这孩子，求人去给扯布做衣裳，求人去供销社给称糖，搂着随随不放手。嫂嫂说："咱再养不起了嘛！"他回答得坚定："我个人养。"哥哥说："你能养得活？""咋啦倒不能？"他心底的父性忽然炽烈地爆发，或者也是母性。众人想起了那个巫婆的话。"咳呀，那跳神的婆姨真格有法哩！""只晚了一年。""噫，说周岁瞎子不正是四十五哩？"其实算命哪有论周岁的。"咳呀！"随后人们又都记起，那巫婆说的不是"成亲"，是"成家"。

瞎子从此有了自己的家——他和随随。

他们住在塬畔山后羊圈旁的一眼小土窑里。这窑原来也是羊圈，比一般的窑洞要低矮得多，也没有门窗。众人帮忙在窑口垒起一面土墙，单是两扇门不得不用了些木料；门上边像栅栏一样竖几根椽，算作窗户。土窑洞里昏暗暗的，反正他也无所谓。陕北的土窑造价本来十分低廉，除去做门窗要花些钱，黄土山是足够大，只要你不断向纵深挖掘，便可任意扩大自己的居住面积。

白天他去铡草，随随自己在窑里。窑旁就是牛圈，羊羔羔也盼着老羊回来。随随蹲在栅栏外，羊羔站在栅栏里。随随拔些青草喂羊羔，羊羔在圈里又蹦又跳，随随在窑前又滚又爬。羊羔羔比随随长得快。

瞎子把草铡得更细、更好，怕丢了这营生。铡下的草喂大了多少头牛,铡草的人靠这营生养活随随。按平均一天六分算,三百六十天不误一个工,一年下来刚好不用再给人家交粮钱。再有用钱的地方的呢?年复一年总是欠着债。他盼着随随长大。随随给他带来了无穷的欢乐,因为随随不是管别人而是管他叫大。

村里的人都叫他瞎老汉。大人们这么叫,娃娃们也这么叫,语气中绝无讥嘲,却是含着亲近和尊敬。

"瞎老汉,哪搭儿去?"娃娃们喊。

"哪搭儿也不去。"他说。

"哪搭儿不去你走得可慌慌介?"

"嗷,我在这崖畔上望望。"

人们不以为奇怪,甚至相信他能看见明眼人看不见的东西。

那土崖有五六丈高,刀削般陡峭的崖面上有野鸽子在那儿做窝,长着几株葛针和黄蒿,清平河常年在它脚下流。这高高的黄土崖是清平湾的标志和象征。远路回家来的人,翻山越岭,山转路回,忽然眼前一亮,远远地先看见那面土崖。离家去谋生的人,沿着川道走出几里远,回头还望见这土崖,望见亲人站在崖畔上。正如歌中所唱:他哥哥就在大路哟子边,干妹子就在崖畔上哟嗬站。或者:走一回三边买一回盐,小妹妹想你在崖畔上看。

不知道瞎老汉能望见什么。

土崖有时候塌方,依着山势,越塌越显得高峻。轰隆一声,几十吨黄土塌下去,把清平河都变黄。瞎老汉每天都爬上崖去,众人担心他迟早会蹬下去,却不知道他靠了什么神灵指点,再走一步就要掉下去的时候他停下来。六十年了,清平湾的每一寸黄土他都清楚。他站在崖畔上,或者坐在那儿,默默地长久地面对群山。"花脑"蹲在他身旁,也那么无声地瞭望。"花脑"是一只小母狗,浑身黄土色,脑袋上有些黑斑。

"做什么哩,瞎老汉?"娃娃们又问。

"什么也不做。"

"能照见随随哩?"

他很有把握地笑笑:"随随在苦行山梁上。"

随随长大了。小时候跟羊羔羔一搭耍,谁想长大了也拦羊。随随十五岁上就拦起队里一群羊。拦一群羊挣八分,包工,无论老少。若是早晨再上山受一阵苦,一天就能挣十分。随随想早些承担起作儿子的责任。

"你咋晓得是在苦行山上?"

"这程儿又上了葫芦峁。"

众人说,这父子俩有神神给传话哩。随随投错了胎,随随当根儿就是瞎老汉的儿哩。老天爷不晓咋介闹混乱了,一照,噫,咋看弄成了个甚?咋差那吹手把随随送了来。

苦行山和葫芦峁离村里少说有五六里远,瞎老汉却说他听见了随随的吆羊声和歌声。

"这程儿随随又到了哪搭儿?"

"往窑里回啦。"

山背洼里的阴影爬高了,夕阳把群山的峰顶都染红。

娃娃们都回家了。瞎老汉还坐在崖畔上。

野鸽子也归巢了,在他脚下飞,"咕咕"地叫。

村里便处处升起晚炊的薄烟。

忽然"花脑"兴奋地叫起来。顺着落日最后的余光,呐喊山后隐隐传过来山歌:

> 不来哟就说你不来的话,
> 省得一个蓝花花常等下。
> 你要来哟你早早些儿来,
> 来迟了蓝花花门不开。

这是陕北民歌中最有名的一首,男女老少都会唱。蓝花花是个胆大又苦命的女子。

瞎老汉便又想起随随到了该寻婆姨的年纪,可窑里没有钱。他近两年常为这事心焦。

> 梳头中间亲了个口,
> 你要什么哥哥也有。

> 不爱你东来不爱你西,
> 单爱上哥哥的二十一。

黑的山羊,白的绵羊,从呐喊沟里转出来,"咩咩"地叫,有的嗓音低沉喑哑,有的高亢娇嫩,像是散了什么集会。随随出现在呐喊山的山腰上,挥起羊铲喊一声:"花脑儿——来!"那只狗又蹿又跳下了土崖,摇着尾巴迎过河去。

瞎老汉站起身,往窑里回,心里依然盘算着钱的事。随随大了,光景本该好过了,可他却老了。他近几年身上总是难活①,不是这搭儿就是那搭儿,常出些毛病。唉,老了,球势了。胃里准也是有了病,在饲养场上铡着草,常就吐下一摊摊酸水,夜里心口疼得一满睡不成,随随拉上架子车送他到公社、县上都去过,闹糟蹋了钱,不顶事。

羊都进了圈,天完全黑了。随随回到窑里,瞎老汉已经做熟了饭。天天是这样,随随"一五一十"地把羊放进圈去的时候,还听见自家窑里"呼嗒呼嗒"的风箱响,进得窑来瞎老汉正把饭菜摆上炕。因为这饭菜太简单——半瓦盆豆钱饭,抓上一把盐,再有一小钵辣子。随随点上灯,小油灯只照亮半个炕。父子俩盘腿炕上坐,喝着比清水稠很多的豆钱饭,"唏溜唏溜"地响。

这会儿清平湾家家户户都是这响亮的"唏溜"声。那些年人们已经忘记了晚上也可以吃干粮。

---

① 难活:不舒服。

"大,叫你做些白面嘛。"

"想吃白面哩?"

"球,我吃甚也能行。你不要今儿黑地又闹得睡不成。"

豆钱饭就是把黑豆在碾子上轧扁,然后兑上充足的水,熬成粥。也叫钱钱饭。因为黑豆轧扁了样子像钱吧?人缺什么想什么,什么都不缺的就写一条"艰苦奋斗"的字幅挂在客厅里。

"夜来黑地心口疼得好些儿没?"

"好些儿。"

"玄谎哩,我听着你又吃止痛片。"

其实这药对胃不仅无益反而有害,可这是老乡们的"万应灵丹",不管什么病都先吃止痛片。一则便宜,二则累了一天浑身都酸疼,吃一片可以解乏,无论什么病也就仿佛见轻。

"再不好,秋后卖些粮上延安去。"

"冬里饿死去?"

"今年年成差不多儿。"

"几时给你问下婆姨,几时我的病才得好。"

常就是说到这儿没了话。响亮的"唏溜"声。勺子刮得瓦盆底响。灯花"嗞嗞剥剥"地爆。

十二

随随想起后响在苦行山梁上遇见英娥的事。苦行山离沙家沟不远了,山那边就是沙家沟的地界。那程儿随随正攀在半崖上砍柴,听见有人喊:"谁的羊!吃上秫黍啦!"秫黍就是高粱。随随循声望去,见山洼洼里走上来个女子,穿的崭新的一双红条绒鞋。是英娥。随随认得英娥,英娥认不得随随。她常来清平湾串亲戚、是刘志高家婆姨的妹妹。刘志高家婆姨,被认为是全村年轻婆姨当中最漂亮最能干的一个。英娥更俊,腿长,身上很丰满,又不像她姐姐那么太显得壮。英娥又喊:"拦羊的死到哪去啦!"随随生性嘎,便唱:"你妈打你不成才,露水水地里穿红鞋。"

英娥气了,骂开:"哪庄里的个黑皮,羊吃了人家的桃黍,还逞什么哩!"

随随装作没听见,又唱:"你穿红鞋坡坡儿上站,把我们年轻人心搅乱。"

"噫,看把你能的!这号酸曲儿谁解不开?"

随随再唱:"我穿红鞋我好看,与你们旁人球相干。"

英娥咯咯地笑开了:"没眉脸!"

"哪搭儿去?"随随问。

"你管!"英娥又板起脸。

随随吆喝了几声羊,返转身去砍柴。英娥仰着脸看随随。

"你是哪庄里的?"英娥问。

"你管!"

"谁管你咧!"英娥说,却不动,依旧仰了脸望随随。

"不说我也晓得哩,敢是马家坪看王康儿去。"

英娥腾地红了脸,但立刻又现出怒气:"谁去!看他哩,看个鬼!"

"那你这程儿哪去?"

"在这洼洼里寻菜哩嘛。"

"寻菜哩?'六月里黄瓜下了架。巧口口说下哄人的话。'"随随又唱。

"谁哄你!"英娥把臂弯里的篮子举给随随看,里面果然是些苦苦菜。

王康儿随随认得,那人实在是长得丑。随随记得听刘志高说过,英娥不情愿那门亲事。随随也觉得王康儿实在配不上英娥。不知为什么随随却说:

"王康儿给你捎话来,想你想得难活下了。"

"爬远!"

"大青石上卧白云,难活不过人想人……想你想得眼发花,土坷垃看成个枣红马。"

"爬球远远的!"英娥一扭身下了山坡。

随随纳罕:英娥的声音里怎么会带了哭腔。他独自想了一阵,似乎有些觉悟。

这一夜随随睡得很迟。

"花脑"卧在窑前,不住地耸耸鼻子,空气里似乎有什么诱人的气味。

千山万壑都浸在月光里,像一张宽大无比的牛皮纸揉皱了,又铺展开。寂静的星辰挨着寂静的峰峦。

清平河水夜里也不停歇,在月光下赶着路程。

老绵羊半夜里咳嗽,声音就像人。

窗纸上有个窟窿,正看见一个又圆又远的月亮。随随又想到窑里没有钱,又想到他大的病要赶紧治。而像英娥那么好的婆姨,没有一千块钱就怕问不下。

"花脑"仰天长吠几声,那声音颤颤的有些古怪……

第二天随随早早起身去拦羊,心里慌慌的,又上了苦行山。英娥已经在那山洼里,依旧穿了那双耀眼的红条绒鞋。"我晓得你是哪庄里的了!""你比你姐姐还能!"这一天两个人再没说旁的话,都感到对方炽热的目光。

第三天两个人又都来,一个拦羊,一个寻菜。

> 白格生生脸脸太阳晒,
> 巧格溜溜手手拔苦菜。
>
> 白布衫衫缀飘带,
> 人好心好脾气坏。

第四天……第十天,两个人还都来。

    洋芋开花土里埋,
    半崖上招手半崖上来。

    打碗碗花就地开,
    有什么心事慢慢来。

以后两个人便常见面,在苦行山,在葫芦峁,在随随拦羊的每条小路上。随随拦羊净往沙家沟近处走。

    一对对山羊串串走,
    谁和我相好手拖手。

    人人呀都说咱们两个好,
    阿弥陀佛天知道。

    百灵子雀儿百灵子蛋,
    谁不知道妹子没好汉。

    百灵子雀儿百灵子窝,
    谁不知道哥哥没老婆。

    三十三颗荞麦九十九道棱,
    妹子虽好是人家的人。

    蛤蟆口灶火烧干柴,
    越烧越热离不开。

    …………

十三

好了,我的想象过于浪漫了。事实上也许完全不像我想象的这样。事实上我们到了清平湾的时候,随随和英娥的罗曼史已告结束。我的想象是根据了村里的传说和陕北动人的情歌。

去年回陕北去,一路上我这想象逐渐清晰,便讲给同行的六个人听。大家都被这情歌打动,有老婆的想起了老婆,没有老婆的便说应该赶紧找了,不然日子有点难熬。那位"太行山人士"也说这歌词歌曲实在作得太好,然后又不失时机地讲起他的太行山,希望他认识的那女孩不要有英娥似的命运。他已料到英娥和随随的事不会成。

但无论如何那是清平湾历史上有数的几桩自由恋爱之一,而且确实极富浪漫色彩。人说,"砍柴时见二人在苦行山洼里走哩。""见随随把英娥捉起亲口哩。""英娥睡倒在随随怀里,咋才叫羊把沙家沟的桃黍闹糟蹋啦。"随随是在拦羊时与英娥建立和发展了爱情,这一点确凿无疑。

一九六七年冬里英娥嫁到了马家坪。王康儿是个老实人,心里明白英娥看不下他,便连话也很少敢跟英娥说,一个人不吭不哈地受苦、做饭、喂猪,有了钱给英娥买衣裳。英娥不穿他买的衣裳,也不给做饭,也不让他跟她一块睡。英娥还是常往随随拦羊的路上跑。于是英娥娘家的人就跑到随随窑前来骂,把瞎老汉也捎上,说:"叫你跟你大一样把眼窝瞎了!"随随急了,抄起老镢跑出去,说:"你狗日的骂谁哩?谁的事说谁的事!"众人把双方拉开。王康儿家的人告到了公社,公社里来人把随随叫去整治了一顿。英娥听说了便要寻死。据说水银吃了能死人,据说镜子背后涂的就是水银,英娥就刮了镜子背后的"水银"吃,不顶事。她以为那层红的涂料就是水银。她又把镜子摔了,用碎玻璃割脖子,被众人发现拽住。随随也想过死,但又想到撂下瞎老汉谁管?这些都是我们到清平湾之前的事。我们来之后,风波全已平息。只是听说英娥结婚两年还是没有怀娃娃。第三年还是没有。第四年生了一个儿子,第五年又生了一个女子。众人说这下没麻搭①了。

我在清平湾的几年中,没听随随说过半句这往事。他还是穷得问不下婆姨,却似乎也不急。别人问他,他就随机说些嘎话,大家一笑。

瞎老汉却心焦。他还是总到那土崖上去,和那条狗在一块,从太阳偏西望到暮色苍茫,望得随随拦羊回来。随随不再唱山歌。山歌差不多都是情歌。瞎老汉草也铡不了多少了,总是病病歪歪。他一辈子不知道婆姨的味儿,心想不能再拖累得随随也娶不上婆姨。

那时李卓干起了赤脚医生,靠一本《农村医疗手册》,自己买了听诊器、注射器,开始给老乡们开药,打针,扎针灸。李卓傻大胆,真干起来也心细,又买了麻药和手术刀,给村里一个十三四岁的男孩做了包皮切除术,竟很成功。那确是急用先学,上午抱着书看几遍,把器械都消了毒(无非是一把刀两把镊子),下午就去做,手术的时候书翻开在旁边,不时再看几眼。老乡说,"要看书哩嘛,不看书能治好个病?"绝对相信他的手艺,相信他不时看看书是必要的。我也跟李卓一起去给人打过针,把针使劲往人家屁股上一戳,没进去,针头弯了,李卓就忙说:"这针头不行,换一个。"老乡们就相信那全不是因为我的手艺不济。李卓的医道于是日渐高超了。瞎老汉的病却难治。李卓再胆大,那时也还不敢做胃溃疡的手术。上延安去治就又要借钱,瞎老汉说死不去。"不顶事了,再不要瞎糟蹋了钱。"他说,"我死了你就好好介打上两眼窑。"瞎老汉跟随随说:"我死了你就结婚下婆姨好好介过。"随随就急

---

① 麻搭:麻烦。

得喊:"多会儿死咧,咱俩相跟上!"有这话瞎老汉心里就满足,于是又想起那个吹手,说:"也常要给你亲大上坟哩。把我也埋在前川枣树滩里。"随随不耐烦听,出去和"花脑"在窑前坐一会,然后使足了力气劈柴。

有一天瞎老汉又走上那土崖。看见的人说,他走得缓慢又镇静,身后也没跟着那条狗。瞎老汉往崖畔上走,差一步就要掉下去的时候人们以为他会像往常那样停住,可他没停。那崖几丈高。"花脑"这时跑来,站在崖上一望,又反身跑开,直往山里去。众人惊叫着跑下崖去,见瞎老汉正在河滩上翻身爬起,愣磕磕坐着,浑身是泥,只在脸上被砂砾划破一道口子,泗出血来。这事有点让人难以相信,众人一时都不敢上前。瞎老汉愣了一会儿,对众人说:"小鬼儿不接我去哩,还要再拖累随随哩。日这小鬼儿的先人!"

"花脑"带着随随走来时,挤了满满一窑人,瞎老汉坐在炕上,脸上只贴了块纱布。瞎老汉只说是自己不留神才出了这乱子,咋也不咋。有人还记得他坐在河滩里说的话,就把原话悄悄说给随随。有人又记起那条狗当时被拴在窑前,便把狗叫来看,脖颈上还有半截被咬断的绳子。随随大哭了一场,发誓要给他大娶下儿媳妇。众人又劝随随,说这是天意,好人总要有好报;说神神保佑着这老汉哩,往后的日子要好过了。

这之后大约半年,随随和碧莲好上了。随随的话是:"碧莲母子命苦咧。"碧莲是说:"随随人好哩,心忠哩。"这事便在村里传开,人人都说这倒又是神神牵线,天配就的。这时明娃已经殁下一年多。碧莲是十二分的看得下随随,比随随要心急得多,催随随托人去跟公婆说。随随自己去找疤子,说:"明娃的儿还是姓明娃的姓,明娃在时和我可好哩,我不能错待了他的儿。"疤子没主意,叫他去问明娃妈。随随去了又是这一套话。明娃妈眼圈又红,沉了好一阵子,说:"就这,明娃的儿还是姓明娃的姓,你窑里我窑里都是这娃的家。你给咱出上四百块,我家二元儿也十七了,问婆姨又要使唤钱哩。"随随愣了半晌,回去。他自然是拿不出四百块。这关头碧莲却充当了男子汉的角色,说:"不怕,她不讲理,一个二婚的倒要你那么多钱? 不怕她,有理走遍天下。"火在心里烧,眼见的好男人不能丢,碧莲胆子大了,抱了孩子拉了随随去找李卓他们,又找徐悦悦她们。那时我已经离开清平湾,正住在北京的医院里,听金涛来信说起这事。碧莲知道明娃妈最信知识青年的话,知道徐悦悦和金涛的嘴能说,知道那年明娃母子来北京时吃住都在李卓家,李卓在明娃妈面前说话最顶事。李卓他们和徐悦悦她们便轮番去跟明娃妈说,都感觉负了正义又神圣的使命,动之以情,晓之以理,成篇大套的恋爱自由经典学说。男女生间的隔阂于这时开始融化,我在北京听说了这一节,心里很是羡慕。明娃妈落了泪,说:"疤子下炭窑去挣来的钱,好不容易给明娃娶了婆姨,六百块钱来得那么容易? 再要给二元儿问婆姨,又要五六百块哩。"那几个经典学说的信仰者立刻都没了话。明娃妈又说:"我晓得随随穷,二百块总要出哩吧?"几个人再能说也都没的说。瞎老汉竟然悄悄存了些钱,把疤子喊来,从枕头里摸出一百零六块,全给了疤子。疤子说:"咳呀——"瞎老汉说:"再欠的钱我死前准定给你还上,能行不?""咳呀——"疤子说。

　　我们那地方娶媳妇很热闹。一队人马从女家的村里出来,顺着山路走。最前面是四五个吹手,每人一把唢呐。吹手后头是一个迎亲的老汉或老婆儿,骑着驴。然后是新媳妇,也骑了驴(要是骑骡子就更排场),经常也并没有盖头,脸反正是垂到众人看不明白的程度。再后边是几匹驴驮了嫁妆,大致是木箱和被褥,多与少便标志出穷与富。最后又是一个老汉或者老婆儿,是送亲的。一队人在大山里悠悠地走,除了新媳妇之外似乎都不急,翻梁越岭。都是在冬天,庄稼早都收光,漫山遍野是裸露的黄土,更显荒莽,幸而天是格外的蓝,格外深远。远远望见个村子,吹手们把唢呐高高扬起,让那自由欢畅的曲调信着天游开,顺着天游开。《信天游》

或《顺天游》这曲牌名都不是瞎起的。村子里的人便都跑出来,辨认这是哪村里的女子,都露着白牙笑。有相识的就朝那迎亲的或送亲的呐喊两声,对方很高兴回答。新媳妇浑身都抽紧。过了村子,吹手们歇下,一队人就走得有些寂寞。新媳妇松口气,不知是应该笑一回还是想哭一顿。再走一程,唢呐声又信天游开。

十四

一九六九年一月十七日到清平湾,这日子记得清楚,永远不会忘。不久就过年,当然是阴历年,那儿没有人承认阳历。过阴历年,过清明,过端午,过中秋,不过"十一"和"五一"。不少人稀里糊涂地知道有个"五一",却不知道有劳动节。劳动就是受苦,谈何节哉?每日都过。我们第一回上山受苦是在大南山掏地,李卓和金涛疯狂地抡着老镢掏向山顶,不久便都似终点线上的马拉松运动员,被人搀扶着安慰着拖到一边去休息。最被重视的是阴历年,不用受苦,在热炕上款款盛下①,喝米酒,吃大肉,吃油糕和油馍,吃豆腐和漏粉,吃白馍和扁食……这才是过节。夜晚,家家窑前吊一盏油灯,在漆黑的山间如一片朦胧的星光。

这一冬,烧的柴是队里派人给我们砍下的。大队革委会主任叫徐财,跟我们说,公社通知,知青的烧柴,队里只管这一冬,然后赔着笑脸。徐财是个老好人,既无能力也无威信,既怕公社领导也怕村里的乡亲。我们无端地想起老书上说的地保,就叫他徐地保。徐地保任何时候都显出张皇与和蔼。真正有本事有威望的原大队书记,两年前被公社降为第二把手。

山上雪化了的时候,我们自己去砍柴。提上小镢,背上书包,牵上栓儿家的"黑黑",上山去。"黑黑"是条公狗,常追踪着随随

---

① 盛下:待着。

家的"花脑","花脑"对它时冷时热。我们想得挺好,砍一阵柴看一会儿书,书包里背着《国家与革命》《家庭、私有制和国家的起源》等等。

雪化了,风和泥土都湿润润的,山野间有了清新的生气。清平河开始解冻,早晨的太阳照在疏松的冰层上。这季节的河水也清洌,哗哗啦啦如同奏乐,轻缓而安然,像它的名字。我们牵着"黑黑"在大山上跑,喊。村里的一群孩子也提了小镢,追在我们屁股后头。孩子们请求:"吹个曲儿嘛!"仲伟带了个口琴。

站在山顶上看清平河,一条金属似的带子,蜿蜒东西不见头。清平湾上浮着薄雾,隐约可见家家窑檐下耀眼的红辣椒,隐约可闻石碾的吱扭声,人的吆驴骂狗声,狗惭愧的讨饶声和驴的引吭高歌。蓝天,黄土,地远天高。云彩的影子在山地上起伏赛跑,几座山峁忽地暗了,几座山峁骤然又辉煌灿烂。那时候你觉得,或许在这儿待一辈子也凑合吧?

"吹个曲儿嘛。"娃娃们蹲着、跪着、趴着,把仲伟围住。吹了个《三套车》,又吹了《山楂树》,又吹《小路》和《红河谷》,我们跟着哼,遇到"姑娘""爱情"一类的字眼就含混过去,不咬得太清楚。唱到《货郎与小姐》的插曲时,就尤其乱了节奏,舌头都不大利落。娃娃们听不懂,但都满意,因为那么个东西竟能吹成个曲儿。"吹个道情!"娃娃们说,"随随唱道情唱得好,这程儿不唱了。喂牛的老汉这程儿还唱,也唱得好。"有个大些的男孩就唱一句:"半夜里想起干妹妹,狼吃了哥哥不后悔。"所有的孩子都笑,说:"这狗日的骚情咧。"那男孩又唱一句:"村子小来路又僻,呼啦啦来了些游击队。"

忽然发现,远处山梁上女生们正在那儿照相,她们有人带了个相机。红头巾、绿头巾、蓝头巾,在黄土的大山上分外鲜明。李卓说:"快看驴奔儿。"小彬望着那个蓝头巾又犯傻。仲伟吹起《海港之夜》,我们齐声唱:"当天已发亮,在那船尾上,又见那蓝头巾在飘扬!"小彬说:"×,别逗了,我看那边那山呢。"李卓说:"没错儿,那边那山上。"小彬一下把李卓扭倒,大巴掌照屁股上猛抽。我们重复唱最后一句:"又见那蓝头巾在飘扬! 又见那蓝头巾在飘扬!"李卓在地上翻滚,狂呼救命。

对面山梁上的头巾都扭过去,变成脸,奇怪我们这边出了什么事。

"说真格的,小彬。"金涛说,"你写封信,我负责送到刘溪手里。"

"牛——你敢送去?"

"只要小彬敢写。"

"我替他写,你送不送?"

"那不行。"

"牛!"大伙都说,"你知道驴奔儿不敢写。"

"要不然我去跟刘溪说,就说小彬跟她借相机用用。怎么样?"

大伙认为这主意好,说要去现在就去。

"现在不行。"

"牛! 你就牛吧。"

"你们懂什么,这事得瞅机会。"

"牛×!"

大伙哼着歌散开,去砍柴。

那天我们六七个人只砍了一捆黄蒿。黄蒿好烧,一点就着,不过不经烧,老乡只用它引火。响午我们背着那捆黄蒿往回村走,以为不算少。那群和我们一道上山来的娃娃这时纷纷不知从哪儿都冒出来,一人背一大捆柴,弯着腰走,见了我们的一捆黄蒿,都扭起脸来,学着大人的腔调"咳呀咳呀"地嘲笑,脸上全是黄泥汗。孩子还不如一捆柴高,远看只有一捆柴在山坡上一跃一跃地移动。

晚上烧了一大锅热水洗脸洗脚,就把那捆黄蒿全用光。几个人脱了衣服在灯下抓虱子,浑身起鸡皮疙瘩。李卓让大伙看他屁股上的血印,说:"驴奔儿这小子真他妈驴,手真狠。"

十五

那天砍柴回来的路上,看见个八九岁的小姑娘坐在山坡上哭,身旁放了一捆柴。这小姑娘也是追在我们屁股后头上山来砍柴的。

"怎么了你?"

她光流泪,不哭出声,用小脏手在脸上抹。

"怎么不回家?"

"砍柴时,把买本本儿的钱撂了。"

小姑娘小鼻子小眼长得挺秀气,脸被抹脏了,头发上挂着碎黄蒿。

"买什么本本儿?"

"小学校要开学哩。"

"丢在哪儿啦?"

"不晓得。这山上彻走遍,再寻不着。"

"几块钱?"

"三毛。还有买笔的。"

"这好办,回家吧。"

小姑娘嘤嘤地哭出声。"我大要打死我咧……"

"谁带钱了?"

大伙都摸兜。只小彬带了一块钱。小姑娘不接,却盯着那一块钱住了哭声。小彬把钱放在她膝上,她低头看着不动手,直到一阵风要把那张票子吹掉,她才一把捂住。这小姑娘就是怀月儿。

这事我已经忘记,去年回清平湾见了怀月儿,她跟我说起这事,我才依稀记起。她说她常记得这件事,记得小彬,"小彬的个子高得危险哩。他这程儿做什么?"我说:"他在一家公司里,当了官了。""他跟刘溪结婚了是?""你怎么知道他们俩的事?""你们不是常笑他咧?""不行,他们俩没成。"怀月儿听了沉默一会儿。

回来我跟小彬说起怀月儿还记得他给了她一块钱的事,小彬说"有这回事吗",却怎么也想不起来了。我说怀月儿你总记得吧?他说这名字记得。我说怀月儿是金涛的得意门生。他说金涛当小学老师那会儿,他已经当兵走了。我说怀月儿家就住在芦根沟门上。"芦根沟?沟门上?"我说怀月儿的大就是张富贵。这下他才想起来。

十六

张富贵就是前大队书记,在朝鲜打过仗,在国内也打过,头上一块很大的伤疤不长头发,所以总戴着帽子。帽子还是当兵时的帽子,已经发白,上了补丁,补丁也已发白。他之所以被降为第二把手,是因为他反对大队分红,主张小队核算。清平湾老少三百余口,土地是全川最好的,公社决定在这里搞大队分红试点,为了早日实现共产主义。

知识青年都赞成公社这主张,认为此乃历史前进必然之途径,改天换地当然之招法。由小集体到大集体再到全民所有制,最后消灭阶级以及赖阶级以生存的国家才能环球一片红,使三分之二还在水深火热中的人们全都过上好日子,这,无疑是一条革命的康庄大道。男女生坐在一起开了会,在女生窑里。男生低头耷脑地进来,女生都躲到一个角落去,油灯微光照亮之处都没人坐。然后开始互相催促着发言,渐渐说起来,总听见"我觉得""我觉得""我觉得",大家都觉得站到斗争前列去,坚决支持大队分红,要与张富贵斗争,但张富贵毕竟是同志,所以还应该把矛头指向真正的阶级敌人。村里有一个地主。"谁呀?""是谁呀?"都不知道,光知道有一个地主。又严肃认真地探讨了一回理论。说到"生产力决定生产关系"一节时,产生了疑问:清平湾目前没有半点机械化,人力、牛力、犁、镢头,与几百年前绝无不同,何以产生新的生产关系呢?大家沉默着坐了半晌。终于小彬想到:政治思想工作第一,生产工具不是生产力,掌握生产工具的人才是生产力,掌握了革命思想的人才是最先进的生产力。解决了理论问题,大家才松了一口气。油灯跳跃着,我心想这土窑洞里还真有马列主义。小彬说话时,刘溪一直看着他,这让他永生难忘。其实大家都一直看着他。

我们去找张富贵,想争取他。我们自信比梁生宝①和萧长春②水平高。张富贵偏偏是第二把手,这像小说。小说中的二把手常是要人来争取的。

张富贵不在窑里。炕上坐着个老汉,是怀月儿的爷爷,正捻毛线。在陕北,捻毛线、织毛衣、毛袜,都是男人的事。

"您说,大队分红好,还是小队分红好?"

怀月儿爷爷啰啰嗦嗦说很多,他不识字,又结巴,说得我们打了哈欠还不知道他要证明什么。窑里只有两只木箱,几个瓦罐。猪在灶台边"喀哧喀哧"蹭痒痒。灶台上睡着一只猫,时而睁一下眼睛看那只瘦猪。猪卷动了几下尾巴走开了。炕上一条毛毡,两条被。窑掌里一个很大的荆条编的囤子。木架上整整齐齐码了些红薯。满窑里就再没有别的东西。

"那就好咧——"怀月儿爷爷终于告一段落。

"什么好咧?大队分红好咧?"

"就是的,小队分红好咧。"他还有点聋。

"小队分红好?"

"嗷嘛!"这次回答得明确。

---

① 柳青的《创业史》中的人物。
② 浩然的《艳阳天》中的人物。

男生看女生,女生看男生,又都四周看。怀月儿对我们的到来感到高兴,带着两个弟弟在炕上抛一只猪尿泡。猪尿泡里吹足了气,用线扎紧,像一只土黄色的气球。墙上贴了很多布票,仔细看,有过期的也有当年的。家家都买不起那么多布,娃娃们就把布票贴在墙上当画画儿看。

"那您说,是小队分红好呢?还是单干好?"

我们想引导他忆苦思甜。似乎只要证明了小队分红比单干好,就自然证明了大队分红更具优越性。

怀月儿爷爷愣了一下,把脸凑近些,压低声音问:"能哩?"颇为怀疑地看我们每一个人。

"什么能哩?"

"球,谁解不下这事?不是不敢言传?众人心里明格楚楚儿介。小队分红好,可还是不顶单干。"

大家又互相看,都没敢轻易相信自己听见了什么。怀月儿爷爷是彻底的贫农,烈属,有三个儿子,一个死在青化砭,一个死在沙家店。

"这号话不敢乱说哩。"他从我们的神情中大约觉察出了什么,又专心于他的毛线了。一会又说:"随咋介。受苦人解开个球。"

我们又去问徐财,村里那个地主是谁。徐财说那人叫李正发,已经死了三年。

十七

在清平湾的头一年我们吃的国库粮,每人每月四十五斤,玉米、麦子、谷,还有几两青油。老乡们就说我们也都是"公家儿的"。老乡们常要吃麸子,吃糠,还吃一种叫"叶子"的东西(我至今不知该是哪两个字,查了《辞海》也无结果,总之比糠还难下咽);若吃一顿净玉米干粮便如过节般喜庆。老乡说我们:"这些窑里有办法。""这些的老子都是中央的干部咧!"说的听的都点头,确认我们给公家为儿乃天经地义,每月吃四十几斤好粮无可厚非。

婆姨们常拿着鞋底聚到我们灶房前来纳,赞叹说,"这些吃的好干粮!""洋芋菜、萝卜菜,浮面常见漂的油!"然后纷纷给我们以指教。北京式的窝头引得他们笑,说"这看糟践成了甚",玉米面还是要发了蒸"黄儿"才是正道。菜要煮烂,否则岂不是生吃了?白面不如掺了豆面擀成杂面条条,切得细细的,调上酱和辣子,光吃白面能吃几回?我们二十个人,轮流每两个人做一天饭,都叫苦连天,手艺本来不济,被众婆姨一指点就更乱了套路,昏天黑地。这时就有见义勇为者,麻线绕在鞋底子上,挽了袖子下手帮我们做。做一顿好饭比做不上一顿好饭当然多了乐趣。另一个婆姨又帮着烧火,说灶火该整顿了,不然柴就费得厉害,等她家掌柜的山里回来给整顿一下,她家掌柜的整顿灶火有方法。她们都很称赞北京带来的粉丝,比她们漏的粉又白又细。饭做熟了,我们壮着胆子请她们也尝尝,她们都退却,开始骂腿底下的娃不听话,依旧拿起鞋底来纳。我们给几个娃掰一点白馍吃,娃的妈眼里亮起光彩,才想起让娃管我们都叫一遍叔叔。女生们没法叫,那儿没有相当于阿姨的叫法。

二十个人都宁可上山受苦,也不愿意做饭。那灶火实在难摆弄,常常天不亮就起来生火,直到太阳很高,仍然是满窑浓烟不见人,光听见风箱拉得发疯似的响。风箱声忽然停歇,浓烟中便趔趔趄趄地跳出两个人来,抹眼泪,喘粗气,坐在磨盘上,蹲在院当心,于朝阳光中和鸡鸣声里相对无言想一阵,又钻回烟中去。要把煤火烧得旺盛,必须有好柴。譬如狼牙刺,有油性,烧起来火势既猛又耐久。然而这柴砍来费劲。我们先跟老乡借一些,借的次数多了自觉无理,就只好偷一些,反正一样,都不还。偷的次数一多,又觉有违于"知识青年到农村去"的教导,便终于发现了呐喊山上小庙的门窗和门槛。

小庙不知经历了多少年风雨,残垣断壁,处处长满荒草,几间小殿堂也表示随时要歪倒的愿望。那腐朽的门槛,干裂的窗棂、门框,正是上好的柴。我和金涛有一次到那儿去,先发现了这能源,能源有限,不宜告诉别人。轮到我们俩做饭时,就拿一把斧头去砍一块好柴。先用光了窗棂,又砍门槛。金涛说,这门槛不知是否祥林嫂捐的那条。

小庙里几尊泥佛,斑斑驳驳还有些彩饰在身上,中间一尊仿佛观世音。据说每个佛都有一颗心,或者金的,或者银的、铜的。我们俩在那泥胎后背砍开一个洞,果然掏出一颗心,是木头的。金涛掂掂那木头心,说这就够做一顿饭了,不用再砍门槛,门槛已经所剩不多。佛像前铺了许多麦秸,时常有些外乡人来这儿过夜。

从榆林来过两个卖艺的,在这庙里住过几天。一个瘸子,一个十几岁的孩子。孩子很瘦,头上很多疮在流黄水。两个人来到村子中心的空地上,瘸子就敲起一面小鼓,大喊:"表演一回榆林的硬势子!"孩子把上衣脱光,显出一串脊椎骨和两扇分明的肋骨,也喊:"操心看下,演上一回榆林的硬势子。"瘸子把一根铁丝缠在孩子胸上,再把鼓敲一阵。孩子憋足一口气,弯腰跺脚就地团团转,想把那铁丝崩断。铁丝没断,孩子直起身惶然地看那瘸子。瘸子很机灵,冲众人说:"这娃几天没吃干粮了,光喝了一肚子稀米汤。"围看的人都笑。孩子又弯腰跺脚用了一回力气,铁丝终于崩断。然后换了孩子敲鼓,瘸子抡拳摇掌比划了一阵,发出歇斯底里般的叫喊,险些跌倒。

那小庙不知接待过多少流浪的吹手、石匠、说书的、卖艺的。佛像前总有些新烧就的灰烬。

有一年那小庙恢复了一阵香火。那年到处传说,从黄河东过来了神神,方圆几百里内的寺庙都兴旺了一阵,寺庙的神灵都复活。人们去庙里跪拜、许愿、烧香。那时没有卖香的,便只好用纸烟代替,指定要"延安牌"的,说那是神神看下的牌子,以致"延安牌"烟脱销了很久。呐喊山小庙的门框和门槛都被补上,窗户用席遮住,观世音后背的窟窿填满泥,刷了白灰。殿堂里光线昏暗,烟雾缭绕,人声嗡嗡。有病的求神神给些药,没儿的求神神给个儿子,缺粮欠债的求神神保佑年年风调雨顺且公粮不要收得太多。瞎老汉烧了一包烟,求神神帮助随随娶下婆姨;那时随随还是单身。明娃还在世,明娃妈卖了一罐青油,差疤子去百十里外的一个大庙去磕头。据说那庙神灵大,有求必应。县里、公社里都出动了人,把跪拜的人群驱散,挑几个不大顺眼的绑走。黄河东的神神也才回了黄河东。疤子失魂落魄地跑回来,说花了十几块钱,"咳呀,险忽儿叫捉去。"明娃死后,明娃妈仍对那神神抱着希望,认为这下明娃转世要有好光景过了。

十八

接近垴畔山的山顶处,有一眼孤零零的窑洞,与呐喊山上的小庙隔河相望,三面土夯的矮墙围成一个小院落。每天太阳最先照到它的西墙,最后离开它的东墙。窑里安安静静地住着一对老人。老汉是全村最高寿的老汉,七十七岁。老婆儿是全村岁数最大的人,八十岁。老两口自己过,不靠儿孙。并非是儿孙不孝,实在是儿孙的光景过得都还不如他们。老两口养了二十几只鸡,养两头老母猪。二十几只鸡能下不少蛋,托人拿到集上卖了,一年下来够一个人的粮钱。六七十块钱就顶一千工分,交到队里,队里给分粮。两只老母猪一年下几窝猪儿子,卖了,又够一个人的粮钱还有富余。

年富力壮的人不能这么干,否则就挨一顿批判,或者被公社来人绑一绳。那时惩罚农民的办法只剩这一种,无论什么罪,偷了一升黑豆也好,复辟了资本主义也罢,都是绑一绳。一根粗绳,五花大绑,推推搡搡地送走关个把月。

村里人都羡慕这老两口,认为这老两口前生必是做下好事。

知识青年们问:"咱村里有老红军吗?"

"噫,那老汉就是。"

"打过仗吗?"

"咳呀,那老汉就打过,炮弹把耳朵震得一满聋下。"

"咱村有人见过毛主席吗?"

"那老汉就见过,在瓦窑堡。那老汉烧炭。"

"张思德也是烧炭。"

"还怕就在一搭里烧哩。"

"张思德是在安塞烧炭。"

"咳呀,那就不晓得在不在一搭里。那老汉打了几年仗,把耳朵聋了下。那老婆儿在窑里听说,哭得一满弄不成,咋托人捎话去,老汉就回来。"

从来没听那老汉说过话。每天早晨总见他到河对面去担水,慢慢地走过河,慢慢伏下身把木桶探进井里,水面很高,满满地提一桶水上来,再提一桶上来,慢慢地担了往回走,沿着小路走上垴畔山,白发银须轻轻地颤。担完水他就到近处的山里寻些喂猪的野菜,或者在村前村后转着捡碎柴。无论碰见谁他也不打招呼,不管你是公社干部还是县里的干部,他照旧捡他的柴,偶尔角度适合看你一眼,倒让你有些怀疑。知识青年的到来,应该算是古今罕事,却也不给他任何惊动。他站在人群中看一会儿,目光和面容都极平静,仿佛早已料到要有上山下乡运动发生。

那老婆儿呢?却听说了知识青年爱吃鸡蛋,时常用围裙兜十几个鸡蛋,小脚跷跷地走来问知识青年要不要。

那小院落总安安静静的,在朝阳里或在落日中,给人一点神秘感。

村里的一切事似乎全与他们无关。明娃死了,从那老汉的表情看,未必就是灾祸。随随成亲了,从那老婆儿的神态看,未必不是苦难。

老两口有一对好棺材,柏木打的,远近闻名。老汉每年给它们上一遍漆,漆得很仔细,很耐心。棺材放在垴畔山腰的一眼闲窑里,窑口堆满了柴草以遮挡风雨。有一回小彬偷柴偷到此处,看看四下没人,抱一捆柴正要走,黑糊糊见了那两口棺材,又见一个满头白发、满脸银须的老人正扶着棺材看着他,他拖了柴赶紧跑,老人一声不响,继续漆他的棺材。

有一天早晨,老汉起来倒了尿盆,担了水,扫了院子,回到窑里就躺在炕上,叫老婆儿把他的寿衣拿来,无非一身黑条绒袄,老婆以为他又要看看,就去拿来,拿来老汉就穿上,说:"再没有旁的事了。"就闭了眼。

那老汉入殓的时候,几乎半个村子的人都戴了孝,都是他的晚辈。男人们跪下来粗声粗气"呜呜"一阵,女人们哭得有腔有调。那老婆儿平平静静地坐在棺材旁,摸摸棺材上的漆。

又过两个月,老婆儿也死了。

那座小院落就更加静寂,主要是没有了猪和鸡的声音。

随后村里闹了一阵子"鬼"。好些人都说又见了那老汉和老婆儿,有说见二人相跟着在村里走的;有说见他俩在那院前坐着,老汉问明日吃啥,老婆儿说白馍大肉都有哩,情愿吃啥就吃啥。公社来人吓唬了一顿,又拿来一条粗绳,才没有人再说。

十九

电影放映队要来了,从县城出发了,自下川往上川走,每到一个村子演一晚上。电影队还在几十里外,消息就传到清平湾,全村人都盼着。总共三部片子,《地道战》《地雷战》《列宁在十月》,各村任选一部。

娃娃们扳着指头算日子,一面回忆起曾经看过的一部电影,就所有能想到的细节争论不休,譬如:上了刺刀的步枪是否还能放响?倘能放响,何必不放响呢?两个人刺刀对刺刀,你干吗不搂机子?你先搂机子,对方不就先"死他妈×"了吗?然后说到拼刺刀的场面,娃娃们都兴奋得捋胳膊挽袖子,跑到场院里滚成一团,直到四元儿把五元儿的头打出血。五元儿并不哭,用手捂住伤口,想把血捂回去。四元儿却吓得脸发白,实指望五元儿能把血捂回去。疤子正到场里来,四元儿赶紧跑,所有的孩子都跑散,只剩了五元儿。五元儿既流了血,屁股上又挨了疤子两脚,这才觉得委屈,一个人哭着回窑去。

年轻后生们在山上锄地,从电影说到当兵;说到当兵吃国库粮,每月还有好几块钱挣;说到赵家河有个人年昔当兵走了南方,来信说一股劲吃大米、白面,往饱里吃,不计数数;又说到有个人当了几年兵回来,就分配在县里供销社工作,一个月挣四十几块。"不用打仗它狗日的,咱也去当一回兵,怕不能?""立个战功回来,日那些妈的,再不要受。"打过仗的老汉们就嘲笑这些年轻人:"把你能成了什么!炸弹一响,保险你狗日的趴下。""三天不得过去,你狗日的就要想回窑搂老婆了。""操心机关枪把你狗日的球打烂!"几个老汉瘪着嘴笑。

电影队近了,离清平湾还隔着两个村子,老乡们就都跑去看了,走二十几里路,看一回无数颗地雷乱炸,像是看焰火。婆姨女子们都穿了出门的衣裳。年轻的后生就可能买一包纸烟,享受享受,排场排场。地雷一炸,娃娃们都喝彩。清平川没有电,电影队自带一部脚踏式人力发电机,样子像自行车,两个壮劳力轮流骑在上面拼力蹬。有时蹬机器的人光顾了看电影,看得入了迷,脚下的速度就放慢,于是电影的速度也放慢,银幕上的光变暗,人物的对话走腔走调,地雷的爆炸声也不同凡响。娃娃们又喝彩,大家都笑,觉得愈发有了看头。散了电影,再走二十几里路回来,山路上洒满月光,四处庄稼叶子响,一群人吵吵嚷嚷,回味着各式各样的地雷,嘲笑日本鬼子的丑态,以为战争本来十分有趣。我们也去看,虽然几部片子在北京都看过,但生活需要有点变化,需要红火。有的老乡要连着看五六个晚上,不怕五六个村子都选《地雷战》。爱看打仗的人多,因此选择片名上有"战"字的,地雷又比地道显见得红火。

在清平湾演的那天,我们跟徐财说:"看《列宁在十月》吧。"电影队长在一旁听见,说:"那要多出五块钱,这片子是进口的。"这也是各村都选《地雷战》的原因之一。我们那儿,一个大队如果有百八十块钱公积金,就算得富队。徐财为难了,把队干部都叫来商量,大家说,还是看个便宜的就对球了,队里的架子车的轮胎烂了好几条还没有钱换。我们赶紧说:"不在这五块钱上。《列宁在十月》老美气。""咋?""有男的女的亲嘴儿!"李卓说。这一计策果然妙,在场的人都说:"咳呀,那就看上一回。穷死不在这五块钱上。"

看罢《列宁在十月》,老乡们都称赞瓦西里。"瓦西里好身体,个子怕比袁小彬还高。""瓦西里能行,心忠哩!一疙瘩干粮还给婆姨撂下。""看那瓦西里的婆姨,生得够咋美!"公认这片子确凿是比《地雷战》好看。议论要延续好多天,延续到窑里、场院里、山里。有些见识的人说:"外国人亲口和咱这搭儿握手一样样儿。"多数人不信:"球,你和你婆姨倒常握手来?"于是有人说出不宜见诸文字的话来。又有人唱了。"抓住胳膊端起手,搬转肩肩亲上一个口。"有人又和:"把住情人亲个嘴,心里的疙瘩化成水。"又唱:"要吃砂糖化成水,要吃冰糖嘴对嘴。"又和:"砂糖不如冰糖甜,冰糖不如胳膊弯里绵。"再唱:"墙头上跑马还嫌低,面对面睡下还想你。"再和:"你是哥哥的命蛋蛋,搂在怀里打颤颤。"再唱:"一把捉住哥哥的手,说不下日子你难走。"……

电影队不定几年才来一回。

二十

有一篇外国小说中写过这么一件事:一个负责计划生育的官员,到贫民区去调查情况,兼而做一次"少生儿女可以使生活富裕起来"的宣传。那儿的人告诉她:"到了晚上,有钱人去看戏了,去跳舞了,去听音乐会了,我们上哪儿?上床。于是一个接一个的孩子就出世了。"

不过清平湾没有床,人都是睡炕。全村三百多人,大约一半是孩子。平均每家四五个娃。少则两三个,多则八九个。

村里办着小学校。小学校有一眼窑,一个老师,几十个学生。窑前的树上挂一块胡宗南留下的炮弹皮,上课下课时就把那炮弹皮"当当当"地敲响。学生多是八九岁,再小的学校不收,再大的就都能上山受苦,家长不让来了。学生分成两班,一个班在窑里上课时,另一个班就在窑前写字,因为窑太小。轮在窑里的不得不跟着老师朗朗地读书:"胸怀祖国。""胸——怀——祖——国""不要看外头! ——放眼世界。""放——眼——世——界""不要看外头! 敢教日月换……"这时窑外的一个班不知出了什么事,笑嚷声震天响。老师出来猛吼几声,抓出一个来问,才知四元儿用墨水把自己两腿之间的东西染成了蓝色。老师把四元儿推搡到窑里去罚站,剩下的孩子都安静下来,纷纷跪在窑前的空地上撅着屁股写"鸠山设宴和我交朋友",写二十遍。写字的本子各式各样,有从供销社买来,也有用糊窗纸订的。五元儿的本子竟是用装肥皂粉的纸袋拆开后订成的,那纸袋只可能从知识青年窑里捡来。五元儿头上的伤还没好,缠着布条,转着脸四处看,嘻嘻笑,手下写得飞快。

老师是本村的,上过县高中,眼睛近视得厉害,永远眯着,不和你撞个满怀绝不能发现你,发现你以后还要再看你一分钟,然后微笑着叫出你的名字,不保证一定叫得对。

"干吗不配副眼镜?"

"有一副,打碎了。"

"再配一副呢?"

"又要十几块钱,还不晓得啥时间又打碎。"所以他宁可总眯着眼睛。

老师这营生也苦,一天上六节课,只挣八分。逢上农忙还要带着学生上山支农。

"年昔娃娃们捡的麦穗,打了几斗麦。"老师对徐财说。

"噢。"

"卖了几十块钱。看是咋介……?"老师很想给学校添些用具。

"这事要队委会商量。"徐财从不独断专行。

队干部会上一商量,大家都说那股子娃娃也不容易,不如割些大肉让娃娃们吃一顿。于是大肉买来了,小学校放两天假,教室窑里的灶火整顿好,支起大锅来炖肉。又买了漏粉,发了豆芽。所有的队干部都来帮忙,整宿守候在大锅旁。肉炖熟了,众干部就都先尝一碗。然后又一锅一锅地蒸白馍。馍蒸熟了,众干部又都先尝几个。

早晨,娃娃们过节般地早早爬起来,抱着父母早给预备下的大碗到学校来。几十个娃娃排好队,坐成一片,捧着碗望着教室,出声地吸着鼻子,捕捉教室里流出的肉香,赞叹声不绝于耳,逐渐地又打闹起来。徐财喊:"悄悄儿!谁日怪哩?不给狗日的吃大肉。"娃娃们都闭上嘴,屏住呼吸。大肉白馍全端出来,娃娃们都把大碗举向半空,所有的眼睛都瞅着第一个分到大肉和白馍的孩子,一时间全村都很静。每个娃娃分得一个白馍,小半碗肉,大半碗漏粉、豆芽和肉汤。娃娃们都很快乐,互相比着谁分到的肉更多,而且更肥。都先喝一口肉汤,吃一点豆芽和漏粉,看见别人碗里的肉没动,自己也不动。四元儿忍不住吃了一大口肉,别的娃娃都笑他,都往他碗里看,笑他碗里已经没有原来那么多肉了。

"咋,狗日的们操心吃!"徐财喊,也很快乐。

怀月儿先端着碗往回窑走了,说是要给她大、她爷、她妈、她兄弟都尝尝。所有的娃娃都想起窑里,骄傲地端着碗往回走,一边用筷子蘸点肉汤在嘴里嘬。

五元儿永远是个倒运鬼,飞似的往窑里跑,肉和菜全扣在地上,一只大碗也捣烂,又遭了疤子一顿骂。肉和菜捡起来洗洗还能吃,半碗汤却全喂了狗。狗把那块地舔成一个坑。

二十一

五月里,麦子黄时下起了暴雨。

我们那地方树少草少,山上存不住水,只要二十分钟大暴雨,山洪就下来。那地方的雨也来得快,刚才还是明晃晃的烈日,什么时候天边藏了几块发亮的云彩,忽然响了雷,那云彩立刻黑压压爬上来,在山里拦羊、拦牛的人常常跑不回村,雨就下来。

那天我们正在山上锄谷,一抬头忽然觉得远山一片模糊,像是罩在雾中,老乡们就喊:"下得来啦!"队长捏着下巴看一会儿,说:"回!"每天上山来就盼着这一个"回"字,扛起锄赶紧往回村跑。跑一阵回头望,近处的山野也变得朦胧,天变得低矮,地显得苍白,齐刷刷一道雨线几十里拉开,横着在身后追来,看看跑不脱了,就钻进半崖上的小土窑。山里常见这样的小土窑,半人高,是人们打了专为避雨用的。蹲在小土窑里再往外看,群山都隐没在大雨中。

那天亏得我们跑回了村。我们先是躲在大南沟口的小窑里,感谢老天爷的照顾,心想可以美美地歇上一后晌了。那时我们盼下雨如同小学生盼星期天。若是早晨还在梦中先就听见雨声，准有一位怪声地高呼万岁，然后打响一连串喜不自禁的哈欠，把别人也吵醒。被吵醒的人都从窗口看看雨势大小，浑身上下挠一阵再躺下，骂第一个人多事，吵了大家的好觉。下雨就是我们的星期天，可以歇着，不用天不亮就滚起来去干活，也不用为不出工而在心里谴责自己没有好好接受再教育，心安理得地躺在窑里看会儿书，打会儿牌，直着脖子唱一阵。最窝心的是唱着唱着雨过天晴，又听见队长站在谁家的窑顶上喊"山里走"。那天的雨真下得大，栓儿看看天，云层越来越厚，栓儿说："不敢盛了，操心一程儿山水下来把咱拦在河这头。"

河水已经涨了，好不容易扭扭歪歪地蹚过去。村里一片"丁丁当当"的敲盆敲罐声。人们站在窑檐下，用木棍、石块把盆盆罐罐敲响。"老天爷爷，可不敢下冷子！"婆姨们一边念叨，神情严峻。仿佛老天爷下雹子专门是为了把盆盆罐罐敲响，人替天敲，天就可以省了这份麻烦。雨紧一阵，丁丁当当的声音也紧一阵。男人们仰面凝神望着天。我想，锣鼓的由来是否与冰雹有关。

山洪下来了。几里远先听见了隆隆的喧响，转眼，墙一样高出水面的洪峰就过来，挟裹着山间的泥土砂砾、枯草败叶，呼啸呐喊着奔过清平湾。清平河再不是那么清平舒缓，骤然间变成几十丈宽的急流，惊涛汹涌，浊浪拍天，似乎生怕辱没了它黄河子孙的声名。

我们披了雨衣跑向河边。雷声雨声水声，响成一片，面对面说话也要喊。天色灰黑，水色昏黄，乌云紧贴着山头翻滚，滔滔黄水如与天相连。闪电在云水之间划开，竟显出火一样的红色。村庄如一座蚁穴，弱小、飘摇。我们站在岸上惊叹着，光看见对方张着大嘴喊，听不清喊什么。清平河只是黄河上一条无名的支流，由此能想见黄河的气势了。

平时可以游泳的那个水潭不见了,急流在那儿形成一个大旋涡,掀起两三丈高的大浪。浪峰上有时托起一块上百斤重的大树根,然后又把它重重地摔进河底,一会儿又见它在远处的急流里翻滚上来。一百多斤的好柴被洪水抢走。

栓儿头一个跑来捞河柴,身上披一块破麻袋片,拿了木叉、镰刀和一根很长的木竿。那儿的规矩,不管什么东西,放在山里绝没人偷,但只要被洪水推走,谁把它从急流中捞上来,谁就是它的新主人。多是些碎柴。偶尔也有一两根圆木被推下来。一根圆木上百块,谁捞了也高兴,但又想起它的旧主人,真心叹道:"日这洪水的妈。不晓得又把谁做过了①。"然后把圆木抬回窑去。

女生们也站在河边,又嚷又笑,似乎还唱。

"笑咧!一程冷子下来全不要笑!"栓儿在我耳边喊。他正把镰刀往那根长木竿上绑。

"冷子一打,一年的苦顶喂了狗!"他又在我耳边喊。

"什么?"

"麦子全落在地里,水一推,球毛搁不下一根!"

我愣一下。

"哄你?玉米、桃黍也敢球势。"

"会下吗?"

栓儿再看看天:"敢哩!"

我们都安静下来,感到了一点恐怖,想到明年不能再吃国库粮,往后的日子与收成的好坏有联系。不觉中都仰脸凝神望着天。

"怎么办,那?"

"弄上根绳。"

"绳?"

"把脖颈扎起!"栓儿说,像在说一个平常的玩笑,却不笑。

---

① 把谁做过了:叫谁倒霉了。

二十二

担粪上山,沟里走几里,山上再爬几里,六七十斤的担子压在肩上。有条沟叫愁牛沟,意思是牛走起来也发愁。愁牛沟的尽头就是苦行山,那架山梁又高又长,是说在那山上走最是件苦事呢?还是说谁能担粪爬上那架山,谁就最是好受苦人呢?北京话说"活儿干得好",陕北话是说"苦行"。还有座山叫日天峁,是全村的最高点。绝不是说它高得接近了太阳和天。提醒一句:那山又高又陡,几乎直上直下。老乡们的想象极大胆。

我和仲伟、小彬在日天峁上掏过地。掏地就是刨地,或者叫翻地,七八个人楼梯似的站成一斜行,从东走到西,再从西走到东,一步一镢,慢慢从山脚掏向山顶。牛耕不过来就人掏。一把老镢六七斤重,举起来画一个弧,落下,腰一塌屁股一撅,借点惯力,一镢一镢地把整座山一寸不落地刨开。看着太阳升起来,变红,变白,变热,身后掏下的地已经不少;看着太阳落下去,变红,变大,变冷,眼前没有掏开的地似乎还那么多。除了黄土还是黄土,漫无边际的黄褐色。说笑声便低落,渐渐变成无声,世界上只有镢头砍得地球响。黄土飞扬处一群人奋力挣扎兼而喘息。

就盼着队长喊——"歇一程儿!"立刻把老镢一扔,咕咚咕咚纷纷倒地,把两只鞋撂起来当枕头,白羊肚手巾盖在脸上,如同死去。想睡一会儿,因为人会累。可是又渴了,因为人又会渴。这些弱点都不如机器。山沟里就有泉眼,这最糟,还不如没有,没有倒可以死心塌地歇一会儿了。现在看你是忍着渴歇一会儿呢,还是放弃休息去解解渴呢!山太高,跑下沟底去喝一顿再爬上来,多半正赶上队长喊"落灶"①。那时你不会再有另外的感想,只想骂天

---

① 落灶:开始。

了,才更觉出"日天崩"这名字的妙处。"日这老天爷的娘!"

仲伟从家里带来块四十年代的老"罗马",清平湾的人从没在近处观察过手表,于是全体传看一遍后,都对它倍加崇拜。开始歇歇儿时,队长郑重地问一声:"仲伟,给咱把表看好。""三点半!"仲伟说。过了好一阵子,队长问:"几点了?"仲伟早已把表往回拨过,说:"三点三十五!"队长想,才过了五分钟,再歇一会儿吧。我们再把表往回拨。又过了一阵子,队长又问。仲伟说:"三点四十!"队长望望太阳,心里起疑,搬过仲伟的腕子看,果然三点四十。"球,什么介日怪表。落灶!"我们只好抡起老镢继续掏地,深悔搞得太过,致使队长对老"罗马"失去信任。再一个偷懒的办法,说出来大不雅——去拉屎。掏地的人中有婆姨女子,找个背人处去方便方便是颇通情理的,队长没话说。北京人只懂吃饭是一种享受,绝难理解另一种形式的乐趣。如果再闹闹肚子,就更不失为一种艺术。找个远而背人的地方,自然闹不起很多肚子,我们就各找了位置躺一会儿,长吁短叹,"这他妈不是人干的活。"我瞪着天,发觉这辈子有点不堪前瞻了。一天两天好受,一年两年也凑合活,一辈子呢? 北京又传来消息,说是没来插队的人都分配了好工作。我们搜肠刮肚用尽所掌握的脏话大骂一阵,躺在山坡上,再没有别的主意。"小彬,你真不如去当兵。"仲伟说。小彬愣愣的。鹞鹰在天上盘旋。山的影子在拉长。闹肚子也不能闹到天黑去,只好又爬起来灰不塌塌往山上走。肚子咕咕叫,浑身都酸软,对日天崩的理解又深一步——老天爷不公平。

山上,一行人还在上了发条一般缓缓移动,镢起镢落,镢起镢落,像一排灵活的农具。清平湾的人世世代代就这样。太阳默默沉到山后去,山谷里漫起迷蒙的暮霭。镢头依然砍得地球"空空"响,仿佛宇宙中无始无终的脚步。忽然响起山歌,由弱渐强,优美二字不便形容。"咿哟喂——""哟嗬嘞——"不过像全力挣扎中的呼喊,不过像疲劳寂寞时的长叹。也不太拘泥拍节,尤其起句和结束,可以任意拖长,大约依据山野的宽阔度而定,也可能依据心中愿望的焦灼度。歌声在天地间飘荡,沉重得像要把人间捧入天堂。其中有顽强也有祈望,顽强唱给自己,祈望是对着苍天。

苍天不开恩,一年的力都白出。

插过队的人,懂了那祈望的虔诚与恐惧。

老天爷,可别下雹子!

二十三

也有人不去敲盆敲罐。也许是不那么信奉神灵,也许是受惯了生活意外的掠夺。他们大约更相信,只要出力气,随时也能得到上苍的恩助。河岸上站了村子里最精壮的男人们,拿着叉、耙、长把镰刀,呼唤呐喊着捞河柴,呼喊声和浪涛声交融在一起,想让掠夺者留下买路钱。

栓儿四十岁,个子不高,却很壮,膀阔腰圆,小腿肚子上的肌肉隆起来像一盏灯笼。你不由得要想,他凭了什么能从糠麸掺半的食物中榨取这么一身筋肉?你就想想牛吧,牛从柴火一样的干草中能提炼出多少力气。栓儿端着长把镰刀立在河岸上,两眼盯着上游的浪峰。他指望捞一根圆木。他看不下那号绒柴,多一把柴烧顶球个甚?一根圆木能换回几斗麦!已经有两根圆木从靠近对岸的地方漂走,几个壮汉瞪眼看着,骂爹骂娘,像一群背运的强盗。栓儿身旁站了另外两个男人,每人也端一把长镰刀,三个人说好,得了圆木三家平分。栓儿实在不情愿同旁人合伙。但要想捞到大根圆木,至少得三个人,圆木像一匹野兽从上游横蹿竖跳地奔过来,三把镰刀得一头、一腰、一尾同时剁上去。一个人不行,圆木会把人也拖进洪流。据说栓儿被拖走过一回,那回他拦住了一根合抱粗的大圆木,镰刀剁得很深,他拼死力往岸边拉,圆木被水冲得横过来,拖着他往前跑,众人喊他放手,合抱粗的一根杜梨木呀!

他舍不得,再说也不能就这么倒赔了一把镰刀。圆木把他拖进河心,他撒手了镰刀,攀住圆木,就那么让浪头挟裹着,摔打着,漂了几十里,没死,也没放手那圆木,清平河一个急转弯把人和木头一起扔上了岸,只是浑身被水中的沙砾、树枝拉挂得鲜血淋淋。那样的事只可做一回。那时年轻,又没有婆姨娃娃牵挂着。

栓儿的力气是全村第一。栓儿的饭量全川第二。都说上川的贾家坪有个人更是好吃法,一顿吃过二十几个白馍,一顿吃过一簸箕油囵囵儿。有年八月十五,那人割了八斤大肉,放在锅里煮熟,婆姨捞一块切一块,那人吃一块,吃了一程儿那人说:"对球了,也给你们娘儿几个留些儿。"婆姨再去捞时,净撂下一锅汤。在山里受苦时,老乡们总爱讲这个故事,讲得有板有眼,语气和表情都掌握得恰当。单是肉的数量一节,常常引起争论。"不止八斤咧,八斤了,我吃着也老消停!""怕够十斤哩!""噫,十二斤也够!不信咋?!"说十二斤的人脸也红,脖子也粗,青筋暴涨,仿佛受了许多年冤枉。其实没有人压制他,众人都情愿信任他,就像情愿信任老天爷是有眼的。说十二斤的慢慢平定了情绪,沉思着点烟。众人也都静静地追忆或畅想,气氛异常和睦起来。这故事我听人讲过不下十次,肉的数量最高到过十六斤,只有"放在锅里煮熟,婆姨捞一块切一块,那人吃一块"这一情节不变,而且讲的时候音调温柔得如嫩柳轻扬。我渐渐醒悟,那是一个美好的传说,若长久地饥饿便能长久地流传,最终如灶王爷、城隍爷、赵公元帅一般,又生出一路神仙,主管人间吃肉的事务,保护众生吃肉的权利。

栓儿是全村第一个好受苦人。别人担两趟粪,他只用一趟,一趟把两担粪全担上山,剩下的工夫可以整自留地,可以鼓捣他的小铁匠炉。他有一套铁匠的家具和一份打铁的手艺,能打除拖拉机之外的一切农具。他还是个不坏的木匠,手艺当然比不上宝生,宝生是专业木匠。但要是破木方、立柱架梁,人们宁愿请栓儿。宝生专做细木工,而且老了。但那时只有上山受苦算社会主义,担个铁匠挑子去揽活做就不如直接去县大狱。县里、公社都有铁匠铺,没有木器加工厂,因而宝生获准可以出去揽营生,但每日所得要全数交到队里,队里给宝生记十分工。即便如此,栓儿还是羡慕宝生,一天三顿饭吃在雇主头上,省了自家的粮。在栓儿眼里,天下幸福者莫过于宝生。还有榆林、绥德下来的那些匠人,出了力就能见到钱,钱是旱不死冲不走的。大约榆林、绥德有另外的政策,我们这地方穷得还不够。有年冬天,栓儿半夜起身,冒了大雪,担着铁匠挑子偷偷离了清平湾。婆姨只对人说他是去串亲戚了。那一年是遭了旱灾,家家囤子都见底,再看看栓儿的铁匠家具全不见了,谁还解不开他做什么去了?栓儿出去了一冬,回来时一根粗绳等着他,五花大绑被请到县大狱去。那些年,人们渐渐不把坐大狱看成太可怕的事。犯人亦可谓"公家儿的",遭不遭灾都有饭吃,监狱以外的人倒难免吃糠、挨饿。乡下人也不在乎什么档案不档案,想不出将来会有什么好事要受档案影响。栓儿在狱里养了几个月,白白胖胖的放回来,庄里人都说:"咳呀,做得了嘛!"译成北京话就是"赚啦"或者"不亏"。只是亏了窑里人。栓儿婆姨挺着个大肚子正在地里锄豌豆,听说男人回来,慌慌地往回跑,见了栓儿眼泪汪汪坐倒在窑前。当夜又为栓儿生下第四个儿。

栓儿在队里受苦再不多出力。只是譬如捞河柴的时候,他才又绷紧了浑身的筋肉。

二十四

谢天谢地,雨渐渐小了,没有下雹子。

骤然天开了,夕阳异常辉煌,山川灿烂,清平河宽阔、浩荡。水声依然震耳,大浪还逞着余威,浪峰上托出被淹死的羊。

阳光又爬上崖畔,瞎老汉和"花脑"坐在崖顶上。清平湾又恢复了安详。婆姨、娃娃都跑向河边。小脚老婆儿也跷跷地往河边去。

大水翻滚得好看,夕阳在每一个浪尖上点亮一炬火把,像在庆祝一个节日,狂呼狂舞着去黄河。

岸上的人群也像在庆祝一个节日。很多人捞到了死羊,喊,笑,把羊往窑里抬。又都真诚地喟叹:"不晓哪庄里又倒了运……"

我们也找来镰刀绑在木杆上,七捞八捞也截住了一只死羊,使劲往岸上钩。全体女生不近不远地围在我们身后,模棱两可地念些贺词:"呀——""哎哟——眼睛还睁着哪!""真惨噢。""小心别掉下去。""呀——"众男性就感到身体里添了燃料,七手八脚出了许多笨力气。羊腿一颤,贺词也一颤:"哎呀……"纷纷退一步。男生退一步进两步,抓了羊腿,抓了羊头,镇静如一帮元帅。

把羊抬到灶房,当即剥皮、剔肉。女生仍都围在四周,想帮点忙似的,提醒应该拿一个盆来,再拿一个盆来。

"你们还不赶紧和面。"男生说。

"和面?"

"啊?"

"白面?"

"当然白面。"

"干吗?"

"吃!废话。"

"废话!吃什么?"谁也不是好惹的。

"饺子。"

饺子很鼓舞人。大家都变得勤快、大度、和气。月亮升起来,饺子熟了。男生聚在碾盘周围"唏里呼噜"地吞;女生围住磨盘,吃态雅不了太多,终归噪音小些。大家都一样甩汗。几条狗远远地坐在暗处。一只猫跳进灶房,被打出来。猪也哼哼叽叽地过来晃,听说人们吃的羊肉,自己有点放心。小彬吃出一块糖来,女生们都笑眯眯地把目光投向他,说吃着了的有福。

这是男女生双边关系史上的一个里程碑。

晚上躺在灶上,心里胃里身上都舒服,大伙又记起小彬有福。"驴奔儿算有着落了,你们几个还得让我费心。""这孙子!咱们先给他张罗一个怎么样?""行,给我张罗谁吧?""沈梦苹怎么样?""不行,沈梦苹看上仲伟了。""听他妈这小子放屁呢!"仲伟说。"那算了,给你说庄宁吧。""庄宁?庄宁看上金涛了。""真的?何以见得她看上我了?"金涛比仲伟有幽默感。"捞羊那会儿她老看你,没发现?""没发现。你发现了?""当然。""你老看她来着?"这时候李卓出去上厕所,提着裤子跳进来:"嘘——别嚷啦,女生就在疤子窑里呢。"我们和疤子家住隔壁。"真的?谁?""好几个。"大家侧耳细听,崖下的水声很大,疤子窑里是像有她们的声音。"得,这回可他妈现了。""别说话,听!"再听,水声依然大,疤子窑里又像没有她们,明娃妈在织布。"精神病,你们。""李卓这小子,甭给他张罗!""小点儿声!你们听——"又都支楞起耳朵来,疤子窑里确实有细声细气的北京话。大家都闷了,面面相觑了一会儿,又都压低声音笑起来,说这下可恶心了。"咱们刚才都说什么了?"大伙逐句回忆一遍,无疑不妙。"她们也许听不见?""没法儿听不见,多大声儿呢。""顶他妈牛小子声儿大。""你呢?你他妈不比我声儿大?"大家都有点傻眼。

我们虽然有时开些没分寸的玩笑,但心里都把爱情看得纯洁、神圣。那夜集体失眠,不断有人去上厕所。头一回正正经经地探讨了爱情问题,知无不言,大家都多懂了不少。

天亮,小彬去问疤子,昨晚女生是否到他窑里去过,疤子说没有。

二十五

不久,另一个庄里插队的同学来串,说起他们那儿遭了雹灾。

麦子全打烂在山里,老乡们拿着笤帚、簸箕上山去,把混了麦粒的黄土撮起来,一点一点地簸。娃娃们在黄土里一颗一颗地捡。不少婆姨簸着簸着哭倒在山坡上。我们听得肃然又悚然。

"国家会给救济粮吧?"

"给哩。给不闹①。"

"能给多少?"

"球不弹,"老乡说,"要饭去呀!"

"要饭去?"

"不了咋介?饿死去?"

这言论可算反动。不过那是北京的习惯,在我们那儿行不通。我们那儿的规矩是,出去赚钱要绑一绳,出去要饭可以随便,方圆几千里内保证没有外国人。西哈努克来过一回延安,据说那几天延安街头没有要饭的。要饭多在冬天,一来闲下无事,二来窑里剩的几斗粮要留到春天吃,否则农忙时靠什么来转换成牛一样的力气呢?有时是一个人,拖一根木棍,提一个布袋,木棍随时指向身后称职的狗。有时是一家人,男人喊一声:"打发上个儿!"婆姨牵定娃娃站在男人身后。挨家挨户地要,只要给,无论多少都满意。给的人体会要的人难,要的人看出给的人距自己也只差一步。

刚到清平湾时,我们还信奉着"在我们国家,要饭者必为好吃懒做之徒"的理论。茫茫大雪中,走来一个拖着木棍的人。村里的狗叫起来。那人走到我们灶房前,喊:"打发上个儿!"那人长得挺魁伟。

"你干吗不好好劳动?"徐悦悦先去质问那人。

"什吗介?"那人没听懂,声音很和气,以为是在和他商量一件什么事。

"不劳动者不得食!"沈梦苹说。

---

① 不闹:不多。

那人愈茫然,怔怔地站着,才发现这群人的语言和穿戴都奇异。

"你身体这么好还要饭哪?"

"你是什么农?"

"打发上个儿。"那人低声说。他既不懂我们的话,又不知道再该说什么。

明娃妈走到那人跟前,给了他一块干粮,说:"这些才从北京来,解不开咱这搭儿的事。"

那人拖着木棍走了,不时惶惑地回头来望。

冬天,我们熟悉的人中也有出去要饭的了。我们知道那些人实在都是干活不惜力的好受苦人。清平湾虽没遭雹子打,但公粮收得太多,年昔欠下的公购粮又要补上。年昔我们庄也是因为遭了灾,公购粮卖得不够指标。指标年年长,因为年年都有"一派大好形势"。要饭都是跑出几百里地去要,怕在熟人跟前脸面上不光彩,又以为越远的地方生活会越好些。翻山越岭,走雪地,顶寒风,住冷窑,那绝不是好吃懒做的人能受的。

冬天,我回到北京。母亲乐得不行,继而又落泪。我把一年的所见所闻向来看我的人讲个不停,自我感觉像个历险归来的英雄。听的人都惊讶,都感动,都叹气,最后又都认为我长大了。白天,剩我一个人在家,站在阳台上,看见上班的人潮,看见下班的车流,看见退休的老人带着孙子在冬阳下散步,心想天底下确乎不只有一个世界……

二十六

去年暑假,徐悦悦从美国回来探亲,到我家来看我。她穿了一件结构非常简单的针织衫,一条短裤,戴一副金丝眼镜,留着披肩发,显得比十几年前插队的时候还年轻。也许是因为那时她们都穿又肥又大的蓝制服,显不出身材的美来。她已经拿下了硕士学位,正在攻读博士,专业是什么"细胞免疫"一类,我搞不太清。

"还要学几年?"

"两年。或者三年。唉——"

"怎么'唉'?"

"就是。唉——"她自己也笑,沉一下,说,"嘿,你负责把你们那伙男生都找来,我负责找女生,咱们清平湾的一块聚一聚怎么样?"

"你请客?"

"当然我请。"

"气真粗。财大气粗。"

"唉——"她又笑,耸耸肩,有点美国毛病,"怎么样?"

"都找来恐怕办不到。"

"当然,得在北京的,能找来几个找几个。"

"去烤鸭店?"

"不如就在家里。买些熟食回来。可以好好聊一聊。吃扁食怎么样?嘿!吃扁食!"

"那就便宜了你。"

"咱们可以把馅弄得好些。为的是大家一块边包边聊有气氛。"

"在谁家?"

"当然在你家。你这腿有什么变化没有?"

"很稳定,雷打不动。"

"我在美国问了不少大夫,也都说这种病……"她摇摇头,"不过你的精神状态真好。"

"没办法。没办法的事太多。"

"真是真是。真对。唉——"

"怎么回事你?"

她勉强笑笑,又勉强笑笑:"也许正像你所说,没办法的事太多。"

"就下星期日?"

"什么?噢,行。"

男生来了六个。女生来了三个,庄宁、沈梦苹和徐悦悦。徐悦悦又把她在美国的生活介绍一遍。她自己住一套房子,一间卧室,一间客厅兼书房,厕所、厨房、洗澡间都有。住处周围的环境很美,处处是草坪,小树林,白色和红色的小楼房,幽静的小路。春夏一片绿色环绕,秋天色彩斑斓,天发亮时各种鸟儿就叫起来。吃的东西非常便宜(只要你别老去下馆子,那可受不了),一个大冰箱装满了鸡、肉、蛋、菜、水果、饮料和鱼,够吃一星期;花一点时间自己做做饭,吃得很好。过节时请几个朋友来,施展一下中国的烹调技术(艺术,我说),把那些美国人都惊倒。

"你已经把我惊倒了。"仲伟说。

"嗯?"

"房子!你知道我现在住几平米?三口人,十平米,其中四平米漏雨。"

她说她本也想买一辆旧汽车,可她不敢开得太快,那样在高速公路上开就要被罚款,所以没买。她总搭她的美国老师的车,车开起来飞一样。她到她美国老师的家乡去玩过一趟(是在密西西比河边,还是在密苏里河边,我又没记清),总之是乡下,是牧场(还是农场?我这记性真不行)。她在那儿住了一星期。她老师的父亲经营着牧场(或农场),母亲是个虔诚的基督徒,忙于各种运动,譬如为残疾儿童募捐,为一些其他国家的难民募捐,或者去游行,抗议核军备竞赛什么的。她在那儿学会了骑马,在一望无际的牧场上跑。太阳出来时,雾气渐渐退散,露水依然闪光,牛叫,羊叫……

"你们知道我忽然想起了什么。"

"清平湾。"

"唉——"

"谢谢你的中国心。"

"别逗了。你们不理解,这是自然而然的。"

大家都垂下眼睛包饺子。

"其实那儿和清平湾一点儿都不像。他们家是一座很大的白色的房子,房子后面不远,有一片水塘。晚上他母亲总弹一会儿钢琴。我就想起陕北那些揽营生的吹手,喔儿哩哇啦的唢呐声。还有那时仲伟总在晚上拉小提琴。水塘那儿总有几个孩子在游泳,钓鱼,划一条漂亮的木船。有一天我一个人坐在水塘边,从日落一直到月光很亮,白房子那边又传来钢琴声,我忽然想哭,当然中国人善于不出声地哭。他来问我怎么了,我说你们美国人不会懂。他说他当然懂,很遗憾我会觉得他不会懂。"

大家又都沉默了一会儿。大约都想起徐悦悦已经三十多,还没结婚。

徐悦悦带回来一道难题:那个美国人爱上了她,她也喜欢那个美国人。可是她知道她必须要回中国来。

"怎么必须?"

"没人强迫我。而且那儿的生活对我来说也没有什么不习惯。"

"你觉得那个人怎么样?"

"挺好的。确实挺好的。"

"模范丈夫?"

"少废话,现在还谈不上。我大骂过他两回。我这人怪,我也知道我这人太怪,中国的很多弊端我可以说,可是我不许他说,他一说我就来火。他倒是不光说中国的,也说美国的。"

"这反而有失国格。好像中国人都跟你一样是极左分子。"

"少废话!"

"而且不一定只有待在国内,才是爱国。"

"这我比谁都懂。可不知怎么的,我想我要是不回来,非忧郁而死不可。我不知道我干的一切事,都是在为谁。"

"不一定在中国才能为中国干事。杨振宁的成就对全人类都有益,其中也包括中国人。"

"这我比谁都懂。可我不行,我好像只有看见我是在为谁干事,我才能相信我是在为谁干事。我大概是个感情型的人。"

"那——他不能到中国来吗?"

"也许能来,但他能不能永远在中国,我不知道。我也不能那么要求他,他有他的祖国、事业。我也不相信我对他有那么大的吸引力,能让他永远在中国。他的研究课题,目前在中国搞起来就很困难。"

"你呢?"

"什么我呢?"

"你的专业,回国后会不会……"

"够呛。我有点后悔当初选了这个专业,不如就当个医生。要不就回国当老师,光讲理论,不需要很多设备。"

"你离开他觉得怎么样?"庄宁问。

她不说话。

"那怎么办?"

"唉——"她强作欢颜,对我说,"所以那天你跟我说,没办法的事太多了,我说真对。你们几个男生喝酒呀?"

"要么留在美国,要么回来。"小彬干了一杯酒,说,"再找一个,好人有的是,没什么难办的。"

"找谁?你们都成家了,只有他。"她说,"可他心里的那个目标,坚定不移。"徐悦悦显出美国式的开放和幽默,为了把心底的忧郁冲淡。

大家说应该为徐悦悦干一杯,为她将来的好运,也为她不再像插队时那样是个极左分子了。

"谁是极左分子?!"她又跳起来。

"就是你,阁下,这没错儿。后沟里的果树不是你领头砍的?"

"废话!没有你们?!"

只有金涛一直不怎么说话。

二十七

插队的第二年,村里的小学校要增加一名老师,队干部开会决定让金涛当,认为他的字写得好,又能说,保险哄得好那股子娃娃。金涛上任不久,原来的那个老师又病了,到县里住了医院。金涛说他一个人可不行,要求再派一个老师。徐悦悦便自告奋勇。徐财想,这事便宜,不用再耽误一个男劳力,当即批准。

男生又都敏感,说:"行,牛有点儿桃花运。""有道理,徐悦悦八成是奔着牛去的。""金涛这下子要受气了。"

"别神了!我受什么气?"

"徐悦悦可是个厉害主儿。"

"厉害?瞧我收拾她。"

"牛!"

"嘿你们等着,我十天之内让她俯首帖耳。"

"牛×哄哄。"

我那时当了饲养员,喂牛。二十几头牛,我喂十几头,一个老汉喂十几头。老汉姓白,我在另一篇小说中写过他。饲养场离小学校很近,一下课金涛就跑来,把学校里的趣事不无夸张地跟我说一通:"刘志高的儿子没白养活,一道应用题,'地主平均每个月剥削贫下中农二百四十五斤粮,一年剥削多少斤粮',他掰着脚丫子算了一节课也没算明白。我换一种说法,'你大平均每个月挣二百四十五工分,一年挣多少',这小子用了五分钟,算对了。我说那第一道呢？他说一满不晓得该用加法还是减法。我说这第二道呢？他说这样的题他大常叫他做哩，用加法。我一看他的草稿纸，这小子是个天才，把二百四十五加了十二遍居然没出错儿。"我们笑了一阵。白老汉说："实际的工分不是一个月跟一个月都不一样吗？山里的娃娃脑憨得危险。"

"把徐悦悦收拾得怎么样了？"我问金涛。

"什么？"

"装什么傻，十天已经过去了。"

"噢。"他安静了一会儿。

"五元儿更神，"他又说，"五百六十五加二十七，他居然算出得八百三十五。我琢磨了半天才弄明白，他列竖式时是把前头对齐了……"

我说："咱们别打岔。说徐悦悦呢。"

"找不着碴儿。"

"这么说，关系不错？"

"别神了你。"

上课的钟声敲响，他跑回去。敲钟的是徐悦悦，一边敲一边朝饲养场上望。我忽然觉得喂牛是寂寞了些。

有一天，金涛慌慌地跑来跟我说："一会儿徐悦悦没准儿要来跟你借象棋。她跟我借，我说那棋是你的，我不管，把她干了一愣儿。""那我借给她不借？""那我管不着。"他说完跑回去。这一下午我喂着牛，似乎每一分钟都有着盼望，寂寞少些。然而徐悦悦并没来借象棋。

小学校放了学，我路过教室窑前回自己的窑去，觉出里面有响动，扒窗一看，教室里只有金、徐二人，正对面而弈。金涛低着头费思考，徐悦悦的目光却全投在金涛身上，我以为那目光在徐悦悦来说是罕见的深情。

晚上我问金涛："怎么个意思？"他说："这家伙太狂，说要杀我三盘不开张。""结果多少?""一比一。×!我走了一步大臭棋,不然二比零。"我们俩坐在场院里,风很爽,带了雨水打过的麦秸味。从这儿可以望见女生窑里的灯光,和窗纸上晃动的人影;也望见男生窑里的灯光,听得见仲伟的琴声。我们俩好一会没再说这事,在平平的场院上拿了几个大顶,又坐在麦垛旁。清平河轻缓的水声,像为静寂的群山唱着眠曲。

"我看,徐悦悦真对你有点儿意思。"

"别神。"他的语气有些含混。

"你走棋的时候,她不看棋,一直看着你,脸特红。"

"你他妈老逗。"

"我要逗,我是孙子。"

"你看见了?"

"当然我看见了。"

他没话说,就吹起口哨,吹的是《让我们荡起双桨》,我们童年时的歌。

"她今天教学生唱这歌,你听见了吗?"

"听见了。"

没过多久,一到晚上男生窑里就不见了金涛。他和徐悦悦一块去"家访",徐悦悦的新点子,就是到学生家里去,要求家长支持学生好好学习,再宣传一通教育的深远意义,告诉人家不要鼠目寸光只看见那几个工分。一到晚上金涛就往外溜。

"干吗去嘿,又往外溜。"

"去家访。"

"美其名曰家访?"

"向毛主席保证,真是家访。"

金涛往村子中心走,几个男生在后面悄悄跟着。村子中心那片空地上,淡淡的月光照见一个人影。金涛走近去。"今天去怀月儿家吧。"徐悦悦的声音。金涛就跟在徐悦悦身后走,相距三米远。大家有点扫兴,侧耳屏气再听,两个人再没别的话。几个人再跟踪走一阵,见两个人果然进了怀月儿家。

怀月儿大要让怀月儿退学,说怀月儿妈也要山里受苦去,不然工分就不够,这样窑里短下个做饭的人手。徐、金二人全力说服张富贵,把学校的成绩册拿来给他看,说怀月儿聪明得危险,又肯下力气学,各科学习成绩都是全校第一,将来肯定能考上初中、高中,说不定能上大学,张富贵是个见过世面的,又让二人说得高兴,于是答应:"那就让这鬼女子上吧,要真能上了大学,她老子要饭去也供养她。"

我喂牛,很晚才睡,有时发现徐悦悦和金涛站在小学校的窑前说话。这办法好,比躲到犄角旮旯去让人少生猜疑。我一边给牛添草,一边心不在焉地跟喂牛老汉搭讪着,耳朵却注意着小学校窑前。两个人的说话声也大(又使人少生怀疑),总是说着村里的事、教学上的事、经济基础和上层建筑的事,"马列主义认为"或者"用唯物主义的观点看"。一会儿,金涛冲我喊:"马尔萨斯是哪国人?我一下想不起来了。"分明是想向我证明,他们俩实在都是说的正事。偶尔,小学校窑前好一阵没了说话声,我就叫白老汉的小孙女留小儿去看看。"看啥?""看他们俩在干啥。"留小儿跑去又跑回来,说:"二人站着看星星哩,一满不言传。"我悄悄绕到小学校的窑顶上,往下看,见两个人东一个西一个,间隔仍是三米,都站着,仰脸想什么。我在窑顶上等一会儿。徐悦悦终于说话了,说的却仍然是提高农村教育水平的重要性。

这两个人平时都伶牙俐齿,却在双边关系上都畏缩不前。直至都离开清平湾,两个人谁也没把心愿说明,以致成了双方永远的谜。

金涛对自己现在的家庭生活不大满意,抱怨他妻子比他小了六岁,没插过队,什么都不懂,时常感觉像是隔代人;两口子一度吵到要离婚的地步。去年徐悦悦来,我偶然说起金涛的这些事,徐悦悦说根本不在于他爱人插没插过队,金涛这人不太懂感情,对人太冷。金涛知道后说:"什么,倒是我太冷?"之后笑笑,挥一下手,意思是:往事再提也无益。

二十八

去年回清平湾去,见到怀月儿。她已经二十四岁,还没有结婚。"问下婆家没有?"我问。"没嘛。"她忸怩地绞一下手,又说,"晚婚哩嘛,倒不行?"二十四岁的女子还没结婚,在我们那地方就太特殊。

晚上住在疤子家,成群结队来看我的乡亲们都散尽,怀月儿还不走。明娃妈说:"先叫这睡吧,有话明儿格再拉,他有病哩。"怀月儿说:"要你老婆儿说咋?我晓得。我就再说上一句。"然而她又半天说不出一句,欲言又止的样子,两只手左绞右绞,表情有些忧郁。明娃妈说:"噫,看这女子是咋啦,憨啦?"怀月儿也笑,说心里有话要说哩,一满不晓得咋介说。我说,你想咋介说就咋介说,怕什么。她又愣半晌,忽然说一句:"我把金老师和徐老师都欺骗了。"说得我摸不着头脑。我说:"这倒怪哩,他们俩都精得跟鬼似的,能让你给骗了?"她说:"不是的。是我没本事,考上了初中,考上了高中,白念了一顿,也没考上大学。考了三年,考得一年不胜一年。把金老师和徐老师都辜负了。就这,你回北京见了金老师和徐老师就说给,说怀月儿没本事,把他们给欺骗了。咋你睡,我走呀。"她爬起身就走出去。

我躺在炕上,抽着烟发愣。

明娃妈说:"唉,这女子。她常说对不起金涛和徐悦悦的话哩,说要不是他们去跟她大说,他大就不能让她上学。这女子就想上学哩。考了几年没考上,不晓得这程儿心里想些甚。她大给她说了几回亲,她一满不同意,见也不见,说要个人做主寻婆家。我说是这女子上学上憨了,倒不胜不上的好,看把自个儿熬煎的……"

人的命运真不知在什么时候,因为什么事情,就被决定了。金涛和徐悦悦带给怀月儿的,是幸福还是痛苦?假如没有上山下乡运动呢?怀月儿现在是什么样呢?

"看留小儿这会儿,两个娃了。"

"她嫁到哪村儿了?"

"高家圪垯。"

明娃妈在灯下给我铺被,背微驼了,有了白发,脸上的皱纹散开还是道道白痕。

"她爷爷死的时候,她出嫁了没?"

"留小儿出嫁第二年,白老汉就殁下。"

我想,我那位喂牛的老伙计临终时一定是松心的,这也好。

二十九

去年,回清平湾之前我给随随写了信去,说我要来村里住几天。据说随随当了大队书记。然而直到起程之日还没收到随随的回信。也许是县城到清平川的路断了?发了洪水,邮件送不去?也许是随随拆开信,却记不起我是谁了?坐在火车上,我忽然觉得此行未免太孩子气,也许那儿根本没有人记得我了。同行的那位"太行山人士"又说:"放心,老乡肯定记得你。我离开太行山已经十五年,我现在要是回去,至少当年跟我学琴的那个小女孩肯定记得我。"我不知道他为什么那么有信心。

天黑时经过一个小站。客车乱哄哄、吵嚷嚷地靠在站台边。另一边的路基上走着一个汉子,时而弓了腰,用锤头在车轮上敲。车窗里透出的灯光照亮那汉子的脸,木然,眼睛只注意看车轮,绝不对车窗里的人感一点兴趣。他有自己的生活。火车又乱哄哄、吵嚷嚷地离开小站,我一直看着那汉子走上站台,走进一间黄色的小屋去。

清平湾的人凭什么要记得我们呢?有过那么一群北京学生,少男、少女,乱哄哄地来了,吵吵嚷嚷地住了三四年,又一个一个都走了。来去匆匆,都不晓得为了什么。清平湾还是清平湾,在那偏僻的大山里,看着日出日落,做着一年四季的营生,过着自己的日子。

三十

六九年底回北京探亲时是二十个人,在家住了两个月,过了春节又回清平湾的只有十七个了。男生里有两个转到河北老家去落户,一样是插队,平原上的日子总比山里好过,又离北京近。女生中是刘溪,随父母去了干校,在南方。

又要回陕北了,母亲为我收拾行装,无论什么都嫌带得太少,挂面、红糖、荤油,想尽办法往提包里塞;一会又跑到商店去,捧着抱着回来:罐头、奶粉、麦乳精……"行啦,带多少也不够一年吃。"我说。她又在行李的缝隙间塞上巧克力,东一块西一块。"带这么多这个干吗!""在山里干活饿了吃一块。"逗得我直笑:"您真该去接受接受再教育。"母亲误会了,说:"也给贫下中农尝尝嘛。"我拍拍她的肩膀,歪着头看她:"行。不会有人怀疑您的阶级感情。""别跟我贫嘴。多带一点儿又有什么关系!""关系是没有,可下了汽车全得我自己扛。"母亲不言声了,记起了有三十几里山路要靠腿走,她又把不要紧的东西往外掏,颠来倒去,偷偷地抹眼泪。

离京的前一天,我们还不知道刘溪转走的事,袁小彬还很快活。"嘿驴奔儿,你不如去问问,没准儿刘溪她们愿意跟咱们一块儿走。""高!大包儿小包儿的,路上帮人家扛着点儿,你那么壮。"我们实在不完全是开玩笑。我们又都长了一岁,十八了,心底的那种愿望大约也长大了,有点要暴动似的。但是那愿望还必须以开玩笑式的语气表达,以便需要时可以声明"我不过是开开玩笑"。

第二天我们在北京站的大钟下集合。李卓来得最晚,嘻嘻哈哈了一阵子,忽然对小彬说:"哟,对了,听说刘溪跟她们家去干校了。"

小彬先还不信,见李卓确乎一本正经,便"刷"的一下把脸色弄白。

"你听谁说的?"我问。

"郭大脸。"那家伙脸长得大,和我们一个公社插队,不在一个村。

"说明白点,"仲伟说,"是去了就不回来了吗?"

"废话。不信你们去问郭大脸。"

"他怎么知道的?"小彬强作镇静,脸上的肌肉已经绷紧了。

"他舅妈的姐姐跟刘溪的二姨在一个教研室。要不就是刘溪她舅妈的姐姐跟郭大脸的二姨。我没记清楚。"

"什么时候?"

"什么什么时候?"

这时候大喇叭里开始"请到太原去的旅客上车"了。那回我们走山西,先要经过太原。车票都是家里逼着买的,我们本打算退几张,每人一张车票实在花钱太多,结果让刘溪的事给搅得上了火车才想起来。

"你什么时候知道的?"

"昨天晚上。"

"你去郭大脸那儿了?"

"他来找我。"

"还说什么?"

"什么还说什么?没说什么了。"

小彬无心再问,再问也是枉然。

残冬未尽,火车在光秃秃的原野上走。铅灰色的天空正酝酿着一场春雪。

大家一致认为刘溪太不像话,继而又认为这人本不怎么样,长得也不过一般,个子虽然合适,可太瘦,皮肤也白得太过。"像她那样儿的多着呢。""比她强的有的是!"

小彬呆坐着,像是没了魂儿,一会又附和着我们笑,笑得驴唇不对马嘴,以报答我们的好意。

"这事也不能怨刘溪。"有人说了句公道话,"刘溪知道什么?"

沉默了一下,大家又都埋怨小彬了。"让你早点儿给她写封信,你不写。""我都说给你送去,你都不写。""那回捞河柴时,刘溪直要跟小彬说话,这小子什么也看不出来,光顾着拽那只死羊。"……

三十一

我们六个人正好占据了一个窗口。对面窗口的四个座位上是一男三女,一看便知也是插队的。车厢里随处可见北京知识青年,多数是回山西的,回陕西的多不走这条路;打扮都相近,蓝色的或军绿色的棉大衣,白塑料底的黑灯芯绒棉鞋、一顶栽绒棉帽,女的只需把棉帽换成围巾。烟气腾腾的一伙,或大嚷大叫的一帮,如同一车开往前线去的兵痞。只一年,学会抽烟的人已占多数。女的也是成群结伴,但都牢记了离家时父母的叮嘱,静静地坐着,熬着旅程。

有一帮家伙从北京站一上车就开始喝酒,这会儿到了高潮,吹着口琴唱:冰雪覆盖伏尔加河……

对面那一男三女中的一男,看样子比我们年龄还小,长得像个小姑娘。他不时望望小彬,望望我们,想要跟我们说话的样子。三个女的轮番管教他,但他却总想摆出男子汉不屈的架势,手插在裤兜里,脚踏着拍子,尽力把三位女士的教导当耳旁风。那边的口琴声和歌声愈见高亢,他听得忍不住笑。"一群走调儿大爷。"他冲袁小彬说。小彬没理会,双目无神地呆坐着。"少讨厌!"三女同声呲儿他。那群"走调儿大爷"还是让他忍不住笑,但不出声,像是回忆着什么纯洁又美好的事。三个女的还说他"讨厌"。他仰脸看着车厢顶,深呼吸,想把笑憋回去。

"你看吧这匹可怜的老马,它跟我走遍天涯……"一群声音,什么调儿都有,我也忍不住笑。

他像得救了,把目光转向我:"是不是走调儿大爷?"

"少讨厌!"三个女的几乎同时说。

"嘿,哥们儿哪儿的?"他冲我说。好家伙,要打架是怎么着?插过队的人多半知道,这句话可以算"叫碴巴儿"——就是找碴儿,挑衅。他自己也一愣,觉出话说得不对劲儿,忙改口:"你们在哪儿插队?"

"陕北。"

"哟,你们哪个县的?"

我告诉他。

"哟!咱们是一个县。你们哪个公社的?"

"清平川。"

这回让他失望,却又说:"我去过清平川,咱们离得不远。"然后他又说了几个在清平川插队的人的名字,问我认不认识。我都不认识。

三女中的一个在偷偷拽他。三个女的都瞪他。"你少讨厌!"三女中的一个低声说他。三个女的都显得比他大,都不正眼看我们。

过了一会儿,我到两节车厢交接处的门廊里去站站,他也跟过来。

"哥们儿,抽烟不?"他掏出一包"牡丹",撕开锡纸。

"不抽,我不会。"

他便难为情地把烟盒上的锡纸又包好,收起来。"其实我也不会。"

天阴得很沉,空气湿漉漉的。

"没准儿要下雪。"

"没准儿,嗯,得下。"

"要不就抽一根儿。"我伸出两个指头碰碰嘴。

"哈,你会!"

我们俩一人点上一根。看来他抽烟的水平还不如我,只是让烟在嘴里过一遍,不敢往肺里吸,唾沫把烟弄湿小半截。

"真抽没意思。"他说,帮我掸掸落在身上的烟灰,似乎与我的关系已经亲密。"我叫王建军。"他说。

"你哪届的?"

"高六七。"

"高六七?!"

他又改口:"初六六。"

"别逗了,你比我还大?"

"初六七,这回是真的,骗你是孙子。"

我上下打量他一回,看见他的裤脚接了一截,颜色比原来的深。

"嘿,你们那个大个儿真够奘的。"他说的是小彬。他好像对小彬有特殊的兴趣。"他得有一米八五吧?"

"差不多,一米八七。"

"嗬!"

"怎么啦?"

"不怎么。得留神前头那帮又抽烟又喝酒的家伙。"

"他们怎么?"

"想找不痛快。"说这话时的口气,仿佛那一帮人加起来也不是他的对手。

"什么时候?"

"在北京站。老往我们这边瞟,老想跟我姐姐她们搭话儿。"

"说什么?"

"倍儿流氓。问我姐姐她们十几了。"

"哪个是你姐姐?"

"个儿最高的。那仨窝囊废!还真告诉人家,'十八——'顶他妈我姐姐傻。"

"十八岁应该是初六八的。"

"那帮小子,抽烟抽得油着呢。"

"你姐姐是初六八的,你倒是初六七的?"

他一愣,笑了。

"我看你也就十五。"

"十六。真的!还差一个月。"

"你干吗也来插队?"

他满脸嘎笑顿时凝固,又慢慢消失。

门廊里,车轮轧在铁轨上的声音特别响,"咔嗒嗒——咔嗒嗒——"火车又经过一个小站,变换轨道,车厢摇摆得厉害,过道处的门晃来晃去"砰"地关上。一会儿,声音变成"空通通——空通通——"火车开上一座桥。

"瞧他妈这烟,还'牡丹'的呢。"王建军从烟卷里揪出一根烟梗子,乘机冲我笑笑,那神气彻底是一个孩子。我忽然觉得我是很大了。

过道的门开了,三女中的一女来叫他回去。

"你姐姐找你半天了。"

"等会儿。"他慌忙把大半截烟扔掉,踩灭。

"快着!"

他只好回去,对我说:"咱们一路走,有你们那个奘哥们儿就行了,没人敢废话。"

"没的说!"我说。

那时候,知识青年中打群架的事不少。满怀豪情壮志去插队的人毕竟是少数。将来如果有人研究插队的兴亡史,不要因为感情而忘记事实。那时候,工宣队为了让大家都去,就把该去的地方都宣传得像二等天堂,谁也不愿意敬酒不吃吃罚酒,也就都报名,也就对工宣队的话相信一半,心想敢于百分之百说瞎话的人还没有出世。其实呢?出世已久。结果到了插队的地方一看,就都傻眼。譬如清平湾,简直没有什么东西可以证明那不是在上一个世纪,或上几个世纪。种地全靠牛、犁、镢头,收割用镰刀,脱粒用连枷"呱嗒呱嗒"地打,磨面靠毛驴拉动石磨"嗡嗡"地转,每一情景都在出土文物中有一幅相同的图画。分到手的粮又很少,预示了前途的不妙。被欺骗感就变成愤怒。这愤怒便取了一种可行的方式发泄,一些知青就开始胡折腾、打群架、拍婆子。心中空落,百无聊赖。拍婆子就是交女朋友,但不是谈恋爱,带了玩世不恭的色彩。有人羞于谈恋爱,却敢拍婆子。路上碰见个漂亮的女知青,走过去跟人家没话找话说,挨人家一顿骂也觉得心里热烘烘乱跳,生活像是有了滋味。

王建军想与我们结伴而行,格外看重小彬一米八七的块头,主要是想给她姐姐及另外二女找到保护。他觉得自己应该保护她们,又觉出自己难于保护她们,大约还看准我们几个挺老实。这孩子可谓用心良苦。

三十二

到了太原,开始下雪。在车站蹲了几个钟头,转慢车到了介休。买到了第二天的汽车票,又在小城里逛了一圈,天色已晚,觉得再去住旅店实在不合算。——光是睡一觉也得花六毛,决定还是在车站候车室去熬一宿。既然节约了三块六毛钱,大家又都赞成买点熟鸡吃。"买三只,每人半只吧。"卖熟鸡的老头儿提个匣子,点一盏小油灯,昏暗的灯光下是一面油污的玻璃,透过玻璃隐约可见四只鸡安稳地躺着。老头儿从来没做过这么大笔的买卖,高兴得胡子发抖,说随便再给他添几毛,四只鸡就全是我们的,他也愿意赶紧回家去吃一口热饭,睡一个好觉。我们又给他添了四毛,托着四只鸡回车站。

王建军和他的三位女当家,正坐在候车室里发呆。

王建军立刻迎上来:"你们找到住处了吗?我们去了几家旅店,都客满。"

"正合适,省下钱吃鸡!"小彬说。

"嗨!真没少买。"

"合一块钱一只。"

"够值的。"

"嘿,哪儿去?别走,一块吃!"小彬已不再沉默,想抓住一切人、一切机会,来冲淡刘溪留给他的忧伤。

王建军朝他姐姐那边望望,有些犹豫。

小彬使劲一按他的肩膀:"少废话,坐下!"

四只鸡摊开,转眼间被大卸八块。插过队的人都知道,此刻谁斯文谁倒霉。这还是刚刚离开北京,要是在村里,这时大约连鸡骨头也嚼碎。在村里,谁家里寄钱来谁就请客,至少要花掉汇款的一半。几个人兴冲冲到公社去,眼睁睁在邮局取了钱,眼巴巴在供销社买了罐头,急匆匆找一眼闲窑,把罐头打开,想得周到的带了勺子,粗心的只好下手抓,顷刻间肉尽汤干,咂吧咂吧嘴,一脚把空罐头盒踢下崖去,听一会儿狗在崖下的厮打声,只把另外一半汇款拿回村去慢慢享用。这会儿肚子里毕竟还有油水,吃得慢多了。仲伟心细,想起那三位女士。

"嘿,给你姐姐她们拿点儿去。"

"对对对,她们也没吃晚饭呢吧?"

"不用,不用,她们不饿。"

"你这小子没良心,你姐姐对你多好!"

我们是有点羡慕王建军,有那么一个好姐姐在身旁。他姐姐长得并不十分漂亮,脸色有些苍白,个子虽高,但身体显得纤弱。她看王建军的时候,目光简直像个母亲。这时候,她正和两个女友挤在一起,三个人静悄悄的仿佛连呼吸也没有。她们这么放心王建军跟我们在一起,让我们感动,心里暖暖的。她的两个女友,一个长得算漂亮,另一个算得上丑。

"你要是不去送,"小彬晃晃拳头,"你盯着。"

仲伟拣了几块好肉,放在一张干净纸上。王建军只好送去,嗞溜一下跑过去,嗞溜一下又跑回来。太简单了点。

一会儿,算得上丑的那个姑娘走过来,也在我们面前放下一个纸包,一句话不说,以更快的速度走回去。有那么半分钟的寂静。随后我们都喊起来:

"嘿,烧饼!"

"北京的烧饼!"

"还是热乎的。"

"别神了。"

"不信你摸摸!"

我们朝三位女士那边望。她们正偷偷地笑,也朝我们望,见我们正望她们,又都低下头。她们身旁有一个大铁炉子,炉壁的某个地方被烧红了一块。

吃着热烧饼,吃着鸡,时而还感觉到三个女性的目光。窗外漆黑,窗台上落了一层薄雪,玻璃上蒙了一层水汽。候车室里人不多,这个小站没有几班夜车。有几个农民裹着羊皮袄,或者抽烟,或者打呼噜。

我抹抹嘴,问王建军:"你那包'牡丹'呢?"

"哟,让我姐姐给拿走了。"

"没事儿,我就问问。"

"我给你要去。说是你抽,她多半儿给。"

"别介!别介,坐下坐下。"

"你们在村里,敢当着女生面抽烟吗?"他问。

"有什么不敢的?"

"我们村的男生就不敢。"

"怕什么。"

"怕她们给传到家里去。"

其实我们也不敢,倒不是怕别的,是因为女生们都有个偏见,认为抽烟一定是学坏的开始。其实抽烟真是有些好处,每天晚都喝稀的,几泡尿一撒,一会儿就又饿了,买鸡蛋吃又太贵,一包烟几个人抽,整晚上嘴里都有事干。单是怕她们给传到家里去?王建军到底小几岁,没悟透这中间的妙处。

王建军靠在小彬身上吹口哨,吹的是《星星索》,吹得缓慢、缠绵,倒不像只有十五岁。

"你的乐感真不错。"仲伟说。

王建军又笑了:"车上那帮走调儿大爷也不知是哪儿的。"

小彬直着脖子唱《三套车》。

"行了你!"仲伟拦住小彬,"你就是走调儿二爷,听王建军的。"

"唱什么?"

"随便,越黄越好。"

他唱了《鸽子》《喀秋莎》《罗梦湖》《桑塔露琪亚》……开始我们都跟着唱,慢慢逐个被淘汰,只剩了王建军和仲伟。他会的黄歌真不少。那时一切外国歌——除了《国际歌》——都算黄歌。不过"黄歌"二字在知青嘴里正失去着贬义。

"在那一八九五年的时候,芒比他离开了家园,穿过了马雅里大森林,走向那无边的草原……"

"不知道?古巴的《芒比》。"王建军说。

"月光照在科罗拉多河上,我愿回乡和你在一起。当我独自一人多么想念你,记起我们往日的情意……"

"这也不知道?《科罗拉多河上的月光》。"

"世界上无论天涯海角,我都走遍,但我仍怀念故乡的亲人,和那古老的果园……我家在丛林中的小屋,我多么喜欢,不论我流浪到何方,它总使我怀念……"

"这是美国歌,《故乡的亲人》。"他的神情有些黯然。

"我看你真有音乐天才。"仲伟说。

"妈的,不唱这种歌了。难受。唱点别的。"

"我曾走过许多地方,把土拨鼠带在身旁,为了生活我到处流浪,带土拨鼠在身旁……妈的,光想起这些歌!嗯——"

"妈妈她到林里去了,我在家里闷得发慌。墙上镜子请你下来……"

这歌大家都会,于是都唱:

"镜子里面有个姑娘,那双眼睛又明又亮……"

忽然传来一声姑娘的尖细的笑,笑声又立刻被什么堵住。我们回头去看,见那个丑姑娘正在受另外两个姑娘的责备。很快,三女士又都正襟危坐了,仿佛什么也没发生。

"别唱了,一会儿你姐姐该骂你了。"

"没事儿,她们也会唱。"

"是吗?!"我们村那些女生,以徐悦悦为首,坚决打击我们唱黄歌。

"她们会什么?"

"嗯……譬如《海港之夜》。"

"唱吧,朋友们,明天要远航,是吗?"

"没错儿。快乐地歌唱吧,亲爱的老船长……"

"当天已发亮,"大家都会唱,"在那船尾上,又见那蓝头巾在飘扬……"

李卓捅捅我:"去去去,唱个别的。"

小彬又两眼发直,发愣。不知道蓝头巾正在哪儿飘呢。刘溪真把小彬坑苦了。

"怎么了你?啊?他怎么了?"王建军还一个劲儿问。

"没你事,你不懂。"

"再唱吧,唱点儿别的。"

我们又唱了些别的,但情绪再热烈不起来。仿佛每个人都有一桩心事。后来就横七竖八地挤着、靠着,把头缩在大衣里都睡了。

夜里我被冻醒了几次,看见小彬一个人在抽烟。

"哪儿的烟?"

"买的。外头有个卖夜宵的小店儿。抽吗?"

"来一根儿。"

我们俩默默地抽烟。外面传来火车的喷气声和挂钩的碰撞声,还有检修工人的笑骂声。那边,三位女士的睡姿要文雅得多,趴在膝盖上,头枕着胳膊。

"真他妈够冷的。"我说。

"嗯。"小彬心不在焉。

一缕缕轻烟飘起来,成一层在半空停着。外面的那列火车起动了。

"对了,刚才那仨女的说,要跟咱们换换地方。"

"干吗?"

"说那儿有个火炉子,让咱们过去暖和暖和,我说不用了。"

"你小子真笨。她是怕她弟弟冻着。你没叫醒王建军?"

"我哪知道?她说让咱们都过去,我说……"

"废话！她能光叫她弟弟过去吗？"

"这女的真不错。"

"废话,比刘溪强的有的是。"

"我不是那意思。"

"你说比刘溪怎么样？"

"×,你小子真没劲。"

"得得得,刘溪有劲,你他妈始终不渝去吧。"

我们俩又都闷头抽烟。我挺后悔刚才说的话,好像我是个不珍重感情的人。

"小彬,嘿,驴奔儿！"

"嗯？"

"等回村,找郭大脸问问。"

"嗯？"

"让他给打听打听,刘溪去的干校在哪儿。"

小彬摇摇头,不说话。

"天快亮了吧？"

"四点半。"

"怎么着,就这么算了？"

"什么？哦。我说你别老跟我说这件事了成不成！"

又一列火车进站了,明晃晃的灯光在玻璃窗上滑过。是一列货车,拖着几十节灰黑的车皮。

"雪停了。"

"嗯。"

"要是我,打听到地址给她写封信。"

"嗯？"

"反正她也走了,就是她回信说不行,也没别人知道。"

"我估计,她压根儿对我的印象就不好。"

"我估计不会。"

小彬立刻睁大了眼睛盯着我,巴望我说下去。可我不过是想使他宽慰,再没别的要说。

"就有一件事,我不知道她是什么意思。"小彬说,"有一回在苦行山锄地,饭送到山里,她主动叫我,跟我说……"

"什么?她找你说过话?"

"就那么一回。"

"那就是有意思!你小子还一直瞒着我。说什么?"

"那天仲伟做的饭,玉米黄儿根本就没蒸熟。女生灶上做的也是玉米黄儿,当然熟。刘溪把她的分给我一半,然后就说……"

"是吗?有这么回事?那天我哪去了?"

"你拉稀,没出工。"

"仲伟呢?"

"仲伟做饭。她说,男女生不如不分灶。她主动跟我说的。"

"噢——"

"你'噢'什么?"

我不忍心告诉他,只说"没什么"。我想起,刘溪也曾跟我和金涛说过这句话,也是主动的。分灶的时候,男女生吵成一锅粥,只有刘溪一句话不说。为了分灶具的事,徐财让男女生各派两名代表到灶房去,在队干部的公证下谈判。我和金涛去了。女生也派了两个伶牙俐齿的角色——徐悦悦和沈梦苹。刘溪在灶房里做分灶前的最后一顿饭。四个代表龙争虎斗一番,只恨水缸不能锯成两半。徐悦悦和沈梦苹气哼哼地走了,到底不是对手。我和金涛故意吹着口哨,在灶房里再巡视一回,看还有什么便宜可占。这时刘溪忽然说:"其实,男女生不如不分灶。"口哨声戛然而止,我看看金涛,金涛看看我,再吹起口哨,不是耳朵的问题?"干吗非分灶不可?"刘溪又说,但眼睛不看着我们。灶房里再没有别人。耳朵也没问题。站在女生的立场,她这可是背叛,是一句服输求和的话。却正是这样的话,险些把我和金涛打败。我们俩呆愣几分钟,赶忙出了灶房,一路上谁也没说话,没吹口哨。

现在已经记不清为什么要分灶了。好像还是因为仲伟做了一顿生饭。女生中有人嘟囔:"这家伙专门儿会做生饭。"其实,嘟囔之中还夹着窃窃的笑声。仲伟正为又做了生饭而恼火:"哪家伙嫌生哪家伙别吃!"又一天轮着沈梦苹做饭,做了一锅掺了麸子的窝头。男生中有人说:"干了一天活儿,就他妈给喂麸子!"其实想博一阵喝彩。不料沈梦苹却不好惹,立刻嚷:"少废话!穷日子长着呢。这帮少爷!"后来就逐步升级,她们骂我们是"一帮阔少爷,光想吃好的"。我们对骂曰:"这群娇小姐,挣不了几个工分,饭也不好好做。"继而"少爷"之前冠以"混","小姐"之上封以"臭"。我们又乘她们全体去赶集之机,大吃了一顿白面糖包,却不慎走漏风声。她们又于我们不在村里的时候,吃足一顿白面葱花饼,而且为了报复并不把保密看得多么重要。终至有一天酿成了分灶的局面。

有一本心理学的书中说,少男少女在互相吸引之前,会有一段互相憎恨的过程。按我的经验看,相憎绝不在相吸前,保险是在其中,那炽热的相吸一时难于表达,便只好找碴儿打几回架。

三十三

又坐了一天汽车。雪又飘起来,越飘越大。好不容易到了黄河边。这个季节的黄河,水不多,显得安分。去年夏天和秋天,他带领着儿孙闹得太凶了。山峦被春雪覆盖了,雪盖不住的地方,泥土的颜色变深。高原默默的,难得黄河在她身边这么驯顺地躺一会儿。

过了黄河是吴堡县城。这里积压了不少探亲回来的知识青年。前面的路坏了,雪又太大,汽车开不了。

"哥们儿!路什么时候坏的?"王建军问。被问的人注意到,他身后站着个一米八七的大个。

"三天啦！我们他妈在这儿窝了三天啦！"

"那怎么办？"

"那不怎么办！等着！"

"有地儿住吗？"

"说的！这么大的地球,会没地儿住？"一阵笑声。

这回旅店是真的全部客满了,能过夜的地方只剩下车站。候车室里横躺竖卧的全是人,几乎下不去脚。我们好不容易在靠近门口的地方拱出一块地盘,十个人只好挤在一起坐,再不能分男女。这倒别有一番滋味在心头,是以前没体验过的。我的右边是王建军的姐姐,所以我的右半拉身子总绷紧着。左边的李卓还老说我挤了他。

"这可熬吧,谁知道路什么时候能修好。"

"我眼看就快累死了。"

"甭多,再像昨儿晚上似的冻一宿,咱们就全省得回去吃糠了。"

三个女的不说话。谁说话她们就一齐把目光投向谁,好像是说,一切全瞧我们的了,而且相信我们准有办法。

我们哪来的办法？不过我们倒是赞成她们目光中的意思——我们应该有办法。决定派两个人进城去再找找旅店,其余的人看守行李和这块地盘。三个女的要去,被大伙否决了。王建军要拉着小彬去,小彬说那不如猜叮壳。六个人分成两组："手心手背！""单拨儿倒霉！"结果倒霉的是我跟李卓。三个女的这回不加掩饰地笑。称得上漂亮的那一个,笑得头巾也散开。

我和李卓本打算随便问上两家旅店,然后找个厕所蹲一会儿,就回去交差。不料我们却走运,有个旅店刚空出来一间两个床位的屋子。"多住几个人行不行？""那得多交钱。""多交多少？""多几个人就得多交几份。"李卓刚要发作,我连忙把他推到一边去,交了三个人的钱。

"你们仨去住。"

"不!"三个女的说。

"要不,王建军和你姐姐去住。"

"废什么话哪?我是男的,她是女的!"

最后谈妥:十个人分成三拨,轮流睡,头一拨是三个女的。每拨睡五个钟头,反正明天也走不成。

好说歹说,三个女的走了。晚上显出寂寞。在候车室里过夜的知青不少,打牌、抽烟。出来进去的人不断,别想把门关住。风把雪吹进来,在我们脚下变成水。昨天晚上太令人怀念,又有鸡吃,又有热烧饼吃。这会儿,越坐越冷,冻得人根本睡不着。

"王建军,再唱个歌儿嘿。"

"在这儿可不敢,人太多。"

"人多怕什么?谁要打架,我盯着!"小彬说。这小子纯属虚张声势,他要敢打架,兔子也能吃人。不过这会倒难说,他的悲伤正变成邪火。

"有个知青自己作的歌儿,你们知道吗?"

那是当年在知青中很流行的一支歌。关于这支歌,还有一段美好的传说。

条条锁链锁住了我,锁不住我唱给你心中的歌,歌儿有血又有泪,伴随你同车轮飞,伴随你同车轮飞……

据说,有几个插队知识青年,当然是男的,老高中的,称得上是"玩主"。"玩主"的意思,大约就是风流倜傥兼而放荡不羁吧!大约生活也没给他们什么好脸色。他们兜里钱不多,却几乎玩遍了全国的名山大川,有时靠扒车,有时靠走路。晚上也总能找到睡觉的地方,凭一副好身体。有一天他们想看看海,就到了北戴河。在那儿他们遇见了一个小姑娘。小姑娘从北京来,想找她父亲的一个老战友打听她父亲被关在哪儿,但没找到,钱又花光。

生活好似逆水行舟，刻下了记忆在心头，在心头啊，红似火，年轻的伙伴你可记得？可记得？

北戴河也正是冬天，但他们还是跳到海里去游了一通。远处的海滩上，站着那个茫然无措的小姑娘。"看来，那个丫头不俗气。"他们说。他们正想吸收个把女友参加他们的"旅游团"，那会更浪漫些。"不行，那才是个十四五岁的小孩儿。""你想要什么？老太太？""说真的，那小丫头儿可是长得够精神。""离这么远你就看出来了？""昨儿我在饭馆里就看见她了，一个人坐着，光喝水。"

当天，他们在饭馆里又碰见了那个小姑娘。"哎嘿，你吃点什么？"其中一个跟她搭话。"我不，我就是渴。"小姑娘说。"跟我们一块儿吃点儿吧。""我不，我有话梅。"小姑娘说。"话梅？"几个小伙子笑起来："话梅能当饭吃？"

袋中的话梅碗中的酒，忘不掉我海边的小朋友……你像妹妹我像哥，赤心中燃起友谊的火……

他们和她相识了，互相了解了。他们和她一块在海边玩了好几天。爬山的时候，他们轮流搀扶她。游泳时，她坐在岸边给他们看衣服。她说，她哥哥也去插队了，如果她哥哥在这儿，也敢跳到那么冷的水里去游泳。她吃他们买的饭，他们也吃她的话梅。"哎嘿，你带这么多话梅干吗？""我爸爸最爱吃话梅。和我。""说中国话，什么和你？""我爸爸和我。这你都听不懂呀？""我以为你爸爸最爱吃话梅和你呢。"小姑娘就笑个不停。"我说，你妈就这么放心？""不是。妈妈不让我来，妈妈说张叔叔可能不会见我。"小伙子们都不笑了，含着话梅的嘴都停了蠕动，仿佛吃话梅吃出了别的味道。他们沉默一阵，望着海上的几面灰帆。"你应该听你妈的话。"其中一个说。"不会的，我小时候，张叔叔对我特别好呀？""小时候？现在你长大了？""我说的是更小的时候，这你都不懂？""今天你又去找他了？""他还是没回来。""他不会回来了。听我的，没错儿。""不是！他真是没在家。""他家里的人怎么不让你进去?""只有张叔叔认识我,别人都不认识我。这你都不信?"……

人生的路啊雪花碎,听了你的经历我暗流泪,泪水浸湿了衣衫,相逢唯恨相见晚……

据说,他们之中的一个深深地爱上了那个小姑娘,只是得等她长大。他就写下这歌词,另一个人给谱了曲。

他们和她分手了。他们回到插队的地方去,给她买了一张回北京的车票,那是他们头一回正正经经地花钱买了一张车票。

三十四

后半夜雪停了。听说六十里外的义合通了车,人们都决定步行到义合去。我们想,也只有这办法。行李成了麻烦,六十里雪路,空手走尚且不知会不会累死。附近的老乡早看下了这个赚钱的机会,扛着扁担的、拉着架子车的,都来揽营生。这段路大约常出毛病。

你伸一只手,我伸一只手,在老羊皮袄底下互相摸指头,名之曰"掐码。"陕北人做买卖都这样。你出三个指头,意思是,你认为这事得给三块钱;我少出一个,意思是,这么几步路两块钱足够了。都不明说,怕让围观的人捡了便宜,也怕让哪个冤大头漏了网。

白色的群山越来越清楚了。从夜里走到天亮。到处是赶路的知识青年,都累得疲惫不堪。还有担着行李或拉着行李的老乡。猛看去,如同逃避战乱的流民。

"歇会儿嘿!歇会儿再走嘿!"认识不认识的,都打招呼。

"别歇啦!天都亮啦!"大家走着一条路。

太阳出来了,路开始变得泥泞。但是太阳出来了,天不再那么黑了,也不再那么冷。太阳从白皑皑的山顶上,把光亮撒开。

给我们拉行李的是个四十几岁的汉子,大下巴,一脸胡茬。十个人的行李加起来得四五百斤,他一个人拉着,靠一辆破车。他只要了五块钱,却相信自己占了大便宜。上坡时我们帮着推一把,倒让他很不安,一个劲跟我们说他窑里的病着,意在说明他是多么需要这五块钱。

"车是生产队的,还要给队里交半块钱咧。"

王建军的姐姐掏出烧饼来给他。

他脸上焕发出光彩,两只粗手在腿侧反复搓擦:"能行哩?"

"咋,操心吃。"她的陕北话学得漂亮。

他转眼间吃了六个,又咬一个在嘴上,便拉起车来又走。

金涛在后边喊我,让我等等他。

"你猜王建军他爸爸是谁?"金涛在我耳边说,又是满脸神秘。

"谁?"

他说了一个吓人的名字。

"又他妈牛。"

"牛是孙子,嘿,牛是孙子。给咱们送烧饼的那个女的跟我说的。"

"那他怎么姓王?"

"他改姓他妈的姓了,他妈姓王。"

"我早看出他们家里有事儿。"

"我也是。"

"要不他这么小干吗来插队。"

"后来他妈也失踪了。"

"失踪了?"

"不知道给弄到哪儿去了。"

"我早就看出来了,他们家准有事儿。"

"嘘——轻点儿。她们就在后头呢。"

当时我们急着赶路,怕误了义合的班车。

几年后听说王建军的父亲又恢复了工作。后来又听说他上了大学。前两年我遇见过一回王建军的姐姐,在美术馆,我认出她来,她认不出我了。"忘了那年回陕北,咱们一块蹲车站了?""哎哟!是你呀。"她又看了我一会儿,似乎还有怀疑,"你的腿怎么啦?""王建军现在在哪儿?"我问。"在国外。哦,使馆里。哦,当翻译。你这腿是怎么啦?"我稍微解释一下,又问起另外两个女的。"一个在当大夫,另一个……你不知道?死了。死了八年了。"我们在美术馆的游廊里坐了一会儿,说些往事,说着高原上的那条雪路。我心里似乎惴惴的,有个问题。"怎么死的?"不对,不是这个问题。"打窑时塌死的。她硬要进去掏土,窑塌了……""是哪个?她们俩,是哪个?""靳秀芳。""哪个是靳秀芳?那个挺漂亮的?"对了,是这个问题。"秀芳可不漂亮。"她说,望着街上往来的人流。我竟然松了口气,天!就因为她长得丑?"夏天死的,运不回来,只好埋在了村后的山坡上。"我想着那个风雪之夜,那个小车站,靳秀芳给我们送烧饼来,放下就赶紧跑了,还红了脸。她已经死了,埋在了黄土高原上。她只不过长得不太好看,其实根本算不上丑。

三十五

四元儿也长大了。去年回去,省作协的汽车把我们一直送到县里。在县上的饭馆里吃饭时,正碰上四元儿带着婆姨也来吃饭。我一眼认出他来,有小时候的嘎像儿,长得像疤子又比疤子魁伟,俨然一条陕北大汉;穿的也像样,腕子上闪闪的,只是皮肤晒得黑。他身边坐一个女子,抓一把花阳伞在手上。女子边吃边窃窃地说着什么,四元儿便摆出不以为然的样子说几句干脆话,女子就笑。

"四元儿!"我喊。

他张望一阵,愣愣地离了座位,向我走近。

"你不是清平湾的?"

"嗷嘛。"他再愣一会儿，忽然一把抓住我的胳膊，"咳呀！随随说你要来哩，真格倒来了。多会儿到？"

"才到。"

他却再寻不出别的话来，光是抓住我的胳膊定睛看我。

"还认得出我吗？"

"咳呀，不是随随说你要来，就不敢认。腿一满不得动？"

"随随收到我的信了？"

"嗷嘛。都说你是虚说哩，腿不得动咋能来成？倒真格来了。走！庄里回！"

"吃完饭吧。那是谁？"

他笑了："我婆姨。我来县上开会，这人就要跟得来。"

四元儿现在是村里的会计。五元儿去了青海，前几年招工招走的，开汽车。二元儿、三元儿都成了家，分出去单过。六元儿还在上中学。

"还能记得我？"

"噫！那程儿你不是喂牛着？"

和我一起喂牛的白老汉前年死了。他那小孙女出嫁了。当年每天晚上坐在饲养场上，她总问我北京的事，问我电视机是什么，望着天上的星星，想半天想不出个头绪。

"这程儿咱庄里也有了电视机了，黑白的。公社里就有五彩的。"四元儿说。

"通了电了？"

"通了多时了。你写的小说我看过，看得人笑哩。亮亮妈不识字，识字喽要揍你咧。"

"咋？"

"把人家那号事写在书上给众人看，咳呀——"

"小说嘛……"

"我晓得。你就把咱山里人看得啥也解不开？"

"我写的白老汉也是综合了白金玉和田秀山,写小说得用点虚构。"

"这我解开。"

现在谁喂牛?现在单干了,牛都分开,各家喂各家的。疤子还在炭窑上?还在,当了窑头,不用下窑掏炭了,只在井上动动口。炭窑上有了柴油机、电动机。栓儿呢?栓儿也老了,有一年捞河柴时摔断了腿,老了,再不敢捞河柴。瞎老汉殁了吧?在哩!平八十岁了,每日在村里走走串串,深喜自己的命好,偶尔还到那高高的土崖上去张望。那土崖上的鸽子愈多了,唯瞎老汉知道有多少只。随随箍了三眼新石窑,有了两个儿、两个女子。碧莲养了七十只鸡,成了养鸡专业户,可是运输不便,销路不算好。陕北什么时候能修铁路呢?我又记起当年和白老汉一起拦牛时,站在山坡上唱着信天游,互相说着心里的愿望:这山峁上、沟壑里要都长得是杨树、柏树,够咋美气!

那位"太行山人士"说,这儿为什么现在还不造林呢?同行的几个人都说,这真是件怪事,国家每年花很多钱治理黄河,为什么不下大力气在黄土高原上造林呢?林牧业搞起来,于黄河的治理大有益处,这儿也才有修铁路的价值,人才不光能吃饱,还能有钱。

我们的汽车出了点毛病,司机正修得满头冒汗。四元儿说他先回村去,报个信让随随预备一下。他骑了一辆崭新的自行车,婆姨坐在车后,渐行渐远,忽地那婆姨支开了红花阳伞,远远的十分鲜艳。这又让我想起明娃,想起碧莲第一回来清平湾相亲时的样子,那稚嫩而羞涩的声音仍在我耳边:"看把人家的鞋踩掉了没嘛……"

三十六

在县里耽误了一天。接待我们的是一位副县长。我们这帮写小说的家伙，观察力都极佳，一进县委大院先都注意到了这个漂亮的女干部，几个人窃窃耳语，惊讶此地竟有这么一位文雅又美貌的女干部。她正在和几个粗壮的农民谈话，愈显出身材的柔美，说话时的动作也——怎么说呢——很帅；衣着剪裁得合身且讲究，让我们几个北京人惭愧。

一问才知道，她原是上海知识青年，"文革"前就去了新疆农垦兵团，一九七二年随爱人来到陕北，她爱人的老家在这儿。来了之后先当了几年农民，又当了几年工人，再当了两年干部，去年被选为副县长。

"孩子呢？几个？"

"两个。一个跟我在这里，一个在上海跟着外婆。"

"不想吗？"

她笑，笑得很潇洒："我想他，他不想我，从小跟着外婆，不愿意到陕北来。在这儿的这一个又不愿意到上海去。"

"哪年到的新疆？"

"六三年。"

"石河子？"

"对，石河子。"

"总理当年不是去过？"

"对，当时我就在。"

"自愿去的？"

"对，自愿。"她稍犹豫一下，又说，"也不完全是。我的出身不好，考大学时虽然分数名列前茅，但我的出身不行，没上成。我当时觉得这也没啥了不起，干什么不是一样？让党看我的真心好了。现在有些遗憾，就是没有上过大学。我现在正在上业余大学。"

"您的上海口音并不重。"

"南腔北调。陕北话我也能说，上海话也能说，维族话也能说几句。"

"三十几?"

"噢——四十几了!"

"不像。"

"不像吗?"这回笑得却不像个县长,像个女人。从那笑中能感到她多么希望自己还年轻,多么高兴自己还只像三十几岁。"不,老啦——"她又说。当然,她想起自己十八九,二十几岁时来,难免会有万千感慨。

"不想调回上海吗?"

"现在不想了。这儿有我的事业,也很好。"

女县长走后,我们几个人说:"嘿,这就是一篇小说。"

"太行山人士"说:"你们他妈的就知道小说,听来一点事,加上些美哉壮哉的文学词汇去制造一篇小说。抽风。"

"废话。你说怎么写?"

"我说咱们都别写了,不如改行当小偷儿。你能写出她心里的一切来吗?外表的和藏在心底的,眼前的和那四十几年的,加在一起才是她这个人。你能吗?你只能偷人家点儿东西,于你制造一篇小说有用的,先定下个原则,要写成一个什么样的,强者文学吧,阳刚之美吧,乐观坚强忠诚深刻高昂……要不你吃什么!"

同行的几个人都说这小子酒喝多了。而后大家都躺下,抽着烟,默默地望那窑顶。

三十七

弄不清是不是在梦里。

清平河还是那么轻缓地流着,在村前"哗哗啦啦"地诉说着日月光阴。

我们当年住过的那眼石窑静静地坐在阳光里。窑前的小枣树长大了些,枝叶摇曳,在窑门和门前的空地上投下碎影,窑洞就更显得沉寂。窑门上了锁。木门上隐约辨出当年的墨迹:"是七尺男儿生能舍己,做千秋雄鬼死不还家。"金涛写的。还记得我给他端着墨汁瓶,称赞他的字写得漂亮,墨汁溅了我一脸。仲伟正脚踏着拍子吹口琴,吹的《霍拉舞曲》,吹得浑身乱颤。那是一九七〇年国庆,村里不放假,我们自己给自己放了假。小彬蹲在窑前逗狗。那只狗叫"玩主",会两腿站,会打滚,会玩很多花样;其父是"黑黑",其母是"花脑",父母原都老实巴交的。李卓从河边洗衣服回来,把衣服晾在小枣树上,每一枝头挂一件,飘飘扬扬如同五彩旗。秋阳温暖、不燥。欢快热烈的"霍拉"飘过河去……

现在这窑前可真冷清。窑已作了仓库。那群吵吵嚷嚷的少年都到哪儿去了?好像根本不曾来过。好像他们还在窑里,睡着懒觉。好像他们都去赶集了,买几筒罐头,吃罢就回来。好像他们都上山受苦去了,剩我一人在家做饭,一会儿就都会喊着饿回来的……所能清楚的只一件事:他们都远离了清平湾,但他们无论在这星球的什么地方,都终生忘不了这窑洞、这山川、这天空、这土地和人……

疤子家的磨房已经废弃了,石磨愣在那里驮满尘土。现在都用电磨了。"嗡嗡"的推磨声在我心头震起。李卓说:"一人一百圈儿,我先来。"金涛喊:"才他妈九十八!还差两圈儿。"仲伟和小彬搭伴,两个人推二百圈。金涛又说:"仲伟真机灵,找了条'大驴'搭伴儿。"那时队里的驴不够用,时常就要人推磨。这一天就全体歇工,推一天,天黑时磨房里挂一盏马灯,大家都累得不说不笑了,驴一样地默转那一百圈,盯着面粉不慌地落,窑顶上是鬼似的人影在转……

我又到了饲养场。饲养棚都拆了,光剩一片空地,堆满柴草、石料。我寻着残留的地基,找到我当年的领地,跟同行的几个人说:老黑牛就在这儿,红犍牛就在那儿,老生牛在这儿,花牛在最边上……我记得它们的样子,盼着我给它们拌料,高兴得前蹄上石槽,亮亮的眸子望着我。白老汉哑着嗓子又唱:你看下我来,我也看下个你……

那年我住在医院里,有人给我介绍了个偏方:穿肠骨,焙干研碎了吃。穿肠骨就是狼粪中没有消化的碎骨头。我写信到陕北去。白老汉拦牛时漫山遍野地找,找到一小把,托仲伟给我捎了来。这地方的狼不多,他一定费了大力气……

那位"太行山人士"忽然说:"我决定了。"

"决定了什么?"

"回北京时我在山西下车,去我们太行山看看。"

三十八

有人会说我:"既然对那儿如此情深,又何必委屈到北京来呢?用你的北京户口换个陕西户口还不容易吗?"更难听的话我就不重复了。拍拍良心,也真是无言以对,没话可说。说我的腿瘫了,要不然我就回去,或者要不然我当初就不会离开?鬼都不信。

那儿需不需要知识青年?说老实话:需要。那儿最缺的是知识,缺老师,缺大夫,缺学农的、学林的、学机械的、学配种的、学计划生育的……除了不缺学原子弹的。

于是心里惶惶的,似乎连这思念也理不直,气不壮,虚伪。

有个也是当年插过队的人跟我说:"甭管那个,反正咱们他妈的没理。当年当了红卫兵,肯定是没理;后来去插队也没理,要不为什么插队不算工龄呢;然后转回来还是没理,有理就不用偷偷摸摸给人家送礼了;那些猫争狗斗上了大学的以为这下子还不得有理?结果工农兵大学生现在不算数;后来真正考上大学的也没多少理,三十好几了,老婆喊孩子哭,屁股大的一间房,只好蹲到路灯底下去背书,因为工龄不够,一上大学还把工资免了;还有些人为了转回来,为了上学,不结婚,忽然想起得结婚了,又没理了,成了大龄男女青年。你干脆放心得了,反正咱们不想有理了。"

话虽这么说,心里依旧惶惶的。

陕北的变化确是不小。没有要饭的了。没有人吃麸、吃糠了。没有人穿得补丁摞补丁了。饭馆里卖的饭菜也不光是两面馍和粉汤了。插队那时,偶尔到县城来,我们几个就先奔饭馆,筹了十几块钱想大吃一顿,可无论如何花不了那许多钱,无非两道菜:素粉汤和肉粉汤。素粉汤就是漏粉、豆芽、豆腐合在一起熬,加上几片肉便为肉粉汤。现在呢,七八种炒菜写在黑板上,过油肉、宫保肉丁、木樨肉、大拼盘,啤酒也有。我对那个大师傅说:"咱们这儿也会这么炒菜了。"他说:"不是你们北京知识青年传来的?"嗬!这可是对我们的充分肯定。吃饭也确是一种文化。我还不曾想到过上山下乡运动的这一作用。历史常常有趣,先定的目的没达到,却有了意外的收获。

前不久在报纸上见了一篇报道,标题是《经济发达地区商品、人才、技术涌向大西北》,说"西北过去经济落后,一个重要的原因是商品经济不发展……现在情况开始发生变化,经济政策放宽以后,经济发达地区的大批小商小贩、推销员、建筑队,以及各种各样技术的人,带着时装、日用品,带着手艺、技术,潮水般地涌向大西北……"这才是真正的开发。历史上真正的开发,似乎都是这样自发的。也许上山下乡运动之所以失败,正是因为那是一场人为的运动吧?我这样想。

三十九

从县里开车去清平湾的那天,蒙蒙地下着小雨。满山的麦子正要抽穗,最上头的一片片叶子高高挑起,正如民歌中所唱:四月里麦子挑旗旗。麦子都密植了,不像过去那样,隔一大步种一撮。

山川都变了模样,认不出了,因为还是水土流失严重。女县长陪我们一起去清平湾,她说,这地方如果连着几年遭灾,老乡们的日子还是不好过。

汽车沿着山道颠簸,山转路回,心便一阵阵紧,忽然眼前一亮:那面高高的黄土崖出现在眼前,崖畔上站满了眺望的人群……

1985 年 7 月 31 日

毒　药

在很远很远的地方，一片浩渺无际的大水中央，有个小岛。小岛的地理位置极佳，冬无严寒，夏无酷暑，终年雨量分布均匀，时有和风携来细雨轻飘漫洒一阵，倏而云开天青。正如通常神话中所说，此处土地肥沃，物产丰饶，岛民务农、打鱼、放牧、做工，各得其所，乐业安居。因四周大水环绕，渔业便兴旺，打的鱼吃不完，喂猫喂狗，喂野地里一切招人喜欢的牲口。以后便懂得把鱼运往大水之外的某些地域去，可以换来各类生活用物及奢侈品。制作精美的金银首饰只为其一。这样，渐渐开通几条航道，商业从而发展。

一天，当然是很久很久以前的一天，有人偶然捕得一尾怪鱼，示与众人，都说见也没见过；又请了岛上年岁最长的人和阅历最深的人来看，都说闻所未闻。至于该鱼怪到何等程度，史料未留记载，于今传说纷纭，是万难考证了。有的说那条鱼赤若炭火，巨首肥身，长可盈尺；有的说那鱼色同蓝靛，身薄如纸，短不足寸；甚至有说那鱼有头无尾的，或说有尾无头。从万千民间传说中可以归纳出一条：那鱼体态不俗，色泽非常。仅此而已。

先不过是出于好奇，那人将怪鱼放在盆中喂养，又怜其孤单，捉一尾俗鱼与之为伴。不料就有若干小鱼问世。盆已嫌小，便放之于池中，小鱼或"怡然不动"，或"俶而远逝，往来翕忽"，确是好看。小鱼稍大，那人仍是出于好奇，选其体态色泽均呈怪异者留下，所余俗辈放回大水中去。怪鱼便不止一尾一性，自然繁衍，又一代怪鱼降生；中间竟有怪相远过父母者。那人再把更怪者留下，其余仍放回大水中任其游去。如是选择淘汰,数代之后怪鱼愈怪且种类亦趋繁多,有巨眼膨出者,有大腹便便者,有长尾飘然似带者,有鳞片浑圆如珠者,有的全身斑斓璀璨,有的通体白璧无瑕,或如朱如墨的,或披金挂翠的,仪态万种,百怪千奇。此事传开,不胫而走,便引得外域游客闻名而来。用今天的话说,旅游业也便兴起。沿水一带建起了旅馆、客栈,又把怪鱼分门别类养在玻璃容器里,置于厅前厅后、客房中、走廊旁,供游客观赏。从此小岛上经济倍加繁荣,人丁兴旺,昌盛空前。岛民们的生活也更丰富多彩。其时那人已近晚年,将先前之事说与后人,大家沉思良久,颇多感慨,未忘怪鱼给小岛之民带来了幸福,忽然觉悟:那鱼实非怪鱼,确乎神鱼也!这样,每逢年节岛上始有祭祀神鱼的活动。随之家家都喂起神鱼,供奉如待神祇。继而又兴神鱼大赛,各人将自己培养的神鱼捧出展示,互比高低。神鱼的体态色泽愈新奇,主人的声名愈好,在岛上的威望和地位也愈高。此赛事有些像西班牙的斗牛,南美洲的斗鸡,或中国的斗蟋蟀了。赛时,倘鱼种平庸,主人便极损名誉,长久难在人前拍胸昂首。为此妻离子散的也有。于是人们呕心沥血挖空心思以求鱼儿异变,育出畸形,演成怪种。多少年多少代过去了,比赛长盛不衰,遂成风俗。岛民不论男女老少,皆赛鱼成癖。大赛之时,旗幡蔽日,鼓乐齐鸣,万头跃踊,甚嚣尘上。各式造型华丽的鱼缸迷宫般摆开,无可数计的神鱼在其中时沉时浮,虽再难"俶而远逝,往来翕忽",却独能翩翩而舞弄姿作态。奇异的品类层出不穷,皇皇然各显神通。小岛神鱼名传遐迩,来岛上观鱼的游客更是络绎不绝了。

　　以上所述全是过去的事了,远的一两千年了,近的距今也有五六十载。倘无旁的办法,我们的故事还是以不久前的一天算为确凿的开始吧,这样讲起来省些事。

　　不久前的一天,夜里,星光灿烂皓月当空,小岛四周微风细浪万顷波光。一叶小舟,自远而近,悄然靠了岸边。不待船身停稳,便从舱中跳下一位老人,踉踉跄跄急奔几步,五体投地扑倒在沙滩上。许久再无动静。月渐朦胧,风渐停歇,水拍船帮发出轻响,老人仍是无声无息。月又辉辉,风又飒飒,老人这才慢慢爬起来,仰俯天地,又叹息一回,然后谢过船家,拎起一只小箱,踏着月光向岛上走去。老人穿着极普通,相貌也极平常,只是虽满头白发动作却敏捷,步履轻盈。他随便找了家旅馆住下。客房中陈设不俗,照例都有一只鱼缸,缸中几条神鱼,有头的摇头有尾的摇尾,一律呆然若盼,憨态可掬。老人看了一会儿,熄了灯,解带宽衣倒头去睡,须臾鼾声大作。

一宿无话。

天光大亮时,这老人出现在岛中心的街道上,时而匆匆疾行,时而停步环望,时而在路边的货摊前买些岛上极常见的食品边走边吃,又不断地停下来,向路人打听些什么。近午时分,老人登上了小岛南端的荒山。这山险峻,近乎拔地而起,是全岛的最高点。山上树木葱茏,怪石嶙峋,禽啼兽吼不绝于耳,茂草繁花不绝于目。只是不见人家。接近山顶时,老人边走边喊起来,喊着一个人的名字。泉声叮咚,云缭雾绕,山道崎岖,路转峰回。不久,密林深处有人回话了,"是——谁——呀——"远远的,银铃般清朗。老人循声走去,见一男一女两个儿童在林间游戏。男孩儿攀在一棵树上轻声歌唱。女孩儿坐在草丛中专心编着一只花环。男孩儿摘了野果掷那女孩儿。女孩儿毫不理会,只顾自己手中的花环,一边也轻轻哼唱。一只小狗见有生人来,就大喊大叫。女孩儿赶快把狗搂在怀里,男孩儿在树上问:是你喊我太爷爷吗?老人就又说了一遍那个名字。两个孩子齐声说,那就是他们的太爷爷。老人唯恐弄错,又问一句:你们的太爷爷可是大夫?孩子回答说不是,又说:我们的太爷爷是专门给人治病的。老人笑笑,便知道他的老朋友还活着。两个孩子就在前面蹦蹦跳跳地走,还有那只狗。老人在后面跟着。走了一阵,来到一座小院前,石头围成的院墙高不过人,茅屋三间,柴门虚掩。两个孩子推门跑进去,喊着:太爷爷,有人找你! 老人也走进门,身上发一些颤抖,见院里依然晾满了草药。

一会儿,男孩子从屋里跑出来,对那老人说:我太爷爷说,你们要是想搜查就随便搜查。说完,男孩子又跑回屋里,屋里有嚓嚓的铡草药的声音。

还认得我么,兄弟? 老人说。

老大夫也是须发全白了。他停下手中的铡刀,掸掸身上的草末子,让那两个孩子仍到林子里去玩。

兄弟,你认不出我了吧?

你们的人常来,我记不住谁是谁。老大夫说话时,目光追随着那两个手挽手跑出院去的孩子。

老人莫名其妙地站着。

孩子不是已经告诉你了? 屋里屋外你都可以随意搜查,看看是不是都是挺好的药。

你是不是弄错了? 我昨天夜里才到这岛上。

老大夫笑笑。你装得就算不错了,不过还是能听出这岛上的口音。

我干吗要装呢? 我是这岛上的人,不过离开这岛已经好几十年了。我昨天夜里才回来。

老大夫这才正眼打量那老人。老人凑近些,让他仔细端详,同时激动地看着他的眼睛。老大夫的眼睛浑浊一片了。

像是有些面熟,老大夫说。

老人就说出自己的名字。

老大夫又开始铡草药,刀起刀落草末横飞。

老人提醒他。六十年前,这岛上有个和你同岁的年轻人,因为在神鱼大赛上屡屡名落孙山,苦闷之极就想去死。这事你还记得吗?

我在这岛上活了九十年了,这样的人我见得多了。

我说的这个人住在岛东。岛东住的都是养不出好鱼的人,都是些几代几十代也没人在神鱼大赛上露过脸的人家。他们都住在岛东,是些让人看不起的人。

你说的这些不算是新闻。

我没想说什么新闻。

现在岛东和岛西可是倒了个儿了。

是吗?那可是怎么闹的?六十年前岛上有四户养鱼养得最好的人家,都住在岛西,人称鱼仙、鱼圣、鱼帝、鱼王的四家。能养出好鱼的人都住在岛西,让人敬仰的人都住在岛西。

你提这些干什么?还不是什么秘密。

我知道这不是秘密,我对秘密不感兴趣。

老大夫不紧不慢地铡着草药。老人看看这三间屋子,一张桌子和几张凳子,一张大床和两张小床,之外就全是草药。老人捡了一块甘草放在嘴里嚼。

这事与我无关。老大夫说,那四户人家不能生养,断了后,家业就完了,这事与我无关。

你干吗总认为我是来调查什么的呢?

不是一直在调查吗,你们?

我们?我就一个人,昨天夜里才来。

来干什么?

老人半晌无言。然后才又说:我没想到你已经不记得六十年前那件事了。我以为你不可能忘了他。他那时还年轻,立志要养出不同寻常的好鱼来,住到岛西去……

这样的人我见得太多了。

他没有兄弟姐妹。父母年轻时一心想养出好鱼来,没工夫生孩子,四十几岁时相信自己不是能养出好鱼的人,这才有了他。父母又把希望全寄托在他身上,让他从小跟鱼打得火热。

老大夫再度停了铡刀,注意听那老人说。

想起他来了? 老人问。

没有,老大夫说。老大夫心里想着别的事。

他就从小跟那些鱼打得火热。十几岁上,他确实弄成过几条不坏的鱼,但毕竟还都是俗种。不过,由此他相信了自己前途无限。父母和邻居们也都这么说,说他没错儿肯定是那种能养出好鱼的人。以后他果真又弄出了几条不错的鱼。自负加上年轻气盛,他发誓十年之内至少先要超过鱼帝和鱼王那两家,否则就不算是他,也不娶亲。

后来呢?

后来?你还记不记得有天夜里他去找你?人已经是虚弱得不行,失眠、贫血、心脏也不好又没有食欲,就算当时还没疯再那么活下去也早晚是个疯。幸亏他还知道死是种解脱,比疯了好受。别人都劝他好歹活下去,说不定还有养出好鱼来的日子。只有你理解他,现在看来,你是摸准了他的症结。

老大夫说:这岛上所有的病,都是因为又想养出好鱼来,又都怕死。

我那时可是不怕。

你是个走运的。

我恨不能立刻死了去。我弄了十年,起早贪黑含辛茹苦,十年!再没弄成一条好鱼。我还是住在岛东,甚至在岛东也让人看不起了,说我没错儿肯定是再弄不成好鱼的人了。死是什么?是一切都不存在,一切一切都不存在,都没有。

我不记得你,老大夫说。

你不记得那夜我去求你?我想死,可我害怕上吊、跳崖、抹脖子、躺到车轮子底下去或者淹死,我知道你有一种药,河豚毒制成的药,比氰化物还毒几十倍,吃了没有丝毫痛苦一切就都不存在了……

我从来没有那玩意儿!我的药都是好药!

你懂得我,你就把那药给了我两粒。

胡说!我没有那种药,我也没给过你什么!

你不愿意看着我发疯,不是吗?你不忍心看着我疯够了再一点一点地死去,这事你忘了?

你随便疯吧,爱怎么疯就怎么疯吧,我从来就不认识你。

你干吗不愿意认我?

老大夫不再理睬他,又开始埋头铡草药。

你不必担心,实际上那两粒药可以说不是你给我的,事实上也是我自己偷着拿走的。你当初那么理解我,你把放那药的保险柜打开,装作一时疏忽忘了锁上,然后我们就喝酒,后来你喝醉了就睡着了,是我自己在没得到你允许的情况下,把那药偷偷拿走不辞而别的。

老大夫头也不抬。我没有喝醉过。

我是说六十年前那一回。

我九十年中没喝过一滴酒。你们愿意搜查,就屋里屋外都搜查搜查吧。

岛上出了什么事?你干吗总认定我是来搜查的?

岛上出了什么事你比我清楚。你们不是认定,是因为我给岛上的人都吃了坏药吗?

我说过了,我一个人昨天夜里才回来。

这时候那两个孩子回来了,男孩儿提着满满一篮野果,女孩儿头戴一只鲜花编成的花环,打打闹闹蹦跳着进屋,扑到他们太爷爷的怀里。

你不打算搜查了?

不。我也不是干搜查的。

那好,时间不早了。

老大夫说完便与两个孩子去玩了。只有那只小狗警惕地盯着老人。

老人回到旅馆,闷闷不乐,便早早躺下,又不由得回味白天的事,愈发觉出那老友的谈吐蹊跷,辗转反侧,一宿未能睡得踏实。翌日,晨光熹微时,老人起身,到岛上去逛。洒水车响着铃声开过,薄雾中,有清洁工人打扫街道。四周大水上渔帆点点,时而有汽笛声顺着水面悠悠扬扬传到岛上。不久,晨雾散尽,所有的商店就都开了门,有些老年店员立于门前迎候顾客,橱窗里货架上满目琳琅。又有小摊贩在路旁挑起招牌,或卖衣物,或售吃食,鼓其如簧之舌招徕买主。街上男人女人熙来攘往,车流人流如涌如潮。一切都很正常。到处可见新建成的和正在建的高楼大厦耸入云端,吊车的长臂举在朝阳里。老人从岛的一端走到另一端,寻找他当年的住所,然而不见,那片民房早已拆除改为露天广场了。广场宽阔无比且装修得极其讲究,大理石铺成的地面,玉砌雕栏万转千回,条条甬道纵横交错把广场分割得如同迷宫,中间一根旗杆独竖,周围无数华灯林立。正是为赛鱼用的场所。老人又寻找他曾经在那儿读过书的小学校,那小学校也已改为赛鱼场了,无论规模和气派都不亚于前者。这样的赛鱼场岛上很多。

下午,老人又来到岛南的荒山上,找那老大夫。这回他换了一种谈话方式。

老人说:上回大概是我弄错了。

老大夫说:肯定是你弄错了。

弄错什么了呀?两个孩子问。

老大夫就又让孩子到林子里去玩了。

看来那个人不是你。你不是那个人。

当然不是。我从来没有过那种药,更别说给过谁了。

我在这岛上再不认识别人。既然咱们认识了,我想不妨交个朋友吧？咱们又都是这么大岁数的人了。

那可真是件挺难得的事,老大夫说。老大夫也比上一回随和,且不时露出笑容,依然铡那些草药。

你还是老跟这些药打交道。

完全是出于习惯,其实一点用都没有了。不知道还为什么。就像那些养鱼的人一样,完全是因为习惯。

岛上又快要赛鱼了吧？

现在是半月一小赛,每月一大赛,没完没了啦。

鱼呢？鱼都怎么样？

无奇不有,肯定超过你的想象去。有一种连眼珠也是白色的鱼,其实那不过是白化病。弄成这鱼的人一下子就成了名。

现在的鱼仙、鱼圣、鱼帝、鱼王都是谁？

说不准,今天是他,明天就是别人。有回大赛上,一个老太太弄出一条一动都不会动的鱼来,那鱼的样子倒不稀奇,却能发出一种声音,叮叮当当咿咿呀呀的,像一只八音盒那样唱一首赞美歌。那老太太弄了一辈子才弄出这么一条好鱼来。

六十年前我就知道能弄出这样的好鱼来。可是我拼死拼活没弄出来,那时我真想死。你知道一生一世让人看不起的滋味有多难受。后来你给了我那两粒毒药……

不是我。嗯？给你那药的人不是我。

对对,不是你。

也不见得是在这个岛上吧？

啊？哦,对对,不是。不是在这个岛上。也不是六十年前,是更早的时候。对了,也不是我,是我听说过的一个人。这个人想死,有天夜里他得到了两粒毒药,是那种一沾舌头立刻就能舒舒服服死去的药。他喝得醉醺醺的,来到岛边的沙滩上,心想,只要这么把药往嘴里一扔,就势往大水里一滚,一切烦心的事就都结束。落潮时,大水将把他的尸体也带走。这个世界上就不再有他,就像他也不曾有过这个世界。这个世界有权否决他,他呢? 也握住对这个世界的否决权了。这样一想,他立刻觉出通体轻松。再看看手里的药丸,知道以后无论什么时候,无论碰上什么倒运的局面,都可以轻易就把它们否决掉,只消把那两粒否决权往嘴里这么一扔。他长吁一口气,放心了,心静得如同那无边无际的大水和天空。既然如此又何必这么急着去死呢? 他躺在岸边想了大半宿,天快亮时便偷了一只小船向大水彼岸划去。他边划边对自己说,就当是我已经死了,那么到别处去逛逛看看又有什么不好? 再说他也必须得离开这个岛,再在这岛上待下去他还是得疯,天一亮就会有无数轻蔑的目光向他投来,提醒或者暗示:你是一个折腾了十年也养不出好鱼的人,你是一个三四十岁也没养出好鱼来的人。他必须离开这个岛的原因还有两个。一是怕给了他否决权的那个大夫再把那两粒药收回去,那可真就糟透了。再有就是,他不能连累那个大夫,死是自己的事,可别人会认为是那个大夫把他害了;当然不能恩将仇报。所以我没死,你给我的那两粒药我把它装在贴身的衣兜里,上了一只小船,然后就使劲划……

这样的事我头回听说。给了你药的那个人不是我。嗯?

老人呆愣片刻。是的,不是你。也不是在这个岛上,是另外一个岛。也不是我,是我听说过的一个人。我是在一个小车站上等车的时候听一个我不认识的人说的,我也没地方去找他了,也不知道他的姓名。

这就对了,老大夫说。

我听说的这个人上了一只小船,划了七七四十九天,到了大水以外的地方……

我们不妨说点别的吧。

别的? 别的什么? 行啊。

你来这岛上两天了,有什么特殊的感觉吗?

特殊的感觉? 你指什么?

譬如说,发现了什么不一般的事没有?

什么不一般的事?我没看出来。

老大夫迟疑一阵。也许什么事都没有吧,那当然是再好不过了。

到底出了什么事?你何妨跟我说说?咱们是多年的老朋友了。

咱们是昨天才认识的,你又弄错了。

是。我前天夜里才到这岛上来。

现在这岛上的鱼,奇奇怪怪的种类更多了。

我在旅馆里见到一种没有眼睛的鱼。

说是这么说,其实只是在一般该有眼睛的部位没有眼睛,可是每个鳞片下面都有一只眼睛。这你大概没留神吧?你知道弄出这样的鱼来有多么不容易。

我知道。我早就料到完全可以弄出这样的好鱼来,只是我自己怎么也没弄成。

弄成这鱼的人可是下了苦功夫,多少年来就没睡过一宿整觉。你知道,母鱼甩子的时候要是没人看着,母鱼会把鱼子全吃光。等鱼子变成小鱼后,你还得随时留神着。亿万条小鱼中未必能有一条具备继续培养的价值,你不能放过了,一旦放过,多少年的心血就全白费了。你得一条一条地仔细观察。也许只有在夜里的某一时刻,才会有一条鱼显露出奇异的禀赋。你想,一个人还能有多少时间睡觉呢?

这样的苦,没有人比我知道得更清楚了。我那时,哦,我听说过的那个人就是这么白费了多少年辛苦,也许他曾经是放过了几次机会吧。后来他划着小船到了大水以外的地方,再不跟鱼打交道了。可是他什么别的本事都没有,什么别的事都不能干。那个地方的人不在乎谁能不能养出好鱼来。鱼在那儿就是鱼罢了,可以吃,也可以看。无论什么鱼,只要是活蹦乱跳的就都被认为是好鱼。可那地方对什么事都不能干的人还是看不起。你想,我听说的这个人怎么受得了?他觉得自己简直是个混蛋,甚至连混蛋都不是,什么都不是。他就又拿出那两粒药来……

你知道上回大赛上,鱼仙的交椅谁坐了?

谁坐了?

岛东的一个老头儿。他弄成了一条大鱼,有几尺长,浑身疙里疙瘩的像是穿了盔甲。其实是一堆肉瘤,瘤子有红的,有蓝的,因为里头有丰富的动脉和静脉。这种瘤子割是不能割的。

那样会弄坏整个循环系统,对吧?

对了。这鱼本身并不大,那些瘤子占了三分之二还要多。

我听说的那个人那时又想死了,可拿出那两粒药来看看,心里便又觉轻松了许多,就又对自己说:只当是我已经把这药扔进嘴里了,可不是吗?把这药扔进嘴里还不容易吗?只当我已经死了,什么都感觉不到了,干吗不再试试干点什么呢?他就又把药收起来。你猜他怎么着?

嗯。

他在那儿找了个打扫厕所的差事干。

那鱼很能吃,吃肉,那些瘤子需要足够的蛋白质和脂肪来养着。

那差事他一干就是好几年,干得挺平静。大伙都说他干得不坏。这样过了好几年,他才想起自己还没有老婆。

那老头儿和他老伴儿长年不断地给那条鱼喂肉。一分钟也不能间断,一断了肉那些瘤子就都瘪下去,再不那么五颜六色的引人注目了。老太太白天喂,老头儿夜里喂。老头儿白天还要出去挣钱,你想,还有什么时间睡觉呢?

很苦,这我知道。不过要真能弄成这样的好鱼,让我想,那老头儿一定还是挺着迷的。

着迷得都像中了邪。你知道他们怎么弄那些鱼?岛上所有的人都是怎么弄那些鱼?

嗯。怎么弄?

不管什么新鲜玩意儿都给鱼吃一点。譬如辣椒、醋、花椒水什么的。

这我倒是没想到过。说不定有点用?

无非是刺激刺激那些鱼,看能不能出现什么异变。后来又都在鱼缸或鱼池里兑点化学制剂,有些鱼居然还能活着,可再生出的小鱼就什么模样的都有了,三头六臂的、无尾无鳍的、没有眼睛的。这是很费神的事。尤其是硫酸和升汞什么的,比例要掌握得合适,多兑了鱼就全死,少了又变不出好鱼来。

我听说的那个人,以前是为了鱼,一直没有想过娶亲……

升汞和硫酸什么的都兑得合适了,就得昼夜监视着那些鱼。一旦发现有变了模样的鱼,赶紧就捞出来放到清水里去,捞晚了又要死,捞早了又要变回到原样去,所以一刻不能大意。你想,这还有时间睡觉吗?

可不是吗,要想弄出好鱼来可不是玩的。那个人到了大水彼岸,干了几年扫厕所的差事,心想应该结婚了……

后来又有人给鱼吃点别的玩意儿,机器油、凡士林、炭黑、铅粉什么的,这办法要安全一点。有个人就这么弄成了一群奇怪的鱼,每条鱼身侧都多长了一根细长的软骨。那人对着它们说点什么,它们就都把那根软骨缓缓地高举起来。那人坐了几年鱼帝的交椅。不过你得不断对它们说点什么,否则它们就会把那本事给忘了。你说这人还能有多少觉可睡?

心想该结婚了,他这才发现自己只不过是个扫厕所的。"是个扫厕所的"和"只不过是个扫厕所的",这可不一样。他在彼岸耽了好几年,才明白哪儿都不是天堂。那时他已经四十岁了,再学什么也怕来不及了,思量还是不如死了的好。可是他有那两粒药哇,就揣在贴身的衣兜里呀,着什么急呢?不就是这么往嘴里一扔的事吗？先试着学学别的吧,学不成再去死也不晚不是吗？……

近来全岛的人又都疯了似的到处找古钱、碎陶片、兽骨化石、远古的土和石头,找到了就研成细粉,调好了给鱼吃。听说已经有一种没有尾巴的鱼给弄出来了。听说还有一种没有头也没有肉的鱼给弄出来了,光是一根筻子一样的骨头在水里跳。我也还没见到呢。那些陶片,化石什么的很难找。你说,没日没夜地找,没日没夜地研磨,什么工夫睡觉呢。

是不是有人到你这儿来找过什么药给鱼吃？

没有,那倒没有。我没有格外的药。他们要找的是稀奇古怪的东西,给鱼吃。

那你干吗总那么担惊受怕似的？

我？我担惊受怕？我这么大岁数了还有什么可怕的。

你干吗总觉得有人要到你这儿来搜查呢？

噢,那不是因为鱼。你懂吗？他们不是怀疑我给鱼吃了什么坏药。他们知道我从来不摆弄那些鱼。他们是为了别的事。

什么事？

哼,等着看吧。

岛上到底发生了什么？

你一点都没看出来？

老人摇摇头,盯着老大夫的眼睛。老大夫又垂下眼睛,仍是不停地铡那些草药。

你不妨再注意一下。我倒是希望没那么回事呢。

老人告辞出来的时候,看见那两个孩子还在林间的草地上玩耍。他没有惊动他们。那只小狗尾随在他身后把他送出很远,摇着尾巴似乎不再对他有敌意。老人站在山腰朝下望,小岛景象尽收眼底,嗡嗡隆隆市声喧嚣,处处显露着繁荣。太阳正要落山,全岛都被晚霞的红光照耀得灿烂。

岛上处处张灯结彩,无论是商店、旅馆,还是机关、工厂。主要街道的两旁都摆上了鲜花,摆成各种图案,摆成花塔,摆成花山和花海。香气扑鼻,醉人。各个赛鱼场上都已是旗幡招展,各色彩旗星罗棋布,场中央一条长幡上绣了鱼形标志,随风飘舞。看来大赛将近了。每个赛场上都有几十个上了岁数的管理人员在忙,费力地把一条红色的长毯在大理石地面上铺开,哼哼咳咳地喊。那地毯猩红夺目,有上百米长,一直铺上获奖台。获奖台在几十层台阶之上,镶金嵌玉如宫殿般辉煌,气派威严。乐队正在排练,从各处角落里发出轻响。时而有些断了线索的彩色气球过早地飞上了天空。

街上的行人都在谈论鱼赛的事,回忆着上回的赛况,预测这一次的四把交椅可能谁属,遗憾着自己的鱼种目前尚难惊人,又互相打探有关新奇鱼种的消息。一律兴致勃勃,谈笑风生,神采飞扬。

老人在岛上逛,走遍大街小巷,实在也看不出有什么异常。老人走得累了,便在近水处的一块岩石上坐下歇歇,吃点东西。于是困上来了,他就躺在沙滩上,头枕岩石。

晚霞消失时,大水又涨了。

夜色弥漫开。

老人迷迷糊糊做了个梦。不知道为什么又梦见了两个孩子和那只小狗。两个孩子在他身边跳来跳去,管他叫太爷爷,摸摸他的眉毛揪揪他的胡子,唱那支他在孩提时便熟悉的歌……

忽然,岛上像是亮彻了一道闪电或是起爆了一座火山,那亮光带着轰响把小岛震了一下,把小岛乃至小岛的天空和四周的水面都点燃了一般。老人惊醒,凝神细看,原来是几个赛场上的千万盏华灯一齐亮了。这没什么奇怪,不过是在试灯光。那轰响也不过是人们兴奋的欢呼声。老人打了几个哈欠,又呆愣着想一遍刚才的梦,倒觉得这梦中似有奥妙。想了一阵想不清楚,老人便站起来走动走动。

不久又有闷闷的炮声,又有歌声舞声,又有锣声鼓声,又有号角声,又有口哨声和呐喊声……这都没有什么奇怪,多少年前每逢大赛将临也是如此,人们在为大赛做着准备罢了。

老人这一宿没有回旅馆去,调动起所有的视觉,听觉,嗅觉,注意岛上的一切。半夜,华灯熄灭,炮声也早停歇,岛上显出寂静。老人独自走街串巷,猫一样轻捷机警。家家都闭了门。家家又都黑了灯。家家也都没了人声。路灯也似暗淡了。夜里气温下降了不少。老人坐在一棵树下正有些冷,冷得有些无聊,忽闻一种奇异的声音从四周漫起,始而细碎微弱,继而唧唧咕咕嘤嘤嘤嘤便觉清晰,渐渐连成一片变得响亮。这却稀罕。老人起身蹑手蹑脚到一家门前,耳朵贴近门缝细听时,院里果然就有那声音。他再扒着门缝往里看,一支火烛摇摇跳跳照见一对老夫妇木讷的脸。中间一只鱼缸,老夫妇分左右面缸而跪,正给神鱼喂食。那声音不过是他们喊喊嚓嚓的低语罢了,或者也有神鱼吃食弄出的响动。他又扒着门缝看了几家,也都不过如此。唯人数不同,有的是一家几口念念有词如同祈祷,有的是孤身一人自言自语仿佛发愿,都同等虔诚木讷且有章法地小心翼翼喂那神鱼。老人暗自慨叹:自己离家多年,竟连这么熟悉的事也忘却。心中凄楚,不免潸然泪下,遂又安慰自己:六十年前还不是这样,弄鱼弄到这般着迷的人还不多,声音也不似这般响。

直到星稀月落天色微明,他也没觉察出岛上有半点不同寻常的现象。老人又爬上岛南的荒山。

一进门老人就说:兄弟,怕是你自己的神经出了什么毛病吧。

你还是什么都没看出来?老大夫说。

老大夫已经早早起来铡那些草药了。两个孩子坐在院当中捧了碗吃早饭,一边喂那只小狗。小院静谧安详,四周鸟语虫鸣,山上的空气清凉且有树脂的香味,阳光在树隙间把雾气染得金亮。

连老人的铡草药声、两个孩子的吃饭声、小狗的喝水声都能传出很远去。

还是没看出来。当然没看出来,因为一切都很正常。我怕是你自己倒不正常。

老大夫笑笑,不以为然。

你别笑。实际上我头一回来你就认出我了,可你为什么不肯认我?

我确实不认识你。

看看吧,就是这两粒药,六十年前的那天夜里你给我的。老人从怀里掏出一个小瓶,倒出两粒白色的药丸给老大夫看。

老大夫看也不看就说:这药不是我给你的。

你何必这样呢?你的疑心太重了,弄得自己的精神都不太正常。事实上没人来搜查你,岛上任何不正常的事也没出。

老大夫招呼两个孩子快吃,吃罢饭就到树林里去。

我把这两粒药带回来是想还给你的。是想告诉你,是你这两粒药救了我。我得感谢你。

那不是我,也不是在这个岛上,不是吗?也不是你,是你听说过的一个人。不是吗?

不是。就是你,也就是我,而且肯定是在这个岛上。后来我划着小船到了彼岸。上回我说到哪儿了?

说到你忽然想结婚了。

不错。可是我四十岁了,除去扫厕所再没有别的本事。那地方也绝不是天堂,人们还是不大看得起扫厕所的。你信吗?只要有差别,就不可能有彻底的平等。我就又想死。我就又拿出这两粒药来,喝足了酒想借着醉劲儿把这药吞下去。死真不是件绝对的坏事,你想想,只要有那么一点勇气,你就可以和所有的人都平等了。不是吗?所有的人都得死,不管你是什么了不起的人物,死了,烂了,变作尘埃飞散了,化成轻烟不见了,就全一样了,谁也不会看不起你了,你也不必看不起谁了,这么想着,我又镇静下来。

你干吗不弄弄鱼呢?

我要是弄鱼,说实在的,凭我这两手在那地方没人比得了。可那地方的人不太关心鱼,认为一切鱼既然生出来了,就都是好鱼。

老大夫点点头。后来呢?

哦,我就又活下去,学了几年木工,学得挺一般。后来又学了几年打铁和裁缝,都学得很一般,对了,我忘了告诉你,在这期间我结了婚。老婆比我小十岁,也曾经中了魔障似的光想死。我头一回见到她是在水边的悬崖上。我看出她想往下跳可又不敢,就走过去对她说,你可着的什么急?她就哭,说自己活在世上算个什么东西。我说,能这么想就好了。我就把那两粒药拿出来,给她讲了那药的作用。她说她真想要一粒。我就分给她一粒。她说,那你还够吗?我说这样咱们俩就都够了。她就要吃。我说,你再想想,也许不用这么着急。她想了一阵子,问我,这药会不会失效。我说只要拿到了就永远有效。她又仔细看一遍那粒药,问我是不是肯定没骗她。我说这可怎么证明呢?现在我们都只有一粒了,没办法证明。她又问我,是不是对所有的人都有效。我说这也没办法证明,不过对已经死了的人肯定无效。她于是放了心,同意跟我回家去,做我的老婆。

这时岛上响起沉闷的炮声。

鱼赛快开始了?

是呀,又要开始了。

我实在看不出有什么不正常。

往下说吧。后来呢?

我们夫妻俩先开了个小杂货店,以后又做了些别的买卖,再以后又学了些别的手艺,总之,五行八作差不多样样都干过。仍不免常常惭愧、自卑,到底弄不清自己算个什么东西。想到死时就记起那两粒药,互相提醒,那两粒药不是稳稳当当揣在我们的怀里嘛。

这样愈来愈活得平静,不去想自己算个什么还是不算个什么,自己想干什么就干什么,能干什么就干什么,愿意出去跑一阵便跑一阵,愿意扯开嗓子唱一阵便唱一阵,愿意读点什么或写点什么就读点什么写点什么。忽然有一天,我发现我已经九十岁了,她呢,八十了,这才意识到我们很久很久没提起那两粒药了,知道再也用不着它。

你们有没有孩子?

当然有。

有孙子吗?

有。

是不是连重孙子也有了?

也有了。

老大夫松了气,不住点头。

怎么了?

老大夫不回答,默默盘算一回。

直到炮声一阵响似一阵。

你这是怎么了?老人问。

老大夫说:兄弟我求你件事行不?把我身边这两个孩子带走。

出了什么事?

带他们离开这个岛,到大水以外的地方去。今天就走,现在就走。

岛上到底发生了什么?

你来这岛上三天了,除去在我这儿,还在哪儿看见过孩子?

老人幡然醒悟。

这两个孩子是岛上最后的孩子了。不孕症在这岛上流行多年了,岛上没人再能生养。

你也治不了?

他们怀疑是因为我给岛上的人都吃了坏药,没人敢来找我看病了。就这样吧,我留下来再试试,就把这两个孩子托付给你了。

老人带了两个孩子从山后小路下到岸边,早有一只小船横在那里。三人上船,砍断缆绳。

其时,岛上号炮声声不断,鼓乐喧喧不息,甚嚣,且尘上。

那老大夫立于荒山之顶,向他们挥手告别。

小船渐行渐远。不久听见船侧有哧哧喘息声,原来那只小狗凫水追来。两个孩子搂住小狗便有些凄然。老人想起那两粒药忘记还给老友,取出再看,连连叹息。两个孩子见了药丸,每人抢过一粒放在嘴里。老人惊时,却见孩子嚼得香甜,嚼了一会儿,吐出一块白色胶状物,放在嘴上吹成泡泡,泡泡爆响,清脆悦耳。

再看小岛,早无踪影,唯余一片茫茫大水。

1986年2月21日

我 之 舞

有一年夏天我十八岁了,两条腿依然瘫痪着。在这之前我上中学,各门功课都学得不错,至少大家是这么说的。我真愿意就永远在那所中学里待下去,可越是学得好越是得毕业。毕了业,忽然一下子再也没有人记得你功课好了,光记得你腿坏;哪个工作单位都不要我,也不说不要,说等着吧你才十八。我说十八不见得是个罪过,我可不想等到八十去,结果这么说了也没用。

离我家不远有座僻静的古园,没处可去我便一天到晚耗在这园子里。跟上班下班一样,别人去上班我就摇了轮椅到这儿来,别人下班回家我也回家吃饭,别人又上班去我就又来。在人口密聚的城市里,有这一处冷清的地方,看来像是上帝的苦心安排,是天无绝人之路的一种。

那年夏天在这园子里,我经历了许多奇异的事。

有件事说起来让人毛骨悚然。在一片茂密的乱草丛中,一对老人悄悄地死在了那儿,发现的时候已经死了七八天,甚至还要久。两棵老柏树从一人多高的地方连在了一起,长成了一棵;两个老人并肩坐在地上,背靠老柏树,又互相依靠着,睁着眼睛,死了也没有倒下去。几条野豆蔓儿已经在他们垂吊着的胳膊上攀了几圈。没有人知道他们是谁,怎么死的,以及为什么死。两个人都是满头白发,一身布衣,没带任何东西;虽然时值盛夏却没有什么特殊的气味出来,因而也没有苍蝇蚂蚁之类爬到他们身上。四周是没腰的野草,稀疏的野花开得不香也不雕琢。两蓬静静的白发与周围的气氛极端和谐,恐怕是这么久没有被人发现的原因。

最先发现这件事的是我、世启、老孟和路。一连几天我们都说,草丛中那两蓬白亮亮的东西不知是什么,后来便把轮椅摇着推着走近去看。世启和我一样,腿坏了,坐手摇轮椅。老孟不单腿坏,两只眼睛还瞎,只能坐那种让人推着走的轮椅。路推着他。路和老孟同在一家工厂糊纸袋,上班下班路推着老孟。路的父母未出五代旁系血亲,路一生下来大夫就说这是个傻子,两只眼睛分得很开,嘴唇很厚,是先天愚型。路有一回说,老孟的腿是年轻时跳舞摔坏的,眼睛是因为后来跳不成舞急瞎的,我和世启不信。但是老孟的事只有路知道,老孟只对路一个人说。我们走进草丛,才发现那是两个老人,已经死了。世启说,他们身上什么东西都没带着。老孟想了一会儿,说他们还没有傻到要把这辈子的东西带到下辈子去。我说这可糟了,咱们没法知道他们是谁。老孟把墨镜摘下来擦擦又戴上,其实他什么也看不见,他说何必要知道他们是谁呢?说话时酒气冲天。

两张脸除了有些苍白,看起来倒是很坦然很轻松的样子,眼边嘴角似有微笑。这表情让我想起学生考完试放假回家时的心境。我们四个不出声地在这对老人面前坐了很久。两张脸上的阳光变成淡红色的时候,鸟儿都归巢了,园子里热闹起来。

路忽然说:"他们跳得一塌糊涂是吧老孟?"

老孟拍拍路的肩膀,手在他那熊一样结实的脊背上停留了一会儿,然后滑下来。

"什么你说?"我问路,"什么跳得一塌糊涂?"

世启看一眼路,低声对我说:"别理他,路又说傻话呢。"

"路才不傻呢。"老孟说。

路说:"我才不傻呢是吧老孟?"然后转向世启和我,说:"我才不傻呢。"然后又对老孟说:"我不傻,是吧老孟?"

老孟又拍拍他的肩膀:"不过别老说这一句,老说这一句可不聪明。"

"我没老说这一句是吧老孟?"

我和世启笑起来。但是笑声马上煞住,眼前毕竟坐着两个死人。四周的野草波浪一样地起伏摇荡。

路依然呆呆地看着那对老人,独自叨叨咕咕:"他们跳得一塌糊涂,一塌糊涂他们跳得。"

"他说跳什么?"我问世启。

"跳舞。老孟和路俩净说黑话。他说跳舞,瞎说呢。"

我问老孟:"什么跳舞?跳什么舞?"

"你不懂。你才十八,说你也不懂。"

老孟比世启大两轮,世启比路大一轮比我大十八,十八正是我的年龄。他们三个就管我叫"十八"。我在这园子里认识他们才不久。世启每天傍晚一下班就来,老孟和路要晚到一会儿。路先回家吃晚饭,老孟的晚饭只是随便在什么地方喝一顿酒,路吃完饭来酒店里接老孟,老孟已经喝完了酒在那儿等他。

世启的老婆头年秋天带着孩子回娘家去,到这个夏天还不见回来。老婆走的时候他们结婚还不到两年,孩子刚满周岁。老婆是农村人,娘家在几千里外的大山里。老婆走的时候说天冷前准回来,以后又来信说年前准回来,以后又来信说过了年就回来,再以后就没了音信。世启写信去问也没有回音。后一封信里还说,她们要是回来准是坐天黑前那趟火车到,不让世启去车站接,担心世启摇着轮椅去车站不方便,但是让世启必须在这园子门口等她们娘儿俩,要是她们先到了也在这园子门口等世启。信写得不明不白。想来想去只有这一个缘由:到世启家无论怎么坐车最后总得穿过这园子,园子又深而且草木横生,一向人迹罕至偏僻得怕人,尤其是在天黑以后。世启便从冬到春、从春到夏,每天下了班就在这园里园外等。老孟、路,后来还有我,就来陪他一块等。老孟、路,也算上我,三条单身汉,夏天的晚上总归是要到外头乘凉的。

园子有数百年的历史,废弃已久,荒凉芜秽。有四面围墙和东西南北四座大门,但都残断不全,又无人看管,上下班时间有些抄近路的人们从园中穿过,脚步声、车铃声、悠悠的口哨声,园子里活跃一阵,过后便沉寂下来如同死去。

太阳渐渐升高,变热,开始慢慢灼烤还没有醒明白的树木和草地。园墙在金晃晃的空气中斜切下一溜阴凉,我把轮椅开进去,把椅背放倒,坐着或是躺着,看书或者想事,撅一杈树枝左右拍打,驱赶那些和我一样不清楚为什么要来这世上的小昆虫。也许它们倒比我清楚?这很难说。蜂儿像一朵小雾,稳稳地停在半空;蚂蚁摇头晃脑捋着触须,猛然间想透了什么转身疾行而去;瓢虫爬得不耐烦了,累了,祈祷一回便支开翅膀,忽悠一下升空了;树干上留着一只蝉蜕,寂寞如一间空屋;露水在草叶上滚动、聚集,压弯了草叶轰然坠地摔开万道金光。这时不知在哪儿有个人说:"只要你还能听,你就找不到真正的寂静。"吓了我一跳,四下看时,哪儿都没有人,我以为那是我的幻觉。这话倒是说得对,满园子都是草木竞相生长弄出的响动,窸窸窣窣窸窸窣窣片刻不息。这季节天气变化无常,忽而起了风,开玩笑似的打着唿哨四处野跑;忽而又飘下雨,淅淅沥沥弄起管弦,轻吹漫拨幽微缠绵。雨大时我躲进拱门去,园里园外世界全都藏起来,单用茫茫雨雾迷惑你,用浪涌潮翻般的震响恫吓你。两条腿瘫痪了多年,现在才有机会明白这意味着什么。你长大了,世界就变了。从一只摇篮一片光影,变成小床上的木栏和玻璃外面一只嗡嗡叫的金壳虫;从一道又高又长又难迈过去的门槛,变成一片又深又密几乎迷失在其中的花丛;从一只木马变成一排课桌,变成一面旗帜,变成一张地图,有山岭、沙漠和平原,有大陆、岛屿、海洋,有七个洲在一个椭圆的球体上昼夜旋转运行,却仍不过是浩瀚宇宙间一粒尘埃。你长大了,世界对你来说就变了。

不久,雨过了太阳憋足了力气,又把炽烈的光焰倾泻下来,仿佛一下子把草木都碾轧成金属,尖厉的颤响从各个角落里漫起,连成一片连成一片,激动不安与辉煌的太阳一同让人睁不开眼。

我闭上眼睛,眼前是无边而均匀的红色。这时又不知在哪儿有个人说:"除非是你没了知觉,否则你找不到真正的虚空。"声音异常清晰。我摇起轮椅满园里找,仍然不见一个人。

园子很大。有参天孤立的老树。有密密交织的矮树丛在蔓延。有一大片一大片的荒地。有散落在荒地里的断石残阶,默默的像是墓碑。墙头的琉璃瓦被养鸽子的孩子几乎拆光,长出小树,泼泼洒洒披满野蔓荒藤。传说鸽子是喜欢那琉璃瓦的。几座晦暗的古殿歪在一处,被蓬蓬茸茸的荒草遮掩,发着潮冷味,露出翘角飞檐挑几个绿锈斑斑的风铃,悄然不动。成群的雨燕就在檐下木椽中为家,黄昏时分都赶回来,围着殿顶自在飞舞,嘹亮地唱些古歌送那安静了的太阳回去。这时,就会突兀地冒出几对恋人在小路上,正搂抱着离去,不敢久留了。晚风一起,风铃叮当作响,殿门戛然有声,林间幽暗且有雾气飘游。几盏路灯早都被孩子们用弹弓打过了,垂着吊着不再发光。蝉儿胆大,直叫到星光灿烂去。然后是蟋蟀的天下。

我想,死是什么。

我、老孟、路和世启,坐在园子门口等世启的老婆带着儿子回来。世启说:"她们娘儿俩走了整九个月了。"又说:"孩子回来我怕认不得了。""今天是几号?"老孟告诉他几号。"那就对了,他们走了整整九个月了。"世启眼巴巴望着黑夜。大家也都替他望那黑夜。黑夜中有一条望不到尽头的小路。我想,死是什么。小时候我问过大人,死了是什么样?大人告诉我,死了就什么都没有了。"什么什么什么都没有了?""对了什么什么,都没有了。""那还有什么呢?"我总也想象不出什么什么都没有了是什么样。我把这件事跟老孟说。老孟说我才十八居然想得有些道理,可是又说:"你才十八,懂他娘个屁死。路,把第一道题给他说说。"路在月光下正玩着一只放大镜。

"找一个点是吗老孟？你永远也找不到一个点。是吧老孟他永远也找不到？"

"谁也找不到。"老孟说。

老孟递给我纸和笔。我在纸上轻轻点了一个点。

老孟说:"路,把放大镜给他。"

"那不是一个点而是一个面!"老孟说,"其实不用放大镜你也能知道,那是一个面。这事是路发现的,是路。"老孟笑起来。

"是我发现的是吧老孟是我发现的?"

我说:"确实是一个面,这又怎么了？我不明白你们的意思。"

老孟只是笑。夜便深下去,像老孟身上的酒味一样浓。

一个警察来园子里找我们四个,向我们了解发现那对老人时的情形。

"他们就这么坐着。在那片草丛里。"

"就这么坐着?"

"就这么坐着。手垂在地上。"

"这样?"

"不是不是,是这样垂着。胳膊上攀着野豆蔓儿。"

"什么野豆蔓儿?"

"像是豆蔓儿,叫不上名字来。这园子里到处都有。"

警察在本子上记了一阵。"再碰上这样的事,千万记住保护现场。嗯,还有呢?"

"我们只是想在他们身上找找,看有什么能证明他们是谁的东西没有。"

"有吗?"

"没有。什么都没有。他们是什么人?"

"我们正在调查。"警察说。

"他们是怎么死的?"

"你们发现他们的时候,对他们最突出的印象是什么?"

"头发很白。开始还以为是地上长的白毛呢。"

"地上长白毛?"

"地长毛您没听说过?地上有时候会长出头发一样很长很长的白毛。"

警察又在本子上记下几个字。"嗯,还有什么印象?"

世启说:"他们的表情像是很痛苦。"

"不对。"我说,"他们的样子看上去挺坦然。"

世启说:"怎么会呢?至少是挺伤心的。"

"一点也不。"我说,"俩人脸上都有笑容呢,看来很轻松。"

警察转向老孟和路:"请你们二位也谈谈。"

"我的眼睛看不见。路说说吧。嘿,路。"

"老孟!"世启想制止。路已经开口了:"一塌糊涂他们俩跳得,是吧老孟一塌糊涂他们俩?"

老孟不露声色,唯墨镜在夕阳下闪光。

世启在警察耳边低声解释了一下。警察惊愕的目光在路的脸上停留了一阵,又吸吸鼻子确认了老孟身上的酒味。

"为什么事,他们去死?"我问。

"我们还没有找到线索。"警察左右张望了一会儿,"他们睁着眼睛,依你们看他们在望着哪儿?"

"那儿!"我毫不怀疑地指给他看,"那儿有一座挺高挺大的灰房子,他们就望着那儿。"

世启说:"那是一家保密工厂。"

"是吗?"我说,"我怎么不知道?"

老孟说:"在先,那儿是一座古代的祭坛。"

"古代的祭坛?我怎么不知道?"

"你才十八。那祭坛说不清有多少千年了,比这园子还要老得多呢。"

我既不知道那是一家保密工厂,也不知道还有过一座古代的祭坛。我们四个和那个警察走过去看。完全看不出祭坛的痕迹。四四方方一座大房子有几层楼高,灰砖砌成,一个窗户也没有,不像是一家工厂倒像是一座陵墓。我从早到晚在这园子里,从未听见这房子里有过一丝声响,也不见有人进出,只偶尔见一两个哨兵在暗处游动,如同壁虎在墙上悄悄地爬。房子周围松柏森森,拉着铁丝网。

"里面在干什么?"

"没人知道。"世启说。

"是造什么的工厂?"我问老孟,"是造武器吗?"

老孟说:"叫工厂也行。传说里面有人在模拟宇宙初开时的情景。"

"是科研机关?"

"叫什么都行。宇宙初开的时候本没有任何名字。"

那个警察瞥了老孟一眼,对我和世启说:"好啦,咱们还是说正事吧。关于那对老人的表情,你们一个说是很痛苦至少是很伤心,另一个说是很坦然很轻松。对吗?"

"对,"我说,"至少是很平静。"

"是很痛苦,要不就是很伤心。"

"请你们再仔细回忆一下,过些天我来。"

"还有路说的呢。"老孟说。路蹲在远处的树林里,举着那只放大镜不知在看什么。

警察走了,我们四个又到园子门口去。天渐渐黑透了,园子里蟋蟀叫、风铃响,凄凄寂寂的,世启的老婆还没有带着儿子回来。我问老孟:"你刚才说什么,宇宙初开时的情景?"老孟让我问路,说路到那座灰房子里去过。"他怎么能进去的?"老孟说鬼知道为什么只有他能进去。

"路,你看见什么了?"

"里头比外头大。"路说。

"怎么会里头比外头大?路你说什么呢?"

"那房子里头比外头大是吧老孟?就是里头比外头大。"

"里头有多大?"

"看不见边儿那么大,比外头大。"

世启说我:"你真爱听他的,他又瞎说呢。"

老孟说:"我怀疑路是看见了一个球,他走进球里去了。球是空的,球壁是用无数颗宝石拼接成的,大大小小的宝石拼接得严丝合缝没有一点空隙。"

"那又怎么了?"

"路说他刚一进去什么都看不见,漆黑一团没有声音。后来他点了一把火,用自己的衣裳点了一把火在手里摇,轰的一声就再也看不见边儿了。无边无际无边无际无边无际……"

"老孟,你要是少喝点酒就好了。"世启说。

老孟管自说下去:"每一颗宝石里都映出一个人和一把火,每一颗宝石里都映出所有的宝石也就有无数个人和无数把火,天上地下轰轰隆隆的都是火声,天上地下都是人举着火。"

世启说:"老孟,你今天喝得太多了。"

老孟管自说下去:"我说路,你干吗不跳个舞试试看?你干吗不在里头举着火跳个舞?你那时应该举着火跳个舞试试看。"

路惭愧地看着老孟。

"你要是跳起来你就知道了,路,你就会看见全世界都跟着你跳。"

路呆呆地梦想着跳舞。

连着几天好大的雨,电闪雷鸣昼夜不停,倾盆决堤一般。天放晴时我再到园子里去,那座灰房子忽然不见。那家保密工厂(或是科研机关)已经拆迁,拆迁的速度之快令人难以置信。那么大一座房子竟然无影无踪片瓦未留,仿佛神鬼乘人不备把它整个端走了。剩一片开阔的空地,呈四方形,铺满白色条石;中心是一个很大的白色的圆石台;四周有些合围粗的也是白色的石柱,兀然耸立;空地边缘残存的墙基亦为白石砌就。远望浑然一片白色令人目眩,空旷而神秘。果然是一座古代的祭坛,老孟没有说错。我摇了轮椅进入空地,在石柱间绕着走,不得不屏住呼吸小心翼翼。车轮在石面上碾出尖响,传开去,震起回声。石柱有的被拦腰劈断,有的顶部被削去,柱体上都有密密麻麻的气孔像是被大火烧过,光阴再把雕琢的花纹剥蚀干净。圆形的石台,处处也有焚烧过的痕迹。我绕那石台一周,估摸有一百多米;古代不行米制,尺寸也比现行的短,算来这石台的周长是合着一年的天数,一年一年循环往复永无尽止。围墙代表了四方。石柱共二十四根,指向苍天。千万年前,这祭坛可能是毁于一场大火。

我独自在祭坛上坐着,看地行天移。太阳暗暗西垂,把石柱的影子拉长,把石柱染红得如同二十四根巨大的蜡烛。暮霭起了,蓝烟紫气缭缭绕绕,浮在祭坛上空。晚风便在远处摇响了风铃。又似有鼓声。天地在庆祝生日。忽然我有一个预感,不容得我再细想一遍,这预感便被证实:我又听见有人在说话了,是两个人,一男一女谈笑风生。

男的说:"你要是说我们早晚得死,我就跟你打个赌,我说我们永远不会死。"

女的就笑,说:"好吧,假定我跟你打这赌。"

男的说:"我劝你别打,我肯定不会输而你是注定赢不了。因为我们活着我就一直没输,我们死了呢,你还赢个屁呀。"

女的又笑,笑得喘不过气。男的也笑。

这声音太清晰了。我赶紧摇起轮椅,飞快地把每根石柱都绕一圈,没人。我又围着石台转一周,仍不见人。我再后退一二十米朝石台上望,那儿空空荡荡唯见紫气蓝烟飘飘摇摇。我心里明明白白的一点不糊涂,这不是幻觉,可见前两回听到的那声音也绝不是我的幻觉。我不敢乱动了,我知道碰见什么了——那对老人!

女的停止了笑:"你这是狡辩。"

"可我认为这里面藏着一个伟大的真理。"男的说,"不过你既认定这是狡辩,我就再也狡辩不过你了。"

"啪"的一声,男的"哎哟"一声。女的"哧哧"笑。

男的说:"不妨把这个问题先搁一搁,谈谈另一件事。首先是,你活着呢——我敢肯定我这句话没说错。"

"当然,这你知道。"

"不不不,我不是说你一个人,这个'你'是泛指。譬如我也可以对他这样说,虽然我不知道他是谁。"

我的头皮一阵紧,心想不如跑吧,握住轮椅的摇把使劲摇,却不能动。

"不管我对谁这样说,我都敢肯定我没有说错。原因很简单:你要是死着你就不能对我这句话做出判断,你要是能做出判断你就一定是活着呢,你就必得说我说对了,除非丧尽天良。"

"跟刚才一样,是狡辩。"

"跟刚才那个逻辑有点相似,但是你得承认这绝不是狡辩了。你明明活着,这不是狡辩所能办到的呀。"

"不错,活着。又怎么样呢?"

"活着才能继续谈下去呀。因为活着才能知道一切,而且我们所能谈论的没有半点不是我们所知道的。"

"什么意思?"

"这样,你要再问我世界是什么样的、到底是什么样的,我就可以告诉你了,世界就是人们所知道的那样的。除了一个人们所知道的世界就没有别的世界了。"

"还有人们所不知道的世界呢!"

"那你是在扯谎。你要是不知道那个世界你凭什么说有?你要是知道它有,你干吗又说那是人们所不知道的?你是人,这一点我从不怀疑。"

男女一齐朗声大笑,祭坛嗡嗡震响。

男的说:"另外我提醒你,你要是孜孜不倦地想要知道一个纯客观的世界你可就太傻了,要么你永远不会知道,要么你一旦知道了,那个世界就不再是纯客观的了。对对对,你还不死心,还要问,请吧。"

"人们现在知道了过去所不知道的世界,这说明什么?"

"这说明世界过去是人们所知道的那样,现在依然是人们所知道的那样。正像一首歌里唱的:从前是这样,如今还是这样。"

"我怎么好像听到过这首歌?"女的说,"这是哪儿的歌?"

"你不可能听到过。这是我心里刚刚生出的一句歌词,还没来得及去写呢。"

"常有这样的事,明明没有经历过,却感到非常熟悉像是经历过。"

"也许是梦里有过吧。"

"从前是这样如今还是这样,那么将来呢?"

"你发现没有,如今就是过去的将来?"

女的好半天不再出声。

"目前世界上有几位出色的物理学家,"男的说,"他们的研究成果表明:说世界独立于我们之外而孤立地存在着,这一观点已不再真实了,世界本是一个观察者参与着的世界。干吗,你要走?我就快要给你证明人有来生了,喂,我马上就要给你证明出人有来生了,喂,你到哪儿去……"

像《哈姆雷特》中鬼魂消失时那样,天地间响起咚咚的鼓声,然后一切归于沉寂,流雾飘烟瞬间散尽。

我摇了一下摇把,轮椅动了。

远处,老孟、路和世启来了。

"十八,你怎么了?"老孟问我,酒气扑鼻。

我惊魂未定,一时什么也说不出来,脑子里乱糟糟的择不清楚。

我、老孟、路和世启,又坐在园子门口等世启的老婆带着儿子回来。远处的街灯昏黄地闪烁,树叶摇曳不时把它们埋没。世启说:"他们也许不会回来了。"世启又说:"她走的时候也许就没打算回来,山里的日子现在过得好了。"世启说:"今天几号了?"老孟告诉他,是哪年哪月哪天。世启从衣兜里掏出冷馒头啃,目光一刻不离那条暗淡小路的尽头。"也许我不该让她走。别人跟我说过不能让她回去。别人跟我说,他们走了就不会再回来。""那你干吗让她走?"老孟说。世启说:"我不愿意让别人这么看我。我把存的几百块钱都给他们做了路费。我不愿意别人说我连老婆也弄不住。"老孟没言语。世启又说:"我要是去找他们,别人会怎么说?""别人要怎么说就会怎么说是吧老孟?别人要怎么说就会怎么说。"路玩着那只放大镜。

月亮上来的时候,我把碰到鬼魂的事跟他们三个人讲。世启不屑一听,笑我并不喝酒为什么也说疯话傻话。那事毕竟离奇,我有口难辩,自己也发愣。

老孟问我:"那两个鬼魂都说了什么?"

我试着把我听到的复述一遍。

老孟说:"这就对了,十八没有胡说。"

"什么,你说他没胡说?!"世启睁大眼睛看着我们三个。

"十八没有胡说,"老孟说,"这是真的。那两个鬼魂也没胡说。"

路笑了,手舞足蹈。"他们还在跳呢是吧老孟他们还在跳呢?"

"他们不可能停下来。"老孟又拍拍路的肩膀。路显得很兴奋。

"你们又说什么黑话哪,"世启说,"你们说是那两个老人?"

"为什么非得是那两个老人不可?十八已经不在意他们是谁了。"

我说:"不,是那对老人。"

老孟遗憾地拍了下腿,笑道:"那就随你们的便吧。"

"你看见他们了?那对老人?"

"我觉得是。我感觉是他们。"

园子里窸窸窣窣窸窸窣窣窸窸窣窣,风铃也响。世启把轮椅摇到我们三个中间。凉风习习。世启说话的声音也抖。

"我早说过他们有什么伤心事。我早就说过,他们的表情很痛苦。"

"不是。他们有说有笑,有说有笑的。我还是认为,他们死的时候很轻松很坦然。"

老孟说:"你们俩和那个警察一样,太看重他们是谁和那些杂七杂八并不重要的事。你们都没弄懂路的意思。"

"路是什么意思?"

"路说他们跳得一塌糊涂。"

"路瞎说呢,老孟你也少喝点酒。"世启说。

老孟笑起来:"生和死的事本来不是警察管得了的。路,把第二道题再给他们说说。"

"也找不到一条线是吗老孟?你们也找不到一条线。是吧老孟谁也找不到一条线?"

"谁也找不到。"老孟从路手里拿过放大镜递给我。

我说:"这我懂。不用放大镜我也知道,和找一个点的道理一样。假如有一条线,不管多么细也是一条面,不管有多薄也要占有空间。"

老孟说:"这下我相信了,十八上学时功课肯定是学得好。"

"这有什么?"世启说,"这和生死有什么关系?和跳舞有什么关系?"

第二天两个鬼魂没有出现,我、路和世启在祭坛上空等了一场。老孟一个人坐在园子门口,他说那鬼魂要说什么他早都知道,何必再听呢。"祭坛上的事一定是真的,十八没有胡扯。"他说。世启问他:"你怎么知道一定是真的呢?"他说他碰见过这样的事。"有一年我也像盼望放假一样地盼望过死,那时我碰见过。"第三天和第四天,鬼魂都没出现,世启不耐烦了,不信不是我胡扯,而且他还要去等老婆和儿子,去紧盯着那条暗淡小路的尽头。第五天和第六天,鬼魂还是没有出现。

第七天,又是那个时辰,暮霭如嬉如戏聚在祭坛上空,夕阳把石柱变成生日蜡烛,风铃摇响时天地间渐渐有了鼓声。我说:"路,你听。"路点点头,很兴奋。先是歌唱一般的笑声自远而近,随后那一男一女又说话了。

"上回你说什么?你能给我证明人有来生?"

"不错。"男的说,"上回我们说到哪儿了?"

女的笑一笑,说:"上回你证明了没有脱离开主观的客观。"

"对了,就是说一切存在都是主观与客观的共同参与。现在我们来说说虚无。"

我摇一下轮椅的摇把,纹丝不动。路却漫不经心地把那只放大镜在手里玩得自由自在。

男的说:"当我们说到无的时候,必须相对于有。杯子里没水了,杯子有;屋子里没杯子了,屋子有;山上没屋子了,山有;世界上没山了,世界有。一切无都是相对于有说的。而一切有却不必相对于无。有就是有,不必相对于什么。不信你试试。"

"杯子里有水,水还不是相对于杯子吗?"

"水有,杯子也有,你没能相对于无。而且对于有来说,这也不是相对,恰恰是绝对。"

"我的院子里有树,不是可以相对于你的院子里没树而言吗?"

"不对不对,我的院子里没树一点不影响你的院子里有树。我的院子里没树是相对于我的院子有,你的院子里有树却没法相对于你的院子没有。"

"我把院子拆了!"女的哈哈大笑。

"哎哟,我让你钻了个空子。让我想想。"

蓝烟紫气龙飞凤舞,在祭坛上翻转升腾。"路。"路便把放大镜举在我眼前,放大镜里,千万条七色彩虹纵横交织变幻无穷。

"院子拆了,你的树长在哪儿?"

"长在地上。"

"地还不是有吗?我是说,不可能无中生有。"

"我把地刨了。"

"剩下什么?"

"空气。"

"空气不还是有吗?"

"把空气抽光了。"

"剩下什么?"

"真空。噢对了,空间还有。"

"我说过,你懂事。"

女的大笑不止。

过了一会儿女的问:"要是什么什么什么都没有了呢?"

"你的意思是说,空间、时间、一切一切都没有了,是吗?"

"是,怎么样呢?"

"那就等于零。绝对的虚无是个零。零的意思是什么?是绝对的没有。结果是说,绝对的虚无是绝对没有的。"

女的大概在想。

"嗯?"

"嗯。"

"所以虚无是相对的,存在是绝对的。"

好一阵子悄然无声。

随后鼓声又响起来,祭坛为之震荡不已,像是心的跳动,像是徐缓的舞步,渐远渐弱,渐悄渐杳。天地沉寂时独见祭坛在夜里披着星辉和月色,无数幽幽白光。四周铃声如歌。

我还是认为,那对老人死的时候很坦然,很轻松。世启仍然坚持说不是这样,是很痛苦,至少是很伤心。

他们为什么要去死呢?

"也许是别人都看不起他们,他们痛苦极了。"世启说。

老孟说:"为什么不会是他们自己太看不起自己,所以痛苦极了呢?"

"不对。"我说,"准是他们发现了,活着毫无意义。"

老孟说:"那样他们一定非常沮丧,不会是很坦然。"

"也许是儿女不孝,他们伤心透了。"世启说。

老孟说:"为什么不会是,他们相信自己是个废物是个累赘,而伤心透了呢?"

我说:"一定是他们看出生活太不公正,太不公正了。"

"那样他们一定是非常失望非常失望,"老孟说,"他们就不可能很轻松。"

世启说:"也许是他们想得到的东西没得到,痛苦极了。"

"他们痛苦极了,干吗不会是因为,他们想得到的东西本来就是不可能得到的呢?"老孟说。

"他们感到命运太难捉摸了,"我说,"人拿它毫无办法。人根本没办法掌握它。"

老孟说:"结果他们承认自己是个笨蛋,怎么会死得很坦然很轻松?"

"也许是他们想干的事没干成,伤心透了。"世启说。

老孟说:"为什么不可能是,他们想干的事本来可以干成,可他们没有尽心尽力地干所以伤心透了呢?"

我对老孟说:"照你说,死是挺可怕的了?"

"我没这么说。"

"对了老孟,我敢说死一点都不可怕。"

"你敢说是你敢说,别拉上我,我没这么说。"

"什么沮丧啦、失望啦、承认自己是个笨蛋啦,"我说,"那都是活着的感觉,可我说的是死。死,本身一点都不可怕。"

"路,嘿路!十八想找到一个单独的死。"老孟笑起来。

"他永远也找不到一个点,是吧老孟他永远也找不到?"

"他也找不到一条线。"

"谁也找不到是吧老孟谁也找不到一条线?"

"路,再给他们说说第三道和第四道题。"

"找一个面是吗老孟?"

"还有找一个空间。"

"你找不到一个面也找不到一个空间是吗老孟?我也找不到是吧老孟谁也找不到?"

老孟说:"不信十八你去找找看。只要有一个面,它必定占有空间。一样,只要有一个空间,它必定占有时间。"

路心满意足地玩着那只放大镜,把它对准树叶、露珠、小虫和自己的掌心,眯缝起眼睛全神贯注。

"反正我知道死一点都不可怕。"我说。

"那你为什么没去死?"

我知道,活着的一切梦想还在牵动着我。

世启说:"就这么死了,别人会说什么?"

"别人要说什么就会说什么,是吧老孟别人想怎么说就会怎么说?"

"我才不在乎别人会怎么说呢。"我说。

"那个鬼魂真说得好,你活着呢。"老孟说。

"反正我知道死了就什么烦心事都没有了。"

"那个鬼魂真说得好,我们永远不会死。"

"他们到底死了呢还是活着?"世启问。

"他们死了还活着呢。"

世启叹一口气:"老孟,我摸不准你的酒劲儿什么时候发作。"

"他们不可能不跳是吧老孟?"

"路,别老这么'是吧老孟是吧老孟'的。自己事自己拿主意,一句话来回说可不聪明。"

"我没来回说一句话是吧老孟?"

"那回你真该举着火跳个舞看看,你能跳,路你能跳。跳起来你就知道了,一切都随着你无拘无束没遮没拦地跳。"

路又呆呆的,在设想跳舞了。

夜色朦胧,世启的老婆和孩子还没回来。

老树轰轰烈烈地生长,野草终日欢唱。又是月动星移,又是旭日辉煌。散落在荒地里的断石残阶将变成沙砾,变成尘埃,再沉积成岩石,再被雕凿成石阶。蜂儿悬停在空中,依它那振翅的频率计算生命,未必不是度着漫长的岁月。太阳终将耗尽能量,再去遥想当年也一样是短暂的时光。将再有千百个天体爆炸,将再有亿万个太阳。再有这样一个古园,这样一个夏天,万物喧嚣。

白色的祭坛上长有茸茸绿草,沿石缝,水一样洇开,纵横回转勾画出一块块铺地长石,仿佛上帝摆设的多米诺骨牌。石台周围,绿草嗡的一声全都茂盛,撒开野花,闪闪耀耀疏密有致,如一幅星图。两个鬼魂再度出现了。

"世启你听。""什么?""鼓声,鼓声,听见没有? 鼓声!""什么鼓声? 十八,我没听见有鼓声。""路,嘿路,你听见了吗?"路点点头,若无其事地玩着放大镜。"他们来了。""我听不见,十八我听不见。""嘘——"

"我已经给你证明了,一切存在都是主观与客观的共同参与,而且存在是绝对的。"声音在空中震荡。

"我知道了。"声音在祭坛上回响。"这我知道了。"

"世启,听见没有?""没有,十八我没有。""路,听见了吗,一男一女在说话?"路笑一笑,用那只放大镜看天空。"十八,他们说什么? 我怎么听不见?""嘘——"

男的说:"那么就是说,主观也是绝对的。"

"让我想想。"女的说。

蓝烟紫气,万道飞虹。

女的说:"主观是绝对的又怎么样?"

"绝对,是什么意思?"

"就是无始无终无穷无尽,无穷无尽无始无终,对吗?"

"你懂事。"

女的笑起来。"啪"的一声,男的也笑起来。

"世启,听见没有,那女的打了男的一巴掌?""打了一巴掌? 干吗打他一巴掌? 我听不见。"

"那么主观叫什么名字?"男的问。

"主观? 叫什么名字?"

"也可以说主体。"

"主体?"

"主观或主体,是以'我'命名的。"

"以你?"

"不不,是自己,每个人称自己都是'我',称别人是'你'和

'他'。'你'和'他'都是被'我'观察的客体,主体只能是'我'或者'我们'。"

"这不错。"

"那么,'我'也就是绝对的,无穷无尽无始无终。"

"噢,天——哪!"女的抚掌大笑。

"世启,世启。""我还是听不见,十八。""路,路!"路正用放大镜看一洞蚁穴。

女的说:"你还是在说那个老话题呢。"

"是,"男的说,"我们永远不会死。"

"你说的那是抽象的'我',可每一个具体的我都是有始有终的,会死。"

"无限是什么?无限是无限个有限组成的。"

"这对。"

"那么,这一回有限的我结束了,紧跟着就是下一回有限的我。嗯?这才能实现无限的'我'。"

"你要说什么?"

"人有来生千秋不断,动动相连万古不竭。"

"但那不再是你。"

"但那依然故'我'。姓名无非一个符号,可以随时改变。主体若为绝对,就必是无穷无尽地以'我'的形式与客体面对。"

"创世纪?"

"不,没有创始,也没有穷竭。这不过是世界本来的面目。无始无终,怎么你忘了?"

"来生能知道今生的事吗?"

"今生你可知道昨生的事?"

"那还有什么意义?"

"本来就没有修成来生以图好报的意义。只是证明,死是没有什么可怕的。"

"听见没有,世启?""没有,十八,我什么也听不见。""他们说死是不可怕的!""是吗,十八?路,是吗?"路一心一意看着,放大镜里反映出自己的眼睛。

"死,不过是一个辉煌的结束,"男的说,"同时是一个灿烂的开始。"

"一个辉煌的结束和一个灿烂的开始。"女的重复道。

四面铃声,"叮当——叮当——叮当——"悠扬如歌;八方鼓响,"咚咚——咚咚——咚咚——"铿锵若舞。云荡霞飞,草木轻摇,天地正要踊跃,忽然铃声鼓声顿歇。

"怎么了?"男的说。

"出了什么事?"女的像是惊慌。

阵阵浓烈的酒香飘起在祭坛上。然后有了另一个声音,舒缓而且镇静:"你们这一回真不漂亮,谈什么灿烂辉煌。"

"你是谁?"男的女的一同问。

我发现老孟似痴似梦坐在我的身旁。

"别管我是谁。"老孟喝着酒,回答那两个鬼魂,"我知道你们活得既不灿烂,死得又不辉煌,这一回可是太不精彩太不漂亮了。"

两个鬼魂无声无息,很久。

我说:"他们走了吧?"

"他们哭呢。"老孟说。他一口接一口地喝酒,开怀大笑,癫癫狂狂。

路兴奋起来:"你们跳得一塌糊涂是吧老孟?一塌糊涂跳得,他们。"

"他们本来跳得不坏。"老孟一条胳膊钩在路的肩膀上,"可是在还有力气去死的时候,这两个傻瓜却想不跳了。"

"我不傻是吧老孟?一点都不傻,我。我能跳是吧老孟?能跳得不坏,我。"

"我们也还在跳呢。"男的说,声音低沉。

"那是因为你们找不到别的。"老孟捂着嘴哧哧地笑,"你们真要是找到了天堂,至少你们死得还算聪明。"

鬼魂又不言语。

老孟把酒泼向祭坛。蓝烟紫气慢慢凝滞,化成一对老人,互相依靠着坐在圆形的石台上:满头白发,一身布衣,几根野豆蔓儿爬上他们垂吊着的胳膊。

我看不清他们的表情。

"可我们还有下一回。"男的说,有气无力。

"我们下一回会跳得好。"女的说,颤颤巍巍。

老孟把嘴里的酒全喷出来,狂笑不止。

女的似要发作,男的把她劝住:"别理他,别,我们最好是走。"

老孟说:"你们要是说还有下一回,我就跟你们打个赌,我说没有下一回。"

"别跟他打这个赌。"男的对女的说,"他肯定不会输,而我们注定赢不了。"

"怎么会?"

"我们活在这一回,他就没输。我们活在下一回的时候,下一回又成了这一回。我们赢不了他。"

"我们怎么办?"

"我们碰上厉害的了。我们还是走吧。"

石台上,两个老人瞬息不见,蓝烟紫气顿时消失。四面铃声摇响。叮当悦耳缥缈悠扬,如歌似舞;八方鼓声擂动,发声振聩跌宕铿锵,似舞如歌。天空空星辰谛听,地冥冥草木静悟。白色的祭坛矗立于空冥之中。天地随之一片欢腾。可闻而不可及的地方有人的合唱:永远只有现在,来生总是今生,永远只有现在,来生总是今生,是永恒之舞,是亘古之梦……

"我们找不到别的是吧老孟?"

"可不是吗？找不到一个点一条线一个面甚至一个单独的空间。那个家伙真是个好家伙,他还知道找不到没有'我'的世界。"

"可我能在那个球里跳得不坏是吧老孟？举着火在那个球里。我能吗老孟？老孟是吧,我能？"

"什么时候你不用问别人了,路,你就能了。"

路呆呆地微笑,算计着跳舞的事。

所有这些奇奇怪怪的事,都是十八岁那年夏天我在这园子里亲身经历的。我后来把这些事跟几个人说,他们都不信。老孟当初就已料到这一点,劝我不必就这些事的真假与别人争得脸红脖子粗。我问为什么？老孟说,死过的人自己会知道,没死过的人不可能不认为你是在胡说。

那个夏天快要过去的时候,有一天清晨,雾气还未散尽,园子里来了个女人。她上下打量了我一阵,也不说话,摇摇头走开。她穿着雪白的长裙,裙裾轻拂过绿草地,慢掠过矮树丛,白色的身影一会儿在古殿旁,一会儿在老树下,一会儿又在祭坛上,像个精灵一样默默地在园子里周游。她再次走近我的时候,我问她:

"您找什么？"

"找一个说好了在这园子里等我的人。"

"嗷！您可回来了！他等您好几个月了。"

"好几个月？才好几个月？"

"对了对了,差不多一年了。"

"怎么会才一年呢？有一万年了。"

"一万年？"

"可能还要长。"她冲我笑笑,目光灼灼,有不熄的愿望。

"您不是找世启？"

"世启？"她摇摇头。

"您找的人什么样儿？"

"腿坏了,眼还瞎。"

"老孟!"我说,"怎么,会是老孟?!"

"他在哪儿?他还是每天都来吗?"

我看不出她的年龄。她身上有春天的不安的诱惑,又有秋光一样的沉静和安详。我在那乌黑的长发间辨出一缕雪白的颜色。

我把老孟工厂的地址告诉她。她谢过我,长裙又拂过草地掠过树丛,在蓊蓊郁郁的草木之中消失不见。我才想起每次世启问今天是几号时,老孟都能准确地告诉他,甚至说出年和月。

这天傍晚,老孟和路没有到园子里来。连着几天晚上,老孟和路都没来。只有我和世启坐在园子门口。

"那个警察说来也没再来。"世启说。

我说:"这倒好,我说不清那对老人是什么表情。你呢?"

"我也说不清。"

"他们说不定是突然发了什么急病呢?"

"怎么会两个人同时发了急病。"

"我是说,那样的话死倒真是没什么可怕。"

世启不反驳我。

我说:"他们要是知道自己患了绝症呢?知道仅剩的一点力气刚够走进那片草丛呢?"

"刚够?事先怎么能算得出来呢?"

"我说假如是那样,他们就会是非常坦然非常轻松了。"

"当然,也只有那样才可能。可实际上没有什么假如。"

实际上只有一个真实而具体的世界,这我知道。

夏天过去了,天短了,天凉了。无论是白天还是黑夜,园子里都有果实落在地上的声音。金黄的草叶上有飞蛾产下的卵。老树上,有鸟儿搭成的房。

又过了些天。傍晚,世启来时告诉我,他碰见路了。他说路说,老孟用完了所有的力气了。路说那个女人带回来一辆能够跳舞的轮椅,老孟便和她一起跳舞,像他们年轻的时候一样。他们从黄昏跳到半夜,从半夜跳到天明,从天明跳到晌午,从晌午跳到日落。谁也没有发现是什么时候,老孟用尽所有的力气了,那奇妙的轮椅仍然驮着他翩翩而舞。

"路呢?路在哪儿?"

"路说完就走了。"

"路去哪儿了?"

"路不说,急匆匆地走了。"

我和世启去找路,问问老孟的事到底是不是真的。

我们找到他家。人们说路去跳舞了。

我们找到他的工厂。人们说路去跳舞了。

我们找了所有的地方,找到半夜。人们说路从来不在一个地方待很久,不知道他到哪儿跳舞去了。

我们又回到园子门口,天已经快亮了。暗淡的街灯熄灭,那条小路微白而清静。露水很重,把落叶贴在路面上。小路的尽头依然溟濛,世启的老婆和儿子没有回来。

世启说:"我要去找他们,我得去。"

"到哪儿?大山里去?"我问。

"不管是哪儿。"

"你这腿行吗,在大山里?"

"我管不了那么多了。反正我得去。"

"你的车钱够吗?"

"反正我是得去。十八,你呢?"

"别再管我叫十八了。太阳一出来我就过了十八了。我妈说我是太阳出来时生的。"

1986 年 7 月 15 日于北京

原罪·宿命

原　罪

　　我要给您讲的这个人以及我要讲的这些事,如果确实存在过的话,也是在好几十年前了。我这么说,是因为那时我还太小,如今他们在我的记忆里已经模糊到了这种程度:假如我的奶奶还活着,跟我说,"哪儿有这么个人呀,没有。"或者"哪儿来的这些事呀,压根儿就没有过。"那样我就会相信我不曾见过这个人,世上也不曾有过这些事。然而我的奶奶已经去世多年。

　　因此您对这个故事的真确性,不必过于追究。不妨权当作是曾经进入了他的意识而后又合着他的意识出来的那些东西,我只能认为这就是真确。假如当一个故事来说,这理由也就很充分了。

　　这个人姓什么叫什么,我看也不重要;重要也没办法,我反正是一点印象也没有了。我只记得奶奶让我管他叫十叔。那时我们住在同一条街上,差不多在街的正中间有一座小庙叫净土寺,我家住在街的南头,他们家挨近街的北口。他的父亲在那儿开着一爿豆腐房,弄不清什么岁数上死了老婆,请来个帮工叫老谢。老谢来的时候,据说我爸跟我妈还谁都不认识谁呢。

　　十叔整天整夜躺在豆腐房后面的小屋里。他脖子以下全不能动,从脖子到胸,到腰,一直到脚全都动不了。头也不能转动。就是说除了睁眼闭眼、张嘴闭嘴、呼气吸气之外,他再不能有其他动作。可他活着。他躺在床上，被子盖到脖子，你看不出他的身体有多长，你甚至会觉得被子下面并没有身体。你给他把被子盖成什么样就老是什么样，把一个硬币立在被子上，别人不去动就总不会倒。他就这么一年一年地活着。现在让我估算一下的话，他那时总也有十六七岁了，不会再小，否则奶奶不至于让我管他叫十叔，而且他能像大人那样讲很多有趣的故事。正是因为这后一点，我极乐意跟奶奶到豆腐房去，去打豆浆要么去买豆腐。奶奶说我是喝十叔他爸的豆浆长大的。几十年前天天都喝得起牛奶的人家还不多。那时我六岁，正是能记事而又记不清楚事的年龄。

甚至也记不清楚我是不是六岁，单记得比我大四岁的阿夏早就上了小学，她弟弟阿冬比我小一岁和我一样整天在家里玩。阿夏阿冬和我家在一个院子里住。他们家天天都喝得起牛奶可还爱喝豆浆，奶奶和我去打豆浆时，阿夏阿冬的妈妈就让他俩也跟我们一块去，让阿夏提一个小铁桶。阿夏管十叔叫十哥，她说是她爸爸让这么叫的，可见那时十叔的年龄再大也不会比我估计的大很多。阿冬有时随着她姐姐叫十哥，有时又随着我叫十叔。为什么是十叔我也不知道，我记得他连一个哥哥姐姐弟弟妹妹都没有。

街不宽，虽然长却很直，站在我家院门口一眼就能望到十叔家的豆腐房。午后的街上几乎没人，倘净土寺里没有法事，就能听见豆腐房嗡隆嗡隆的石磨声，听久了，竟觉得是满地困倦的阳光响，仿佛午后的太阳原是会这么响的。磨声一停，拉磨的驴便申冤似的喊一顿，然后磨声又起。直到天要黑时，磨才彻底停了，驴再叫喊一回，疲惫、舒缓，悠悠长长贯过整条苍茫了的小街，在沿途老墙上碰落灰土，是月亮将出的先声。

我和阿冬在院门口的台阶上跳上跳下，消磨我们的童年。净土寺的两个尼姑在南墙下的荫凉里走过，悄无声息仿佛脚并不沾地。我和阿冬就站到门两旁的石台上去，每人握一把"手枪"朝她们瞄准，两个尼姑冲我们笑笑仍不出丁点儿声音，像善良的两条鱼一样游进净土寺去。阿冬的枪是铁皮做的是从商店买来的,可以噼噼啪啪响,我的枪是木头削的而且样子不像真枪。我跟阿冬说:"咱俩换着玩一会儿吧?"他说:"老换老换老换!"我只好变一个法儿说。

我说:"可惜你昨天没听见十叔讲的故事。"

"什么故事?"阿冬说。

"可惜昨天是你家阿姨打的豆浆,你和阿夏都不知道十叔讲了什么故事。"

"什么故事?"阿冬说。

我"哼!"一声,看着他的枪。阿冬一点都不笨,装出不在乎的样子说:"可惜十叔讲的故事我也听过呀,可惜呀。"

我说:"可惜昨天那个你没听过呀,可惜昨天那个故事才叫棒呢,是新的不是老的。"

阿冬闷了一阵,然后问:"是讲什么的?"

"是神话的。"

"什么神话?"

"嘿哟喂!"我说,"那个神话又好听又长。"

阿冬把他的枪掂来倒去,我知道我很快就能玩到它了,但我故意不看它。我说:"才不是你听过的那些呢,才不是讲耗子跳舞的那个呢。"阿冬就把他的枪递给我,说:"换就换。"这样,我就玩着那把铁皮枪开始给阿冬讲那个故事。

"你知道为什么会刮风吗?"阿冬摇摇头,"你不知道吧?刮风是老天爷出气儿呢。你知道为什么会刮特别大特别大的风吗?"阿冬又摇摇头。"那是老天爷跑累了喘呢,不信你试试。"我把嘴对着阿冬的脸,呼哧呼哧大喘气,吹得他直闭眼。"你看是不是?"阿冬信服地点点头,等着我往下讲。可我已经讲完了,十叔讲了老半天的故事让我这两句话就讲完了。阿冬问:"完啦?"可我还没玩够那把枪呢,我就说:"没有,还长着呢。"但是十叔讲的那些我都不会讲,老天爷怎么跑哇,跑到了哪儿又跑到了哪儿呀,看见了什么呀,山怎么海怎么云彩怎么树怎么,我都不会讲。"没完你倒是讲啊。"阿冬催我。我就瞎胡编:"你知道为什么会下雨吗?""为什么?"我随口说道:"那是老天爷撒尿呢。"不料阿冬却笑起来对此深觉有趣,于是我也很兴奋而且灵感倍增。我又说:"下雪你知道吗?是老天爷拉屎呢。"阿冬使劲笑使劲笑。"打雷呢?打雷你知道吗是老天爷放大屁呢!""老天爷——放大屁——"阿冬就喊,笑个没完。"轰隆轰隆,老天爷放屁可真响,是吧阿冬?""轰隆——轰隆——"我们俩便坐在台阶上齐声喊:"老、天、爷!放、大、屁!轰隆——轰隆——老、天……"这时候阿夏跑出来了,站在门槛上听我们喊了一会儿,让我们别胡说八道了。我们反而喊得更响,更高兴了。她就回过头去喊她妈妈和我奶奶:"快来看呀,你们管不管他们俩了呀?!"我和阿冬赶紧闭了嘴,跑回院里去。这时豆腐房那边的磨声停了,驴叹气般地拖长着声音叫,家家都预备吃晚饭了。

阿夏却不回来,一个人在幽暗的门道里轻轻跳舞,转着圈,嘴里低声哼唱,浅颜色的连衣裙忽而展开忽而垂下,一会儿在这儿,一会儿在那儿……

十叔的小屋只有六平米,或者还小,放一张床一张桌子,余下的地方我和阿冬阿夏一去就占满了。但那屋子特别高,比周围的屋子都高好多,所以我说站在我家院门口一眼就能望到。唯一的小玻璃窗高得连阿夏站到床栏上去都够不着,有一回她说她准保能够着,可她站到床栏上使劲够还是差一大截。十叔急得喊她快下来,可别摔坏了腰。

"十叔让你快下来呢,阿夏!"我说。

"十叔叫你快下来呢!"阿冬也说。

"你又叫十叔,"阿夏说阿冬,"爸让咱们叫十哥你怎么老记不住。"

正对着窗户的墙上挂了一面镜子,窗户下又挂一面镜子对着第一面镜子,第一面镜子下再挂了一面镜子对着第二面镜子,这样,两面墙上一共挂了七面镜子,一面比一面矮下来,互相斜对着,跟潜望镜的道理是一样的,屋顶上还有两面镜子,也都斜对着墙上的镜子,这样十叔虽然不能动却可以看见窗外的东西了,无论怎么躺都能看见。是老谢给他想出这法子来的,老谢不识字也根本不知道什么叫潜望镜。阿夏回家把这事讲给她爸爸听。阿夏阿冬的爸爸是大学教授,整天埋头在书案上不是写就是算,这时抬起头来笑笑说:"哦,是吗?老谢没上过学真是可惜了。"

从那些镜子里可以看到:墙头上的一溜野草(墙的这边想必是一条窄巷,偶尔能听见有人从那儿走过),墙那边的一大片灰压压的屋顶和几棵老树,最远处是一座白色的楼房和一块蓝天。再没有别的了。十叔永远看到的就只是这些东西,但那儿有他永远也讲不完的故事。

"你们看见树梢都绿了吗?"十叔说。

我说:"看见了,怎么啦?"

阿冬也说:"看见了,怎么啦?"

"阿冬就会跟人学,"阿夏说,"笨死了快。"

"看没看见有一棵还没绿?"十叔说。

"我看见了,怎么啦?"阿冬抢先说,然后看看阿夏。阿夏这时偏不注意他。

十叔说:"那是棵枣树,枣树发芽晚。看那上头有什么?"

阿夏说:"一条儿布吧?是一条破布条儿。"

阿冬也说是一条破布条儿。"我没跟你学,我也看见了!我就是也看见了,干吗就许你一个人看见呀!"阿冬冲阿夏喊,差点要哭。

"娇气包儿,笨死了。"阿夏说。

阿冬把眼泪咽回去。

"你们都没说对,"十叔说,"是纸条儿。是一个风筝,一个风筝挂在树上挂坏了就剩下那么一绺纸条儿。是昨天下午的事。画得挺讲究的一个大沙燕儿,准把他心疼坏了。"

"谁呀十叔?把谁心疼坏了?"我问。

"他应该到南边空场上放去。"十叔说。

"谁呀?谁应该到南边空场上放去呀!"

"那儿多宽敞,是不是?"十叔说,"就是使劲跑那儿也跑得开,闭上眼跑都保证撞不上什么东西。等风筝升高了你就把它拴在树上,一点儿甭管它它也不会掉下来。拴在一块石头上也行,然后你就坐在石头上,你看着那风筝在天上一动也不动,你就可以随便干点儿别的事了。就是枕着那石头睡一觉也不怕,睡醒了你看见那风筝还在天上。唉,要是我,反正我宁可多走几步路到南边空场上放去。"

"十叔,南边哪儿有空场呀?"我问。

十叔便望着镜子老半天不说话。枣树上那纸条儿飘呀飘的,一会儿也不停。

阿冬说:"十叔你讲个故事吧。"

"你又叫十叔。"阿夏打阿冬屁股一下。

"十哥你讲个别的讲个故事吧。"阿冬说。

十叔出了一口长气,说:"你还要听什么故事呢?"阿冬说听神话的。"好吧神话的。"十叔说,又出一口长气,"知道人有下辈子吗?"

"没有,十哥没有。"阿夏说,"那是迷信。"

"什么是迷信呀?"阿冬问,然后嚷开了,"不不!就讲这个十哥你就讲这个,敢情阿夏她听过了。"

"我给你讲个别的,讲个更好的。"

"不!我就要听这个,阿夏都听过了。"

"你要是捣乱咱们就回家吧。"阿夏说。

阿冬这才不嚷了,说讲一个别的也得是神话的。十叔说行,沉一下,讲:"看见阳台上那个姑娘没有?三层,三层的那个阳台上?"十叔说的是远处那座白色的楼房。

"是穿红衣服的那个吗?"我说。

十叔闭一下眼,如同旁人点一下头。"每天这时候她都站在那儿往楼下看。从她还没有阳台栏杆高的那会儿,我就天天这时候见她站在那儿。那会儿她是两手抓住栏杆从栏杆的空隙里往下看。下雨了,她就伸出小手去试试雨的大小,雨大了她就直抹眼泪。她是在等母亲下班回来。"

我问:"你怎么知道是?"

"因为过了一会儿就见她高兴地跳,然后蹲在窗台底下藏起来,紧跟着阳台的门开了,母亲就走出来还没来得及放下手里的书包呢。母亲装着在阳台上找她,她就忍不住跳出来大喊一声,喊声又尖又脆连我都听见了。母亲就抱起她来使劲亲她。"

"她大概还没我高吧?"阿冬说。

"是,那时候还没有。后来她长得比阳台栏杆高了,她就扒着横栏欠起脚往下看,还是都在每天的这会儿。还是像先前那样,一会儿母亲回来了,已经顾得上先把手里的东西放下了,她还是藏在窗台下这时候跳出来,喊声又清又柔,母亲弯下腰来亲她。"

"这有啥意思呀,十哥你讲个神话的吧。"

"少捣乱你,听着!"阿夏说。

"再后来她就长到现在这么高了,比她母亲还高半个头了。她还是天天这时候都在那儿等母亲回来,胳膊肘支在横栏上往下看,两条腿又长又结实。可她还是有点儿孩子气,窗台底下藏不下了就躲在门后头,母亲一回来一走上阳台,她就从后面捂住母亲的眼睛,她不再那么大声喊了,可她的笑声又圆又厚,母亲嗔怪她的声音倒像是男孩子了。"

"这不是神话,根本就不像神话。"阿冬说。

"有一天又是这时候她又在阳台上,一会儿往楼下看看,一会儿来来回回走,拿着一本书可是不看,隔一分钟就对着窗玻璃拢拢头发。她有点儿心神不定,她确实是有点儿心神不定,我应该想到可我一点儿也没想到。然后就见她轻轻跳了一下,我知道她又要跟母亲捉迷藏了,可这一回她好像忘了该躲在哪儿,在阳台上转了好几圈儿还是没找好地方。我算计着母亲上楼的脚步。最后她还是又躲在了门后头。这时门开了,可出来的不是她母亲,是个我从来没见过的高个儿小伙子。"

"他是谁?"阿夏轻声问。

十叔闭上眼睛不讲了。

"这不是神话。"阿冬说。

我跟阿冬说:"这回没准儿是神话了。"然后我又问十叔:"这个小伙子是王子吧?"

"他是勇敢的王子吧?"阿冬也问。

我说:"是'白雪公主'里那个王子吧?"

阿冬也说:"是'灰姑娘'里那个王子吧?"

十叔仍闭着眼,说:"这下我才想起来,一转眼都过去这么多年了。"他是说给自己听。

"这到底是不是神话呀,十哥?"

"就算是吧。"十叔说。

"那后来呢?后来他们怎么啦?"

"后来,白天晚上小伙子都在那儿了。"

"完了?这就完了呀?"阿冬轻叹一声,又对我说:"这不像神话是吧?一点儿都不像。"

"可这是神话。"十叔说。"是。"

我看见十叔用上牙使劲咬自己的下嘴唇,都咬出挺深的牙印来了,都快咬破了。

回家的路上,阿冬还是一股劲念叨:"这根本不是神话,这有什么意思呀。"

"笨死了你,自己听不懂你怨谁。"阿夏说。

阿冬委屈得直要哭。

我问:"阿夏,他们后来到底怎么啦?"

阿夏不吭声,低着头走她的路。

这样看来,十叔当时的年龄就与我估计的有些出入了。细算一下的话,他那时至少该有二十多岁了,甚至可能在三十岁以上。我跟您说过,我的奶奶已去世多年。一个人早年的历史只好由着他模糊的记忆说了算,便连他自己也没有旁的办法。对您来说,只有我给您讲过这么一个故事——这件事本身才是真确的。倘您再把它讲给别人,那时就只有您给别人讲了一个故事——这才是真确的了。历史都不过是一个故事,一个传说,由一些人讲给我们大家,我们信那是真的是因为我们只好信那是真的,我们情愿觉得因此我们有了根,是因为这感觉让人踏实,让人愉快。

那时奶奶领着我们三个往回家走,小街又是黄昏。走过净土寺,两个尼姑正关山门,朝我们笑笑依旧无声息,笑脸埋没在苍茫里。

我问奶奶:"十叔的病还能治好吗?"

"能。"奶奶说。

阿夏却说不能:"我爸说的,不能。"

阿夏阿冬的爸爸是科学家,光是书就有好几屋子,他说什么,没有人不信。

"你可千万别跟十叔他爸这么说。"奶奶说阿夏。

阿冬说:"我们叫十哥,是不是阿夏?"

阿夏问奶奶:"为什么别说呀?"

"反正你别说,要说你就说能治好。"

"那不是骗人吗?"

"那你就什么都别说,行不?"

"可是为什么呀?"

奶奶说过,十叔他爸从早到晚磨豆腐挣的钱,全给十叔瞧病用了,除去买黄豆和给那匹驴买草料,剩下的钱都送到药铺去了。奶奶说过,要不他挣的钱再续弦一个也够了,再盖几间大瓦房也够了,再买十匹驴也够了。"奶奶,什么叫续弦呀?"奶奶不理我。十叔他爸的那匹驴已经老得皮包骨了,只能拉半天磨了,剩下的半天十叔他爸自己推。老谢专管滤豆浆、煮豆浆、点豆腐,永远在蒸腾的热气中忙得顾不上说话。

阿夏阿冬的爸爸说:"十哥的父亲太不懂科学了,科学才不管人的感情呢。"

"你也叫他十哥吗?"阿冬问。

阿夏阿冬的爸爸说:"这么多年了,既然毫无效果,何苦还总把钱往药铺送呢?"

阿夏说:"要不要我去告诉他?"

"告诉什么?"

"十哥的病治不好了呀,干吗撒谎?"

"我也去!"阿冬说。

阿冬阿夏的爸爸说:"我问过最有名的大夫了,脊髓要是完全断了,简直一点儿办法也没有。"

"我去告诉他们吧?"阿夏说。

"我也去!"阿冬说着跳下床,往屋外跑。

"回来,阿冬!"他妈妈喊住他。

阿冬阿夏的爸爸说,不应该让十叔这么整天躺在床上什么都不干,得给他想个别的办法活下去。可是,就连阿夏阿冬的爸爸自己也想不出还能有什么别的办法。很少有阿夏阿冬的爸爸也不知道的事。他偶尔闲了,也给我们讲故事,讲月亮之所以亮不过是反射了太阳的光;讲一共有九颗行星围着太阳转,地球不过是其中一颗;讲银河系中的恒星少说也有一千亿颗,而银河系在宇宙中不过像一片叶子长在大树上。"十哥讲过,星星都在跳舞。"阿冬说。他爸爸便笑笑,说:"这说法也不坏,它们确实像在跳舞。"

除去冬天最冷的时候,十叔的小窗不分昼夜总是开着的,为了看清外边的事为了听清外边的声音,成了习惯,他倒也不因此受凉生病。对于十叔,无所谓昼夜,他反正是躺着,什么时候睡着了便是夜,醒了就在镜子里看他的世界,世界还通过那小窗送给他各种声音。他常从梦里大叫几声惊醒,叫声凄长且暴烈,若在深夜便听得人发瘆。"什么叫哇,奶奶?""还有谁?又是豆腐房那边儿。"奶奶说,叹一口气。我便知道,此刻十叔又在看那些镜子了。我便也掀起窗帘看天上,我很想看看夜里星星怎么跳舞,可是这夜星星都不动,满天的星星各自悄悄待在自己的位置上。即便是冬天最冷的时候,太阳一上来,十叔也要叫老谢把他的小窗打开一会儿。您能想象,他不能太久地不看到什么不听到什么。您可以想象,他独自在那儿同世界幽会,不知是它们从那儿来了还是他从那儿去了。您想象一道阳光罩住一张木床,在阳光中飞舞的是他的灵魂,在阳光中死去的是他的肉体。待夕阳把远处那座白楼染得凄艳,十叔就盼着我们去听他的故事了。要是我们不去,要是晚上老谢没事了,十叔憋了一整天的故事便讲给老谢一个人听。当然,十叔屋里有一个非常旧非常旧的无线电,可他没法去扭那两个旋钮,要是他爸和老谢都忙着,他不想听的他也得听,所以十叔不怎么爱听它。十叔更乐意自己讲故事。自己想听什么自己讲来听,这有多好。当然,他更盼着我和阿冬阿夏去听。

"十哥你昨天又做噩梦了吧?我妈说你夜里又做噩梦了。"

"阿冬你胡说什么!"阿夏揉了他一把,"什么都不懂什么都不懂,简直快笨死了你。"

"我是叫的十哥我没跟人学。"阿冬分辩说。

"都快笨死了你知道吗,还不知道呢!"

"阿夏!"十叔喊。然后他闭了一会儿眼睛,仿佛有个噩梦在他脸上很快地跑了一圈,之后他猛地睁开眼睛问我们:"今天想听什么故事呀?"完全换了一副神情。

"神话的!"阿冬说,"听那个耗子跳舞的。"

"光会听一个,你都快笨死了。"

"嘘——"十叔说,"你们听。"

一个男人轻轻地唱着歌从窗外走过去了,从镜子里看不见他,声音跟牛似的。

"他又去演出了。"十叔自言自语地说。

"演什么?你怎么知道他去演出?"阿夏问。

"一到这时候他就走了,半夜里准回来。你听他的嗓子有多好,是不是?"

"他唱的什么呀?"阿冬问。

"我也听不清。"十叔说,"他总唱这支歌,可我总也听不清这歌里唱的是什么。"

阿夏说:"我倒听清了一句,好像是——'你可看见了魔王'。"

"他的嗓子真是好,你说呢阿夏?"

"他是谁呀?"

"他就住在那座楼上,四层,从左边数第三个窗口。每天夜里他从这儿过去不一会儿,那个窗口的灯就亮了。"

十叔指的还是那座白色的楼房。从早到晚,那楼房在阳光里变换着颜色,有时是微蓝的,有时是金黄的,这会儿太阳西垂了它是玫瑰色的。楼下几棵大树,枝繁叶茂,绿浪一样缓缓地摇。

"他长的什么样儿?"阿夏问。

十叔想了想,说:"嗯,个子长得真高。"

阿冬说:"有我爸高吗?"

"当然有。他比谁都高,也比谁都魁梧,腿比谁都长肩比谁都宽,噢对了,他是运动员,也是歌唱家也是运动员。"

"那他跑得快吗?"

"当然,当然快,特别快。他跳得也特别高。你说什么,跳起来摸房顶?当然能,这在他算什么呀。你们会打篮球吗?"

"我会!"阿夏说。

"他一跳你猜怎么着?头都碰着篮筐了。"

"十叔你也会打球?"我问。

"可我听说过,那篮筐高极了是吧阿夏?"

"高极了高极了的,"阿夏比划着说,"连我们体育老师使劲跳都够不着篮板呢!"

"都快有天高了吧?"阿冬说。

"可我轻轻一跳,连头都能碰着篮筐。"

"十叔你怎么说你呀?你怎么说'我'呀?"

"我说我了?没有没有,我哪儿说我了?"

"十哥,我想听个神话的,"阿冬说。

"他又特别聪明,"十叔继续讲,"跟他一般大的人中学还没毕业呢,他都念完大学了。等人家大学毕业了,他早都是科学家了。想跟他结婚的人数也数不过来,光是特别漂亮的就数不过来。可他还不想结婚,他想先得到全世界去玩玩,就一个人离开家。他也坐过飞机也坐过轮船,也会开汽车也会骑马。他还是最喜欢骑马,他有一匹好马,浑身火红像一个妖精,跑得又快又通人性,是一个好妖精。"

"那只会跳舞的耗子也是好妖精。"阿冬说。

"是,也是。"

"你还说有一只猫和一只狗都是好妖精。你还说有一棵树和一个虫子也都是好妖精。"

"这匹马也是。不管到哪儿它都不会迷路。高兴了我就和它一起跑,累了就骑一会儿。"

"十叔你又说'我'了,你说'高兴了我就',你说了。"

"噢是吗,我说错了。"十叔停了一会儿,又说:"我讲到哪儿了? 噢对了,他就这么绕世界玩了一个痛快。还记得我给你们讲过风的故事吗? 他就像风一样到处跑到处玩儿,想到哪儿去就到哪儿去,一会儿在深山里,一会儿在大道上。江河湖海他也都见了。当然,当然会划船,再说他也会游泳、多深多急的河里他也敢游。废话,淹死了还算什么,他能在海里游三天三夜也不上岸,他能一口气在水里憋好几分钟也不露出头来。当然是真的,不是真的我还给你们讲什么劲儿? 他也到大森林里去过,十天半个月都走不出来的大森林,都是十好几丈高的大树,一棵挨一棵一棵挨一棵。不累,他从来不知道累,更不知道什么叫生病。他哪儿都去过,哪儿都去过什么都看见过。告诉你阿夏,他的腿比你的腰还粗一倍呢,你想想。"

阿夏问:"他去过非洲吗?"

"怎么没去过?"十叔说,"那儿有沙漠有狮子,对不对? 当然得去。他还有一杆枪,他的枪法没问题,一枪撂倒一头狮子,要不一头狗熊,这对他根本不算一回事。"

"十哥,我也有一杆枪!"阿冬说。

"哈,你那枪!"十叔笑起来,"阿夏,要是我我没准儿把阿冬也带上。夜里就住山洞,阿冬你敢吗? 用火烤熊肉吃你敢吗? 狼和猫头鹰成宿地在山洞外头叫,你敢吗阿冬?"

"阿冬这会儿就快吓死了。"阿夏笑着。

"还说什么你那枪!"十叔也笑着。

阿夏又问:"十哥,那他去过南极洲吗? 见过企鹅吗?"

"什么你说? 什么鹅?"

"怎么你连企鹅都不知道哇?"

十叔脸上的笑容渐渐消失,那个噩梦好像在别处跑了一圈这会儿又回来了。

"企鹅是世界上最不怕冷的动物,"阿夏还在说,"南极洲是世界上最冷的地方,一年四季都是冰天雪地。"

"那有什么。"十叔低声自语,"只要他想去他就能去。"

"那他去过美洲吗?还有欧洲?"

"他想去他就能去。"十叔又闭上眼睛。

"还有澳洲呢?他去过吗?"

"只要他想去,阿夏我说过了,他就能去。别拿你刚学的那点儿玩意儿来考我。"

"十叔,他去过天上吗?"我问。

"十叔,我爱听星星跳舞的那个故事。"

"阿冬你又叫十叔,你少跟人学行不行!"

这当儿十叔一直闭着眼,紧咬着下嘴唇。

阿夏看看阿冬和我,愣了一会儿,趴到十叔耳边说:"十哥你生气啦?我没想考你。"

十叔松开牙但仍闭着眼,出一口长气有点颤抖:"没有,阿夏,我不是生你的气。我不是生别人的气。我凭什么生别人的气呢?别人想到哪儿去就到哪儿去,跟我有什么关系?我就在这儿。"

十叔虽这么说,可我觉得他还是生了谁的气了。他一使劲咬下嘴唇而且好半天好半天闭着眼睛,就准是生谁的气了,可我不知道他到底是生谁的气。太阳又快回去了,十叔的小屋里渐渐幽暗。在墙上,你几乎分不清哪是窗口哪是镜子了,都像是一个洞口一条通道,自古便寂寞着待在那儿,从一座无人知晓的洞穴往旷远的世界去。那儿还有一块发亮的天空,那座楼变成淡紫色,朦朦胧胧飘忽不定。阿夏轻声说:"咱们该走了。""不,十哥还没讲神话的呢!"阿冬不肯走。磨房里的驴便亮开嗓门叫起来,磨声停了。然后那驴准是跟了老谢踱到街上,叫声在古老的黄昏里飘来荡去,随着晚风让人松爽,又伴了暮色使人凄惶。净土寺那边再传来作法事的钟鼓声。

十叔好像睡着了。

阿夏拉起阿冬和我,让我们不要出声,轻一点儿轻一点儿,悄悄的,往外走。

"别走阿夏,我答应了阿冬,我得给他讲一个神话的。"十叔睁开眼,像是才睡醒。

我们等着。连阿冬都大气不出。很久。

"有一天夜里,满天的星星又在跳舞。我这么看着他们已经看了好几十年,一天都没误过。就是阴天,我也能知道哪片云彩后面是哪颗星星。这天夜里,星星上的神仙到底被感动了,就从这窗口里进来,问我,要是他把我的病治好,我怎么谢谢他。"

"十哥这是迷信,"阿夏说,"你的病治不好了。你的病要是治不好了呢?"

"你的性子真急阿夏,我还没说完呢。我的病治不好了这我不比谁知道?所以我说我讲的是个神话。"

"让我告诉你爸去吗?"阿冬说。

"嗷可别,阿冬你千万可别。"十叔说。

"干吗撒谎?"阿冬学着阿夏的语气。

"这你们还不懂,你们还小。一个人总得信着一个神话,要不他就活不成他就完了。"

暗夜在窗外展开,又涌进屋里,那些镜子中亮出几点灯光,或者竟是星星也说不定。净土寺那边的钟声鼓声诵经声,缈缈缥缥时抑时扬,看看像要倦下去却不知怎样一下又高起来。

十叔苦笑道:"要是神仙把我的病治好,我爸说要给他修一座比净土寺还大的庙呢。"

"十叔你呢?你怎么谢他?"

"我?我就把他杀了。他要是能治这病,他干吗让我这么过了几十年他才来?他要是治不了他干吗不让我死?阿冬,他是个坏神仙,要不就是神仙都像他一样坏。"十叔的语气极其平静,像在讲一个无关痛痒的故事。

"你也信一个神话吗,十哥?"

"阿夏,平时你可不笨。"十叔说,"人信以为真的东西,其实都不过是一个神话;人看透了那都是神话,就不会再对什么信以为真了;可你活着你就得信一个什么东西是真的,你又得知道那不过是一个神话。"

"那是什么呀?"

"谁知道。"黑暗中十叔望着那些镜子。

我们去问阿夏阿冬的爸爸,他摇头沉吟半晌,最后说,一定得想个办法,让十叔能做一点有实际价值的事才行。

"什么是实际价值?"

"就是对人有用的。"

"什么是有用的?"

"阿冬!别总这么一点儿脑子也不用。"

可结果我们还是给十叔想不出办法来。他要是像阿夏阿冬的爸爸那么有学问也好办,可他没有,没有就是没有甭管为什么,也甭说什么"要是"。但从那以后阿冬阿夏的爸爸不让他们去十叔那儿听故事了,说那都是违反科学的对孩子没好处。阿冬阿夏的爸爸便尽量抽出些时间来,给我们讲故事,讲太阳是一个大火球,热极了热极了有几千几万度;讲地球原来也是个火球,是从太阳身上甩出来的后来慢慢变凉了;讲早晚有一天太阳也要变凉的,就像一块煤,总有烧乏了的时候。阿夏说:"那可怎么办呀?"她爸爸说:"放心,那还早着呢。"阿夏说:"早晚得烧完,那时候怎么办呢?粮食还怎么长呀?"她爸爸笑笑说:"那时候还有地球吗?地球在这之前就毁灭了。"阿夏说:"那可怎么办?"她爸爸说:"那时候人类的科学早就特别发达了,早就找到另外的星球另外的适合人类生活的地方了。"阿夏松了一口气。我也松了一口气。阿冬问："要是找不着呢？"阿冬阿夏的爸爸说："会找着的，我相信会找着的。"

我还是能经常到十叔那儿去。奶奶不在乎什么科学不科学，她说谁到了十叔那份儿上谁又能怎么着呢？死又不能死。

这一来我反倒经常可以玩到阿冬那把枪了，还有他妈妈给他买的各种各样好玩的东西。我只要说，"十叔昨天又讲了一个神话的"，阿冬就会把他所有的玩具都端出来让我挑。对我们来说，阿夏阿冬的爸爸讲的和十叔讲的，都一样都是故事，我们都爱听。

我问阿冬："你还记得十叔家窗户外的那座白楼吗？"阿冬一点也不笨，阿冬说："你想玩儿什么你就玩儿吧，这些玩具是咱俩的。"我说："你还记得那座楼房旁边有好几棵大树吗？上头老有好些乌鸦的？"阿冬说："我记得，十哥说它们都是好妖精。"我说："十叔说它们没有发愁的事跟咱俩一样，一早起来就那么高兴，晚上回来还是那么高兴。"阿冬说："那些乌鸦，啊——啊——啊——的老叫是不是？"我说："你还记得楼顶上老落着一群鸽子吗？""那也是一群好妖精，十哥说过。""十叔说它们也没那么多烦心事，它们要是烦心了就吹着哨儿飞一圈，它们能飞好远好远好远也不丢。"十叔的故事都离不开那座楼房，它坐落在天地之间，仿佛一方白色的幻影，风中它清纯而悠闲，雨里它迷蒙又宁静，早晨乒乒乓乓的充满生气，傍晚默默地独享哀愁，夏天阴云密布时它像一座小岛，秋日天空碧透它便如一片流云。它有那么多窗口，有多少个窗口便有多少个故事。一个碎了好几块玻璃的窗口里，只住着一个中年男子，总不见女人也不见孩子，十叔说他当初有女人也有孩子，偏他那时太贪杯太恋着酒了，女人带着孩子离开了他。十叔说："不过他的女人就快回来了，女人一直在等着他，现在知道他把酒戒了。"我说："要是她还不知道呢？"十叔说："那就去找她，要是我我就把酒戒了去找她。"我问："她在哪儿呀？"十叔想了一会儿,说:"也许,就在那一大片屋顶中的哪一个屋顶下。"另一个窗口里,有一对老人。老两口整日对坐窗前,各读各的书或者各写各的文章,很久,都累了,便再续一壶茶来,活动活动筋骨互相慢慢地谈笑。十叔说他们的儿女都是有出息的儿女,都在外面做着大事呢。十叔说:"他们的儿子是个音乐家。"我说:"你怎么知道?"十叔说:"他们的儿媳妇是个画家。"我说:"你是怎么知道的?"十叔说:"他们的女儿是个大夫,女婿是个工程师。"我问:"你到底是怎么知道的呀?"十叔便久久地发愣……还有个窗口里住着个黑漆漆的壮小伙子,一到晚上就在那儿做木工活。十叔说他就快结婚了,未婚妻准是个美人儿。我问:"怎么准是呢?"十叔闭一下眼睛如同旁人点一下头,说:"准是。"表情语气都不容怀疑。还有一个窗口白天也挂着窗帘,十叔说那家的女人正坐月子呢,生了一对双儿,一个男孩一个女孩。十叔说:"当爹的本想要个闺女,当妈的原想要个儿子,爷爷呢,想要孙子,奶奶想要孙女,这一下全有了。"还有一个摆满了鲜花的窗口,那儿有个白发苍苍的老太太。十叔说她都快一百岁了,身体还那么硬朗,什么事都不用别人干。那些花都是她自己养的,几十种月季几十种菊花,还有牡丹、海棠、兰花,什么都有,天天都有花开,满满几屋子都是花都是花的香味儿。十叔说:"她侍弄那些花高高兴兴的一辈子,有一天觉得有点儿累了,想坐在花丛里歇一会儿,刚坐下,怎么都不怎么就过去了。"我问:"过哪儿去了?"十叔说:"到另一个世界去了。"我说:"到天上去了吧?"我说我知道了,这是个神话。十叔笑一笑,叹一口气又闭上眼睛……

  白色的楼房,朝朝暮暮都在十叔的镜子里,对十叔的故事无知无觉。那些窗口里的人呢,各自度着自己的时光,日复一日年复一年,不曾想到世上还有十叔这么个人。

  阿冬阿夏终于耐不住了,有一天我们又一起到十叔的小屋去。我们进去的时候,正好听见那个男人又唱着歌从窗外走过。

阿夏说:"十哥我又听清一句了!他唱的是,'你可看见了魔王?他头戴王冠,露出尾巴'。"

"谁呀?阿夏,他是谁呀?"阿冬问。

"阿冬你这么笨可怎么办!就是那个又高又大全世界哪儿都去过的人。这都记不住。"

阿冬说:"十哥,我好些天没来我真想你。"

"阿冬就会甜言蜜语。"阿夏撇一下嘴。

"我就是想了,我没骗人我就是想了。"

"怎么想的你?"

"我,我想听个神话的。"

只有十叔没笑,他说:"我正要给你们讲件怪事呢,我发现了一件特别奇怪的事。"

"十哥我爱听奇怪的事,我爱听神话的。"

"你们看最顶层尽左边那个窗口。"十叔指的还是那座白楼。"那儿总也不亮灯,晚上也从来不亮灯,真是怪了。"

"大概那儿没人住吧?"阿夏说。

"可你们看那窗帘,多漂亮是不是?窗台上还放着两个苹果呢。看见墙上那个大挂钟没有?钟摆还来回动呢。"

太阳这时正照在那面墙上,好大好大的一只挂钟,钟摆左一下右一下,闪着金光。

"也许晚上没人在那儿住吧?"

"我原来也这么想,"十叔说,"可是有天晚上月亮正好照进那个窗口,我看见那儿有人。我明明看见有一个人,一会儿坐在窗前,一会儿在屋里走动,可就是不开灯。这下我才开始注意那儿了,原来每天夜里都有人,我看见他点火儿抽烟了,我看见烟头儿的红光在屋里走来走去,可他在那黑屋子里就是不开灯,从来都不开。"

阿冬说:"十哥,我有点儿害怕。"

"胆小鬼,又笨胆儿又小。"阿夏说。

那座楼房这会儿是枯黄色的。楼顶上的鸽子探头探脑地蹲在檐边,排成行。乌鸦还没回来,老树都安静着。

"我们去那楼里看看吧。"阿夏说。

阿冬说:"我不想去。"

"你不想去因为你是个胆小鬼!十哥,我们到那楼里去看看吧?我们还从来没到那楼里去过呢。"

十叔说:"我早就想到那儿去看看了,可是阿夏,我怎么去呢?"

"要是有一辆车就行了,我们推你去。"

"我早就想去了,可是不行阿夏,我想过多少遍了,那么高我可怎么上去呀?"

"让老谢抱你上去,我们再把车抬上去。"

"阿夏你要是去,我就告诉爸爸。"

"胆小鬼,你敢!"

我记得是老谢给十叔做了一辆小车,不过是钉了个大木箱又装上四个小轱辘,十叔躺在里头,我们推着他到那座白色的楼房去。小车轱辘"叽里嘎啦叽里嘎啦"地响,十叔的身体短得就像个孩子,轻得就像个孩子。老谢跟在我们身后走,什么话也不说。

奇怪的是,我们在那些七拐八弯的小胡同里转了很久,也没能接近那座白楼,我们总能看到它却怎么也找不着通到那儿去的路。阿冬不停地说,咱们回去吧咱们回去吧。阿夏便骂他是胆小鬼,仍然推着车往前走。阿冬紧拽着阿夏的衣襟不松手。残阳掉在了一家屋顶上,轻轻的并不碰响什么,凄艳如将熄的炭火,把那座楼房一染呈暗红色了。我们推着十叔再往西走了一阵,又往北走,那楼房像也会走似的,仍然离我们那么远。阿夏问老谢:"到底该怎么走呀?"老谢说他没去过他不知道,说:"问你十哥,他要去他想必知道。"十叔让我们再往东走。乌鸦都飞回来,在老树上吵闹不休。暮霭炊烟在层层叠叠的屋顶上,在纵横无序的小巷里,摇摇荡荡。看看那座楼像是离我们近了,大家欢喜一回紧走一阵,可是忽然路到了尽头,又拐向南去,再走时便离那楼愈远了。阿冬还是不住地说,回去吧,阿夏咱们回去吧。阿夏说:"要回你自己回去!"阿冬只好念念叨叨再跟了走,不断回头去望。离家已是那么遥远了,仿佛家在千里之外。天便更暗下来,四周模糊不清,那座楼由青紫色变成灰黑。"老谢,到底怎么走才对呀?""问你十哥,他要来他就应该知道。"老谢还是这么说。可是无论我们怎么走,总还是那些整齐或歪斜的屋顶、整齐或歪斜的高墙、整齐或歪斜的无数路口,总是能看到那座楼也总还是离它那么远。天黑透下去,乌鸦藏进老树都不出声。阿冬说:"阿夏咱们别走了,一会儿该迷路了。"阿夏没好气地说:"我们已经迷路了,我们回不去家了!"阿冬愣一下,蒙了,转身就跑,看看不对又往回跑,然后站住,"哇"的一声哭出来。十叔忙哄他:"阿冬别怕,阿夏吓唬你玩儿呢。"阿冬才慌慌地住了哭声,紧跑到阿夏身边抱住阿夏,抽噎着再不敢动。阿夏把他搂在怀里。

这时候传来一阵歌声,低沉浑厚得像牛一样:"……啊父亲,你听见没有,那魔王低声对我说什么?你别怕,我的儿子你别怕,那是寒风吹动枯叶在响……"

"十哥,是他!"阿夏说,"是那个人。"

"噢!他在哪儿?"十叔说。

从一个巷口拐出一个人来,他手里拎根竹竿探路,边走边轻声唱。走近了,我们听得更清楚了:"……啊父亲,你看见了吗?魔王的女儿在黑暗里。儿子、儿子,我看得很清楚,那是些黑色的老柳树……"他从我们面前走过,我们也看清他的模样了,他长得又矮又小又瘦,而且他手里拎了根竹竿探路。他大概觉出有几个人在屏住呼吸看他,便朝我们笑笑点一点头,不说什么,一心唱他的歌一心走他的路去。

阿夏对十叔说:"咱们问问他,往那个楼去怎么走吧?"

十叔不吭声。

"十哥,你不是说他就住在那座楼上吗?他能知道到那儿去怎么走。"

"不。"十叔说。

"他不是住在四层左边第三个窗口吗?"

"不,那不是他。"十叔说,"他不是那个人,他不是!那个人不是他,不是……"

在黑得看不见的地方,仍传来那个人的歌声:"……啊父亲,啊父亲,魔王已抓住我,它使我痛苦不能呼吸……"渐行渐远,渐归沉寂。

渐归沉寂,我们还在那儿坐着。

我们还在那儿坐了很久。满天的星星都出来,闪闪烁烁闪闪烁烁,或许就是十叔说的在跳舞吧。净土寺里这夜又有法事,钟声鼓声诵经声满天满地传扬,嗡嗡吆吆伴那星星的舞步。那座楼房仿佛融化在夜空里隐没在夜空里了,唯点点灯光证明它的存在,依然离我们那么远。

"老谢,咱们还去吗?"

"问你十哥,他应该知道了。"

十叔的眼睛里都是星光。

阿冬已经困得睁不开眼了,不住地说,十哥咱们回家吧,咱们回家吧十哥。

十叔说:"回家,阿冬咱们回家,我以前给你们讲的都是别人的神话。"

我们便往回家走。阿夏背着阿冬,告诉阿冬别睡,睡着了可要着凉,"马上就到家了,快醒醒阿冬。"声音无比温柔。老谢背着我,又推着十叔。我不记得是怎么回到家的了,很可能我在路上也睡着了。

我说过,我不保证我讲的这些事都是真的。如果我现在可以找到阿冬阿夏,我就能知道这些事是不是真了,可我找不到他们。好几十年过去了,我不知道阿冬阿夏现在在哪儿。我看这不影响我把这个故事讲完。您要是听烦了您随时都可以离开,我不会觉得这是对我的轻蔑——请原谅,这话我该早说的。人有权利不去听自己不喜欢的故事,因为,人最重要的一个长处,就是能为自己讲一个使自己踏实使自己愉快的故事。

那夜归来,十叔病了。第二天我和阿冬阿夏去看他,他那小屋的门关得严严的。耳朵贴在门上听听,屋里静得就像没人。"十哥,十哥!""十叔!"叫也没人应。我们正要推门进去,老谢来了,说十叔病了正睡呢,叫我们明天再来。这样有好多天,每次去老谢都说十叔正又睡呢:"他刚吃了药,正睡呢。""他什么时候醒啊?""你们看这门什么时候开了,他就醒了。"

也不知又过了多久,终于有一天那门开了,我和阿冬阿夏跳着跑进去。阿冬喊:"十哥!这么多天没见你我可真想你。"阿夏撇一下嘴。阿冬说:"我没甜言蜜语!我也想听神话的我也想十哥了。"

小屋里稍稍变了样子,所有的镜子都摘了下来,都扣着撂在墙旮旯。十叔平躺在床上,头垫高起来,胸上放一只小碗,嘴上叼一根竹管,竹管如铅笔一般长短一般粗细。见我们来了他冲我们笑笑,笑得很平淡。然后,他上嘴唇压过下嘴唇把竹管插进碗里,再下嘴唇压过上嘴唇把竹管抬起来,轻轻吹出一个泡泡。泡泡颤几下脱离开竹管,便飘飘摇摇升起来,晃悠悠飞出窗口去,在太阳里闪着七色光芒。

"我能吹一个非常大的。"十叔说。

他果然吹出了一个挺大的。

"这不算,"十叔说,"这不算大的。"

他又吹出了一个更大的。

"我也会。"阿冬说,"让我吹一个行吗?"

"少讨厌你,阿冬!"阿夏把阿冬拉在怀里。

十叔说:"我得吹一个比磨盘还大的,那才行呢。"

"你能吹那么大的吗?"

"我要能吹一个比这窗户还大的就好了。"

"怎么就好了呀,十叔?"

"下辈子就好了。"

"十哥,那是迷信。"阿夏说。

十叔不理会阿夏的话,专心地吹了一个泡泡又吹一个泡泡,吹了一个又一个。

"嘿,快看这个!大不大?"十叔兴奋地喊。

满屋里飞着大大小小七彩闪耀的泡泡,忽上忽下忽左忽右轻盈飘逸,不断有破碎的,十叔又吹出新的来。我和阿冬满屋里追逐它们,又喊又笑又蹦又跳。十叔吹得又专心又兴奋。

"都太小了。"十叔说,"我要能一连吹出一百个像刚才那个那么大的,就好了。"

"什么就好了,十哥?"

"像我这样的病就都能治好啦。"

"这也是迷信,十哥,这也是。"阿夏说。

"明天我让老谢给我找一根再粗一点儿的竹管来,"十叔说,"那才能吹出更大的来呢。也许我能一连气儿吹出一万个来呢。"

"吹那么多呀!"阿冬说,高兴得不得了,"吹一万一万一万一万个,是吧十哥?"

"那就没人得病了,就没病了。"

"十哥,我觉得这还是迷信。"阿夏说。

"这不是迷信,阿夏你说这怎么是迷信?"

阿夏怔怔的，回答不出来。

泡泡一个又一个，一个又一个，飞得满屋，飞出窗口，飞得满天。十叔说："阿夏你看哪，飞得多漂亮！"

阿夏回家又去问她爸爸，什么是迷信？她爸爸说："盲目，盲目地相信一件事。"

阿冬问："什么是盲目？"

"就是没有科学根据。"

"什么是科学根据？"

"好啦阿冬，你这脑子又动得太多了，这你还不懂。还是我来多给你们讲些故事吧。我以后一有时间就给你们讲些科学的故事，好吗？"

阿夏阿冬的爸爸又给我们讲月亮、讲太阳、讲银河讲宇宙、讲一光年是多远；讲宇宙一直在膨胀一直都在膨胀，讲所有的天体都离开我们越来越远越来越远；讲总有一天宇宙也要老的，要走完生命的旅程，要毁灭。

"那可怎么办？那我们到哪儿去？"阿夏问。

"那时候人类的科学已经非常非常发达了，人早就又找到一个可以生存的地方了。"

"要是找不着呢？"阿冬问。

"会找着的，我相信会找着的。"

"为什么会找着？"

"我想会的。"

宿　命

1

现在谈谈我自己的事，谈谈我因为晚了一秒钟或没能再晚一秒钟,也可以说是早了一秒钟却偏又没能再早一秒钟,以致终身截瘫这件事。就那一秒钟之前的我判断,无论从哪方面说都该有一个远为美好的前途。截至那一秒钟之前,约略十三人十八人次主动给我提过亲,其中十一回附有姑娘的照片,十一回都很漂亮,这在一定程度上或可说明问题。但我当时的心思不在这上头,我志向远大,我说不,我现在的心思不在这上头。提亲的人们不无遗憾,说,莫非(莫非是我的姓名),莫非我们倒要看你找个什么样的天仙。然后那一秒钟来了。然后那一秒钟过去了,我原本很健壮的两条腿彻头彻尾成了两件摆设,并且日渐消瘦为两件非常难看的摆设,这意味着倒霉和残酷看中了一个叫莫非的人,以及他今后的日子。我像孩子那样哭了几年,万般无奈沦为以写小说为生的人。

曾有一位女记者问我是怎样走上创作道路的,我想了又想说,走投无路沦落至此。女记者笑得动人:您真谦虚。总之她就是这么说的,她说您真谦虚。

2

实际无关谦虚。

说不定,牵涉十叔的那些懵里懵懂似有若无的记忆,原是我童年时的一个预感。据说孩子的眼睛可以洞察许多神秘事物,大了倒失去这本领。自然这不重要。要紧的是我的腿不能动了随之也没了知觉,这不是懵里懵懂似有若无的记忆,这一回是明明白白确凿无疑的事实,而且看样子只要我活下去,这一事实就不会不是个事实。

我以前从不骂人,现在我想世上一切骂人的话之所以被创造出来就说明是必要的。是必要的,而且有时还是必然的结论。

3

不过是一秒钟的变故,现在说它已无多少趣味。是个夏夜,有云,天上月淡星稀,路上行人已然寥落,偶有粪车走过将大粪的浓郁与夜露的清芬凝于一处,其味不俗。我骑车在回家的路上,心里痛快便油然吹响着口哨,吹的是《货郎与小姐》中货郎那最有名的咏叹调。我刚刚看完这出歌剧。我确实感觉自己运气不坏。我即将出国留学,我的心思便是在这上头,在地球的另一面,当然并不限于那一面,地球很大。我的腰包里已凑齐了护照、签证、机票以及与此相关的一系列文件,一年又十一个月艰苦奋斗之所得。腰包牢牢系在裤腰带上,除非被人脱了裤子去这腰包是绝不可能丢的,这腰包的设计者今生来世均当有好报,这是我当时的想法。气温渐渐降下来,且有了一丝爽风。沿途的楼房里有人在高声骂娘又有人轻轻弹奏肖邦的练习曲,外地小贩便于路旁的暗影中撒开行李,豪爽地打响一串喷嚏有如更夫的钟鼓。平凡的一个夏夜。我吹着口哨。地球是很大,我想在假期里去看看科罗拉多河的大峡谷,在另一个假期里去看看尼亚加拉大瀑布,平时多挣些钱且生活尽可能地简朴,说不定还可以去埃及看看胡夫大金字塔去威尼斯看看圣马可大教堂,还有法国的卢浮宫英国的伦敦塔日本的富士山坦桑尼亚的塞卢斯野生动物保护区等等,都看看,都去看一看,机会难得。我精力充沛我的身体结实如一头骆驼,去撒哈拉大沙漠走一遭也吃得消,再去乞力马扎罗山下露营,我不打狮子,那些可爱的狮子。我吹着口哨,我吹得不很好,但那曲子写得感人。我不是个禁欲主义者。莫非不是个禁欲主义者,他势必会有个妻子。她很漂亮很善良,很聪明,很健康很浪漫很豁达,很温柔而且很爱我,私下里她不费思索单凭天赋便想出无数奇妙的爱称来呼唤我,我便把世间其他事物都看得轻于鸿毛,相比之下在这方面我或许显得略笨,我光会说亲爱的亲爱的我最亲爱的,惹得她动了气给我一记最最亲爱的小耳光。真正的男人应该有机会享受一下软弱。不过事后他并不觉得英雄因此志短，恰恰相反，他将更出类拔萃，令他的妻子骄傲终生！凉爽的夏夜使人动情，使人赞美万物浮想纷纭，在那一秒钟之前有理由说莫非不是在梦想。我骑在车上，吹响一路货郎的那段唱。我盘算以四年时间拿下博士学位，然后回来为祖国效力。我不会乐不思蜀，莫非不是那种人，天地良心，知道我出去学什么吗？学教育，祖国的教育亟待改革迫切需要人才。莫非不是没能力去学天体物理抑或生物遗传工程，但莫非有志于祖国的教育事业，在那一秒钟之前我一直在一所中学里任教。我骑车拐上一条稍窄的街，那是我回家的必由之路，路面上树影婆娑，以后会证明这树影婆娑可与千刀万剐媲美。我依然吹着口哨。我是一个无罪的人。我想四年之后我回来，那时我就可以要一个儿子（当然在这之前需要结婚），抑或是一个女儿，设若那时政策允许也可以是一个儿子又一个女儿，哪个在先哪个在后完全不在考虑之列，我看男女应该平等，唯愿儿子像我女儿像母亲，唯望这一点万勿颠倒了。这样想不对吗？我看不出这有什么错。我是个无罪的人，在那个夏夜以及那个夏夜之前我都是一个无罪的人。无罪，至少是这样。

我吹着《货郎与小姐》中最著名的唱段，骑车朝那万恶的一秒钟挺进。与此同时有一位我注定将要结识的年轻司机，也正朝这一秒钟匆忙赶来。

4

照理说，那不是个能给人留下深刻印象的夏夜，如果不是有人在马路上丢了一只茄子的话。我吹着口哨吹着货郎的唱段，我的前车轮于是轧到那只茄子，事后知道那茄子很大很光又很挺实，茄子把我的车轮猛扭向左，我便顺势摔出二至三米远，摔进那一秒钟内应该发生的事里去了。只听一声尖厉的急刹车响，我的好运气就此告罄,本文迄今所说的那些好事全成废话,全成了废话一堆。成了一个永久的梦例。

否则也就无事,问题出在它不把你撞死而仅仅把你的腰椎骨截然撞断。以往的一切便烟消云散烟消云散,烟消云散之后世界转过身去把它毫无人味的脊梁给你看,我是说给我看,给莫非。

5

在以后的日子里我常想起一只电动玩具母鸡,在沙地上煞有介事地跑,碰上个石子颠了个跟头翻了个滚儿,依然煞有介事地往前跑,可方向与当初满拧(有可能是前翻一周半加转体一百八十度)。我见人玩过那样一只电动玩具母鸡,隔一会儿下一个假蛋。

6

我躺在马路中央,想翻身爬起来可是没办到。前面提到过的那个年轻司机跑过来问我,您觉得怎么样?我说很奇怪好像我得歇一会儿了。司机便把我送到医院。

我说大夫我什么时候能好?我很快就要出国没有很多时间可耽误。大夫和护士们沉默不语,我想他们可能没弄懂我的意思。他们把我剥光了送上手术台,我说请把我裤腰带上那个腰包照看好,我还把机票的有效日期告诉了他们。一个女护士说哎呀呀都什么时候了。我心想时间是不早了,我说是不早了不过我这是急诊。女护士一动不动看了我有半分钟。这下我明白了,他们一时还不可能了解我,不了解我多年来的志向和脚踏实地的奋斗历程,也不了解那一年又十一个月的奔波和心血,因而不了解那腰包对我意味着什么。我鼓励大夫,您大胆干吧不要发抖,我莫非要是哼一声就不算是我。大夫握了握我的手说,我希望您从今天起尤其要时时保持这种勇气。我当时没听懂他这话中的潜台词。

7

事实真相不久便清楚了:我已经被种在了病床上,像一棵"死不了儿"被种在花盆里那样。对那棵"死不了儿"来说世界将永远是一只花盆、一个墙角、一线天空,直至死得了为止。我比它强些。莫非比它强些。"莫非我们倒要看你找一个什么样的天仙"——那样一个莫非,将比"死不了儿"强些。我于是仰天号啕大放悲音,闻其声恰似回到了自由自在的童年,观其状惟妙惟肖一个大傻瓜。我有个姐姐,她从遥远的地方赶来,紧紧把我搂住像小时候那样叫着我的小名儿,你别着急你别担心,你别这样别这样,无论如何我会照顾你一辈子的(你别哭你别闹,蚂蚱飞了,不就是蚂蚱飞了吗姐姐明天再给你逮一只来)。但这一次不是童年,蚂蚱也没飞,根本没有什么蚂蚱。飞了的是一条很好很好的脊髓。我把姐姐搡开,把我的手从她冰凉的手里掰出来,走!走开!所有的人都给我出去!!姐姐再度将我抱住,她的劲儿一时大得出奇。我看了一眼太阳,太阳还是原来的太阳,天呢?也还是在地上头。母亲没来,还没敢让母亲知道。父亲像个不会说话的瘦高的影子,无声地出去,又无声地回来,买了好多好吃的东西放在桌上;又无声地出去无声地回来,买了更多更好吃的东西放在我的床边。我吼一声,父亲激灵一下惊得闪开,我把花瓶打进痰桶,把茶杯摔进便盆,手表砸扁扔进纸篓,其余够得着的东西横扫遍地然后开始骂人,双手垫在脑后,看定了天花板,尽情尽意尽我所知的脏话向世界公布数遍,涕泪纵横直到天昏地暗时,然后累了,心如千年朽木糟成一团。偷偷在自己的大腿上掐一把,全无知觉,慌得紧把手缩回深恐是调戏了别人。这他娘的到底是怎么了呢?漫长的寂静中,鸽子在窗外咕咕咕地嘶鸣,空旷、虚幻,天地也似无依无着。

到底是怎么了呢?无人肯告与莫非。

8

警察向我说明出事的情况。那个年轻司机没什么错儿,您那么突如其来地蹿向马路中央是任何人所料不及的。司机没有超速行驶,没喝酒,刹车很灵也很及时,如果他再晚一秒钟踩刹车,警察说恕我直言,您就没命了。我说谢谢。警察说那倒不用,我们来向您说明情况是我们的工作。我说请问我有什么错儿没有?姐姐说你有话好好说。警察说,您也没什么错儿,您在慢行道内骑车并且是在马路右边,您是个自觉遵守交通规则的好公民,可谁骑车也不见得总能注意到一只茄子,而且那条路上光线较暗。我说,树影婆娑。什么您说?是的树影颇多,从出事现场看您绝不是有意去轧那个茄子的。我说,废话!姐姐说,莫非!警察叹口气,可您摔出去得太巧了,要是再早一秒钟的话,汽车就不至于碰到您。大夫也这么说过,太巧了,刚好把脊髓撞断,其他部位均未伤及。照您说这是我的错儿?警察说我没这么说,我只是说路上光线较暗,注意不到一只茄子是可以理解的。那么到底是谁的错儿?姐姐说,莫非——我说,姐,难道我不能问这到底是谁的错儿吗?警察说,莫非同志你可以要求一点经济赔偿。滚他妈的经济赔偿,我眼下只缺一条完整的脊髓!莫非同志您这是无理要求,并且请您注意您对一个正在执行公务的警察的态度。我说既然如此,您有义务向我说明这到底是谁的错儿。茄子,警察说,如果您认为这样问很有意义的话,那么,茄子,您干吗不早不晚偏在那一秒钟去惹它?

9

日子便这样过去。每天所见无非窗外的旭日到夕阳。腰包里的文件犹在,默默然一部古书似的记载了无数动人的传说。

人类确凿不能将人类被撞断的脊髓接活,日子便这样过去。医学院的实习生们常来围了我,主治大夫便告诉他们为什么我是一个典型的截瘫病例:看看,上身多么魁伟,下身整个在萎缩。

日子便这样过去,消化系统竟惊人的好,毫不含糊地纳入各种很香的东西,待其出来时都变作统一的臭物。日子便这样过去。

向日葵收获了,夜来香的种子落在地上,随风埋进土里。天上悬了几日风筝,悬了几日,又纷纷不见了踪影。雪无声飘落。孩子们便嚷着在雪地上飞跑,啃着热气腾腾的烤白薯。我说哎,烤白薯!我是说世界并没有变,烤白薯仍旧还是烤白薯。父亲瘦高的身影却应声蹒跚于雪地上,向那卖烤白薯的炉前去……

日子便这样过去了又过去。苍天在上,莫非过上这样的日子实在是冤枉的。哭一回想一回,想一回哭一回,看来那警察的最后一句问话是唯一的可能有道理。

10

渐渐的我想起来了,在离出事地点大约二百米远的时候,我遇见了一个熟人。我记起来了,我吹着口哨吹着货郎的咏叹调看见了他,他摇着扇子在便道上走,我说嘿——他回过头来辨认一下,说噢——我说干吗去你?他说凉快够了回家睡觉去,到家里坐坐吧?他家就在前面五十米处的一座楼房里。我说不了,明天见吧我不下车了。我们互相挥手致意一下,便各走各的路去。我虽未下车,但在说以上那几句话时我记得我捏了一下闸,没错儿我是捏了一下车闸,捏一下车闸所耽误的时间是多少呢?一至五秒总有了。是的,如果不是在那儿与他耽误了一至五秒,我则会提前一至五秒轧到那只茄子,当然当然,茄子无疑还会把我的车轮扭向左,我也照样还会躺倒在马路中央去,但以后的情况就起了变化,汽车远远地见一个家伙扑向马路中央,无论是谁汽车会不停下么?不会的。汽车停下了。离我仅一寸之遥。这足够了。我现在科罗拉多河大峡谷或在地球的其他地方而不是被种在病床上。不是。绝不是被种在病床上。那样一个莫非。那样一个令人以为要娶一个天仙的莫非。

11

　　顺便提一句:至今仍只是十三人十八人次主动给莫非其人提过亲,其中十一回附有姑娘的照片。这三个数字以后再没有增长,这从一个侧面反映了今日之莫非与昨日之莫非断不是同一个莫非了。天地翻覆,换了人间。
　　我说这些没有其他意思,虽则莫非事实上是无辜的。
　　话说回来,姑娘们也是无辜的。一个姑娘想过一种自由的浪漫的丰富多彩的总而言之是健全的生活,这不是一个姑娘的过错。一对父母希望自己的女婿站在别人的女婿面前,更体现出自己晚年的幸福与骄傲,这不是一对父母的过错。析此理而演绎开去,上述三个数字的不再增长,不是媒人的过错,不是朋友们的过错,不是谁的过错。天高地厚,驴比狗大,没错。

12

　　莫非之不幸,盖自那一至五秒的耽误。
　　我们不禁要问,我们也完全有理由这样问:是什么造成了莫非在距出事地约二百米处遇见了那个熟人的?
　　这样我又想起来一件事,在我遇见那个熟人前三至五分钟时,我在一家小饭馆里吃了一个包子。我饿了,不是馋了当真是饿了,一个人饿了又路经一家小饭馆,吃便是必然的。上帝如果因此而惩罚我,我就没什么要说的了。我走进那家小饭馆,排在六个人后边成为第七个等候买包子的人。我说,包子什么时候熟?第六个人告诉我,您来的是时候,马上就要出笼了,我从上一锅等起已经等了半小时了。我便等了一会儿,心想这么晚了回家去也不再有饭,而我还是九小时以前吃的午饭呢。包子很快出笼了,卖包子的老妇人把包子一个个数进碟子,前六个人有吃四两的有买五斤拿走的。轮到我,老妇人说没了还有一个。我探头在笸箩里搜看,说,厨房里还有?老妇人说没了,就这一个了您要不要?我说还蒸吗?她说明天还蒸,今天到点了。我看看墙上的大表:二十二点半。我就吃了那一个包子。现在让我们计算一下:如果我不是吃了一个包子而是吃了五个包子(我原打算是吃五个包子),按吃一个费时二分钟计,我至少要晚八分钟离开那小饭馆。而我遇到那个熟人时,熟人正往家走且距家只有五十余米,一个正常人走五十余米是绝然用不了八分钟的。我那熟人很正常,这一点由我来担保。这就是说,如果我早些到那小饭馆排在第五或第六位,我必吃五个包子,就不会遇见那个熟人,不会喊他,不跟他说那几句话,不必捏一下车闸,不耽误一至五秒从而不撞断脊髓,今日之莫非就在地球的另一面攻读教育学博士,而不是在这儿,更不是坐在轮椅里。

13

到现在问题已经比较明朗了。请特别注意小饭馆里第六个买包子的人所说的那句话,他说他从上一锅等起已经等了半个小时了。这就是说我若不能提前半小时到达那家小饭馆,则我必排名第七,必吃一个包子,必遇见那个熟人,必耽误一至五秒从而必撞断脊髓,今日之莫非就还是坐在轮椅里。

我们必须相信这是命。为什么?因为歌剧《货郎与小姐》结束的时候,是二十二点整。无论剧场离那家小饭馆有多远,也无论我骑车的速度如何,我都不可能在二十二点半之前半小时到达那家小饭馆,这是一个最简单的算术问题。这就是说,在我骑车出发去看歌剧的时候,上帝已经把莫非的前途安排好了。在劫难逃。

14

现在就要看看上帝是用什么方法安排莫非去看那歌剧的了。

我说过我一直在一所中学里任教。出事的那天我本该十八点一刻下班的,历来如此,这儿看不出上帝的作用。下午第四节课是我的物理课,十八点一刻我准时说道:下课!学生们纷纷走出去,我也走出去。我走到院子里找到我的自行车,我准备直接回家,我希望在出国之前能和二老双亲多待一会儿。这时候我听见身后有个学生问我:老师,我能回家了么?我才想起,这个学生是我在上第四节课时罚出教室的。事情是这样的:课上到一半时,这个学生忽然大笑起来,他坐在最后排靠近窗户,平时是个非常老实的学生,我有时甚至怀疑他智商不高。我说请你站起来。他站起来。我说请你解释一下你为什么笑?他低头不语。我说好吧坐下吧注意听讲。他坐下,但还是笑。我说请你再站起来。他又站起来。你到底笑什么?他不说话。我看得出他非常想克制住自己不笑,他用手捂住自己的嘴像女孩子那样,我一直怀疑他智商偏低。我说你坐下吧不许再笑了。他坐下但仍止不住地笑,课堂秩序便有些乱,淘气的学生们借机跟着大笑。我没办法只好请他出去,我说请你出去镇静镇静,否则大家都不能听课了。他很听话,自己走出去。放学时我几乎把他忘了,我相信他至少是性格里有些问题。可怜的孩子。我说你可以回家了,以后注意课堂纪律。结果他又开始笑,不停地笑。这下我有点生气了,我说到底有什么可笑的?就这样我问了他约二十分钟,毫无结果,他光是笑不肯回答。这时候,我们可敬的老太太校长喊我:莫老师,有张戏票你看不看?我问是什么。歌剧《货郎与小姐》,看不看?怎么想起来给我,您不去吗?她说她非常想去,可是刚刚接到教育局的电话有个紧急会议要她去参加,看不成了,你看不看?我说好吧我看。以后的事情我都说过了。

15

之后我出院了。医院离家不远。我坐在轮椅里,二老双亲轮换着推我在街上走。杨树又已垂花，布谷鸟在晴朗的天上"好苦好苦"地叫得悠远，给人隔世之感。风吹鸟啼，渐悄渐杳，又听得有人喊我，莫非，莫非！是莫非么？我说没错儿是我。大学时的一个女同学站到我面前。怎么，莫非你怎么在这儿？我说依你看我应该在哪儿？你不是出国留学去了吗？你这是怎么了？我说你问我，你让我去问谁？她睁大了眼睛，她好像才注意到我的两条腿：这是怎么弄的？我说这很简单，再容易不过了。她脸红一下，在上大学时我常对她这么说，在她经常解不出一道数学题的当儿。母亲又忍不住落泪，拉了父亲站到远处去。五个包子的问题，我说，或者一个茄子。我便把事情的经过简要地告诉她。她说真是真是，唉—— 我说我们必须承认这是命。她说，莫非你别这么想，莫非你要坚强，她眼泪汪汪的，莫非你要活下去。

遥远的姐姐来信也是这么说：你要活下去。谁也没说活下去是指活到什么时候，想必是活到死，可有谁不是活到死的呢？姐姐说，别担心，姐姐有一个窝头就有四分之一是你的（另外三个四分之一分别是姐姐、姐夫和小外甥的）。可我担心的是比窝头更重要的一些事，在活到死这一漫长的距离内有一些更重要的东西，那是贤惠的姐姐无法给我的。

所以后来我就写写小说。所以后来女记者采访我的时候，我说是万般无奈沦落至此。如同落草为寇。

16

多年以来我一直暗自琢磨，那个后排靠窗户坐的学生为什么突然笑起来没完？那是我命运的转折点。那孩子智商肯定偏低，但他笑得那么莫测高深，恰似命运的神秘与深奥。孩子的眼睛或许真有超凡的洞察力？不知道他在那一刻看见了什么。我想我要是能把他当时的笑态准确地画下来，我就能向各位展示命运之神的真面目了。

若不是那神秘的笑,我便不可能在那天晚上有一场《货郎与小姐》的歌剧票,我莫非博士今天已是衣锦还乡功成名就老婆孩子一大堆了。

17

在那艰难岁月,我喜欢上了睡觉。我对睡觉寄予厚望,或许一觉醒来局面会有所改观:出一身冷汗,看一眼月色中卧室的沉寂,庆幸原是做了一场噩梦,躺在被窝里心咚咚跳,翻个身踹踹腿庆幸那不过是个噩梦,然后月亮下去,路灯也灭了闹钟也叫了,起床整理行装,走到街上空气清新,赶往飞机场还去赶我的那次班机……

应该说会做噩梦的人是世上最幸福的人,因为可以醒来,于是就比不会做噩梦的人更多了幸福感。

在那些岁月,我每每醒来却发现,我做了一个想从噩梦中醒来的美梦。做美梦是最为坑人的事,因为必须醒来。

要么从噩梦中醒来,要么在美梦中睡去,都是可取的。可在我,这事恰恰相反。

躺倒两年后,我开始写小说,为了吃,为了喝,为了穿衣和住房,还为了这行当与睡觉有异曲同工之妙,而且比睡觉多着自由——想从噩梦中醒来就从噩梦中醒来,想在美梦中睡去就在美梦中睡去,可以由自己掌握。同是天涯沦落人,浪迹江湖之上,小说与我相互救助度日,无关谦虚之事。

18

终于有一天我又见到了我的那个学生,那个一向被我认为智商不高的学生。他在一本刊物上见了我的小说,便串联起一群当年的同学来看我。孩子们都长大了,胡子拉碴的,有两个正准备结婚。大家在一起回忆往事,说说笑笑很是快活。学生们提议,为莫老师成了作家,干杯!我这才想起问问那个学生,你那天为什么笑个没完呀?他仍羞羞怯怯推说不为什么。我换个问法,我说你看见了什么?他说,一只狗。一只狗?一只狗值得你那么笑吗?他说那只狗,说到这儿他又笑起来笑得不可收拾,但他终于忍住笑镇定了一下情绪,他毕竟是长大了,他说,那只狗望着一进学校大门正中的那条大标语放了个屁。大家都说他瞎胡编。他说我就知道说出来你们都不会信,反正那只狗确实是放了个屁,我听见的我看见的,很响但是发闷。大家还是不全信,说他有可能听错了。他便问我,莫老师您信吗?我没听错真的我没听错,确实是因为那个狗屁莫老师您信吗?

过了很久我说我信。我看那孩子的神情像个先知。

19

如今当我做任何一件事情的时候,我都听见那声闷响仍在轰鸣。它遍布我的时空,经久不衰,并将继续经久不衰震撼莫非的一生。

为什么为什么为什么?为什么要有这一声闷响?

不为什么。

上帝说世上要有这一声闷响,就有了这一声闷响,上帝看这是好的,事情就这样成了,有晚上有早晨,这是第七日以后所有的日子。

1987年8月27日

礼 拜 日

最后到了现在,这个男人只记得那个女人对他说过一回:"我就住在太平桥。"

他慢慢地把这句话又默念了一遍。这时候空中有了光亮,仿佛天在升上去,地在沉下去,四周的一切看得清楚了。不过当初忘了问她太平桥在哪儿。想到这儿他爬起来披上衣服,东翻西找从床底下抻出一本地图,弹去上面的尘土。横的竖的斜的弧形的街道密密麻麻,像对着太阳看一片叶子时看到的那些精致的网脉,不同型号的铅字疏密无序又像天上众多的星座。找不到太平桥。

夜里做了好多梦。夜夜如此。一个梦醒了又是一个梦,一个接一个,一个接一个没完没了。都是很精彩很有意思的梦,可是记不住。自己做的自己又记不住,天一亮就全忘了,光记得都很有意思,都很精彩。

有两个孩子在窗根下说话,一个总是说:"哟——真叫多哟!"另一个老说真长:"哎呀,真——长。"这声音随着安静的湿漉漉的黎明一同流进屋里,又干净又响亮,搅起回声流得到处都是。

他又拿起地图小心翼翼翻了一遍。还是没有太平桥这么个地方。有那么半支烟的工夫,这个男人认真地怀疑那个女人是否也是一个梦。为了这个愚蠢的怀疑,他叼着另外半支烟开始穿衣服,顺便在身上掐了一把,被掐的地方确实很疼。

这个男人第一次见到那个女人是在很久以前了,在一个朋友家。这朋友叫天奇。天奇的妻子叫晓堃,晓堃刚好是那个女人的朋友。只一间小屋,似乎是说只有这一个世界,夫妻俩各占一角和自己的朋友倾心交谈——一边是"阿波罗登月以及到底有没有飞碟",一边是"要孩子还是不要孩子"。叽哩咕噜嗡嗡嘤嘤,中间隔了三米飘忽不定的浩瀚宇宙,谈话声在那儿交织起来使空气和烟雾轻轻震动,使人形失去立体感。在两边的话题碰巧都暂停的时候,发现这屋里还有一座落地式自鸣钟,坦荡而镇静地记录着一段过程。这时男人和女人互相看一眼,既熟悉又陌生。叽哩咕噜嗡嗡嘤嘤空气和烟雾又动荡起来,淹没了钟声。"既然我们可以到月亮上去,更高级的智能为什么不会到我们这儿来?""这已经不是问题了,问题是他们来干吗。"女人们还是说孩子:"要是让一个生命来了,你就得对这生命负责。""你也是一个生命,你也来了,谁对你负责?"……那是在他们的朋友刚刚结婚不久的时候。

　　第二次见面竟是在差不多十四年以后,在法院的大门口;他的朋友和她的朋友在大门里的某个地方办理离婚手续。太阳又升起来,照着门旁的卫兵和灰色高墙上的爬山虎。爬山虎的叶子正在变红,不久以后将变成黑褐色然后在这一年里消失。他比她来得晚。

　　"是您?您还记得我吗?"男人问。

　　女人把他看了好一会儿:"喔哟,有十好几年了吧?"笑一笑伸出手来。

　　"可不是吗,十四年了。"男人说,"他们在里头吧?"

　　"进去好一阵子了。"

　　"情绪怎么样,他们俩?"

　　"好像没有什么特别。看不出来。"

　　"到底怎么回事?"

　　"您指什么?"

　　"他们俩,怎么会闹到这一步?"

　　"怎么您不知道? 您是他们家的常客呀!"女人说。

"我这几年去得少了。总有事,也说不清有什么大不了的事。"

"最近又写什么呢?我看过您的小说。"

"是吗?"男人笑笑,退步到墙边的阴影里,太阳一直晃得他睁不开眼睛。"我也正在想我写的都是什么。"

女人也走到阴影里,两个人在法院对面的大墙下并排站着。爬山虎在风中轻轻抖动,整座墙都在动。每年的这个季节都有挺长一段好天气,鸟儿飞得又高又舒缓,老人和孩子的说话声又轻又真切。

"前些年他们倒总是吵。"男人说,"吵起来凶得一个要把一个吃了,恨不能吞了。"

"是吗?可真想象不出来。"

"我也不说谁更凶,半斤对八两。"

"嗯,我想是。我想准是旗鼓相当。"

"这几年好像不了,哎?好像不怎么吵了,是不是?"

"这两年他们可简直是相敬如宾。"

"是吗?这么严重?"男人说,"这我还不知道。"

女人很快地仰起头看了男人一眼,头一回看得这么认真,这么不平静。

"要是这样就没什么可奇怪了。这就快完了。"

"已经完了。"女人说,"没办法了。"

大门里,也许是在白色的走廊上,也许是在别的什么地方,有一只钟,不动声色地走个不停。大墙下的阴影渐渐窄了。

"您得等他们出来吗?"男人问。

"得等。晓堃得有人陪她一段时候。您不吗?"

"不。我只是来看看,没什么事也没什么办法就行了。天奇最不愿意在他倒霉的时候有人特意来陪他。"

"男子汉,是吗?"女人说,语气不大客气。

他惊讶地扭转脸看她:"不,我没这么说。"目光磕磕绊绊地下移,停在她胸前的扣子上。"不过是各人有各人的方式,可能有的人更习惯一个人听听音乐,喝喝酒。"

"真多,哟,真多哟!"
"真长,是吧? 真——长。"
原来是一对双胞胎的兄妹俩蹲在窗根下数蚂蚁。两个孩子和一幕蚁群迁徙的壮观场面:千万只蚂蚁一只挨一只横着铺开纵着排开,一支浩荡的队伍弯弯曲曲绵绵延延不见头,每只都抱了一份口粮或一只白色的蚁卵,匆忙赶路。

孩子问一个过路人:"它们在干吗呀?"
"大概是搬家。"
"干吗搬家呀?"
"也许是去旅游。"
"上哪儿去呢?"
"无所谓。说不定就是出去逛逛。"
"逛逛呀?"
两个孩子正正经经地想了一会儿,想蚂蚁出去逛逛的事,也想起自己出去逛过的事。一个男孩,一个女孩,几乎是同时来到这世上,之后在某一个早晨,父母打发他们到院子里去玩,在那个令人惊讶的窗根下,世界变得更真实更具体了,更美妙也更神秘。孩子的父亲有一回说起这两个孩子:"本来没想这么早要他们。"这句话其实不能成立,如果晚要的话就不再是他们了,是另外的两个,或者一个,也没准是三个。年轻的父亲说:"其实是一次失误。""失误?""以为是那种药,结果不是,是治感冒的。"这一失误不要紧,看起来是上帝的事,结果呢,就有两个灵魂在那儿认认真真地数蚂蚁了。不过数来数去还是二十,"二十七、二十八、二十九、二十……"

"嘿,你们俩怎么没去幼儿园?"

"今天是礼拜日!"

"给我说个歌谣,听见没有?说个歌谣。"

孩子不说,又强调了一遍礼拜日,语气神态都极虔诚,生怕这不是礼拜日。阴蒙蒙的天,湿润的空气中有煤烟味,萌动着淡淡的绿色。

男人又把地图册翻过两遍了,毫无结果。他站在屋子中央反复回忆着女人在说那句话时的表情,唯一可以确定的是他绝没有记错:是太平桥。背后的玻璃窗越来越亮,地上有了他模糊的影子。四壁间回旋着一连串空幻的噼啪声,是他把手指关节扳得响。

淡淡的绿色之中,有斑斑块块忧郁的鹅黄;当他离开家的时候,连翘花正在开放。那时节细雨霏霏,行人寥寥。什么时候杨树备下了新鲜的枝条,现在弯曲着描在天上,挂一串串杨花,飘飘摇摇如雨中的铃铛。单薄的连翘花,想必有一点苦味。在冬天里,在以往的日子,譬如寂寞的黄昏,譬如夜里北风刮得门窗突突作响,那时你干什么呢?它们却已经准备好了有一天和你相见,在礼拜日的早晨,在路上。

两个人第三次见面是偶然碰上的,在夜行火车里。两个人从不同的地方回来,回相同的地方去。火车在夜里经过许多大站小站,一些人下去,又一些人上来。夜很长,路也很长。人都稀里糊涂地睡,用大衣把自己蒙起来,也是因为冷,也是因为人睡着了样子都挺俗气,像傻瓜,像可怜虫。等到车厢里的灯光刷地灭了,窗外现出远山和田野上的雾。人们推开大衣,找白天的感觉,尽快使自己懂得这是在什么地方,什么年代。两个人醒了的时候互相发现了对方,原来一直面对面坐着,原来夜里还都听见过对方的梦呓。

"怎么会是您?"几乎同时说。

又几乎同时问:"到哪儿去?"

回家。都是回家。大概就是在这时候,女人说起过她就住在太平桥,说得漫不经意,眼神恍惚还像在梦里。随后两个人又说起他们的朋友。

"这一宿睡得好吗?"男人问。

"那天,您刚走。"女人说,忽然瑟缩着望了望窗外。那儿,一团团淡紫色的阳光正在雾气中洇开。

男人不由得也朝女人望过的地方望去。

"那天您刚离开,他们俩就出来了。"女人说,回过头来,"哦,我睡得挺好,做了一宿梦。"她见男人望得那么专注,倒不知外头究竟有什么了。

"没什么。野外的早晨快给忘光了。"他也回过头来,望着她,仍同望着那片雾。"那天,我是怕我碰上那种场面不知道该说什么。"

"还是您聪明。"

"我怕那种时候有别人在场,是不是好。"

"您干吗不也提醒我一下?"女人说。

"到底好不好我吃不准。谁也不知道谁是怎么回事。照我想天奇顶多一个人听听音乐喝几天闷酒,可他失踪了。"

"失踪了?您说什么,天奇失踪了?!"

"您还不知道?"

"什么时候的事?"

"那天之后我见过他一回,后来就不知他到哪儿去了。"

"怎么会呢?"女人说,"别人也不知道?"

"谁也不知道。有好久了。就好像忽然间没了。"

车厢里还很安静,有喊喊嚓嚓的低语声和火车的行驶声混合在一起。某一处行李架上吊着一只玩具帆船,和窗外的雾气一个颜色一样朦胧。

"晓堃说,其实他们俩有一年多谁也不跟谁说话了。"

"她是怎么说的?为什么?"男人问。

"是天奇先有什么话都不跟她说的,她怎么知道为什么?"

"是吗?她这么说。"男人无可奈何地笑笑。

"他怎么说?天奇这家伙是怎么说?"

"这么问,咱们俩也快打起来了。"男人笑笑,这一回笑得挺宽厚,又说:"咱们俩要是吵起来,最后也是弄不清是谁先吵的。"

女人笑起来,突然停住又突然大声笑起来,终于醒了,又漂亮又有生气。在她背后不远的地方,那只玩具帆船有节奏地荡,像一只钟摆。

然后她觉得自己太放纵了。

"晓堃告诉我,"她说,"天快黑的时候屋里还没有点灯,她常乘天奇不注意半天半天地偷着看他,不是在看,是在读,读不懂他。"

"天奇也一样,真想把她读懂。"

"可她读了这么多年,还是没读懂。"

"天奇也是一样。"

两个人沉默了一会儿,看着田野村庄和太阳都在亮起来。

"刚才您说什么?做了一宿梦,您?"

"我要么整宿整宿失眠,要么睡着了就整宿整宿做梦。"

男人眼睛一亮:"怎么您也这样?"仿佛他一直期待的就是这个,却又不期而至。

"您也是吗?"

"嗬,简直!"

"是——吗!"女人含笑甩一下头发。

"我平生最遗憾的一件事,不,是之一,最遗憾的事之一就是所有我做的那些千载难逢的好梦全都记不住。"他想了一下,看见女人的目光一直没有离开他。"吹个牛吧,要能记住哪怕十分之一,我的小说就会写得比现在强一百倍。"

女人笑得又倾心又着迷:"我的梦倒是全都能记住,您先听我说,可我一点儿都不懂我怎么会做那样的梦,稀奇古怪简直不着边际。"

"说一个行吗?"

"譬如,我梦见自己长了条尾巴,上面全是鱼鳞。"

"还有呢?"

"我浑身湿淋淋的冷得发抖,到处不见一个人。"

"嗯。然后呢?"

"记不清了。好像是……不行,实在是忘了。"

男人把一支烟捏来捏去,想这个梦,把烟放在鼻子下闻,把烟捏软了从中抽出烟梗。这期间女人做着自己的事,但注意力都在他那儿。

"这样不行。"男人说。

女人立刻停下手里的事。

"光说这么一点儿不行。"他把那支烟点着,透过烟雾看了她一会:"有一种释梦的方法,您知道吗?"

女人坐在太阳里。还有她背后那只帆船,也被太阳染成金黄,安安静静,飘飘荡荡。

有个养鸟的老人坐在一块大树根上。树早不知道被运到哪儿去了,说不定已经被做成了什么。鸟笼子挂在离他一箭之遥的几棵小树上,这样他觉得跟他那些鸟更近了,每一只的叫声都意味着什么就更清楚了。

女人对年仅十四岁的女儿说:"那么你觉得什么有意思呢?"她把"有"字说得又长又重。

女儿背对母亲站在阳台上,不停地踢脚下的水泥栏杆。

"我想,"母亲又说,"总还有些事是有意思的。总会有些事你觉得有意思吧?"

女儿仍不回答,低头瞧瞧自己的鞋尖儿,不踢了。

"譬如,你喜欢什么,爱好什么。再譬如说,你想没想过将来要干什么呢?"

女儿做了个不耐烦的表示,又开始踢栏杆。

"哪能觉得什么都没意思呢?你刚这么小,你才十四岁……"

女儿转身走进屋里去,经过厨房时把什么东西碰了一下,然后是砰的一声门响。

夜晚漫长得失去节奏。楼下,松墙围起来的空地上孤零零地坐着一个雪人。屋子里静悄悄的,自来水管不时轰隆轰隆响一阵。听不见女儿在干吗,女儿仿佛不在家。女人站在阳台上,站到月亮升高了,她使劲裹了裹身上的衣服。雪人正在消融。

过厅里的水仙花悄悄开放。六片白色的小花瓣,不引人注目。

她推开女儿的房门。一束橘黄色的灯光里,女儿懒洋洋地倒在床上看小说,四周都暗。桌上摊开一大堆作业。"你怎么才回来?"女儿问她,没有抬头。一瞬间,她也觉得自己刚从一个遥远的地方回来,风尘仆仆。

她定了定神:"我记得从你一懂事我就跟你说,而且一直是这么说,我们首先是朋友,其次才是母女。"

女儿放下小说坐起来,开始踢桌子腿,很抱歉地对着母亲打了个哈欠,低下头,不停地踢着桌子腿。

"无论你想什么,"母亲说,"你都可以跟我说。"

"不管是什么,你都可以说。"母亲说。

"怎么想都没关系。我们首先是朋友。以前你不是有什么都跟我说吗?"

"我没想什么。我就是觉得没意思。"

"什么?什么没意思?"

"什么都没意思。"

"像我这样呢?像妈妈这样每天都能治好很多人的病,救活很多人呢?有意思吗?"

女儿摇摇头。

"也没意思?"

"不是,我是说我也不知道。"女儿又是那么抱歉地看着母亲。这时候只要母亲多露出一点伤心的样子,女儿就会改口,但那就更不是真的。

水仙花的幽香一阵阵流进屋里,若有若无。

男人说:"您总算还记住了您长过一条尾巴,可我,所有的梦都记不住。"

"您别笑。"他又说,"为了回忆起那些梦,您不知道我白白浪费了多少个白天。"

"想起来多少?"她问,兴趣很浓的样子。

"总在快要想起来的时候,忽一下又全没了。"

"既然您说的那种释梦的方法,可以把忘记的事引导出来,您干吗不自己试试?"

"自己跟自己?"

"那怎么不行?行吗?"女人的目光里抱着相反的期望。

"就是说,自己想跟自己说什么就说什么,是吗?好主意。自己跟自己胡说八道一通,同时自己听自己胡说八道一通,然后一本正经地去吃喝拉撒睡,井井有条。您这主意好。这一下就太平无事了。您信不信?要能这样,世界上就保险什么问题都没有了。"他每说一句,她就笑得更厉害一点。

"也许您行。"男人又说,"欸,这么坐着可真他妈冷。"

天空光秃秃的,展开在树梢上。树枝细密如烟,鸟儿寥寥落落地叫。

"天奇还没有回来?"

"无影无踪。"

不知在什么地方,或许有一个年轻的樵夫,远远的有清脆的劈裂声传来。细听,又像没有。

"其实这方法本身倒是挺不错,不必非释什么梦不可。"女人说,然后突然被自己的想法震动了,变得生气勃勃,"要真能那样可真不错,想说什么就说什么,说什么都行。"

"自己跟自己?"

"当然不是。互相,人和人互相,想说什么说什么。"

"说什么?"

"就按您说的那个释梦的方法,百分之百怎么想就怎么说。"女人惊愕地看着男人,仿佛想了一下遥远的往事,"啊?您说是不是?是不是挺棒的?"

"是挺不错,倒是挺不错的。"男人故作镇静。他讨厌故作镇静,在这个意义上他羡慕女人。

"真太棒了。"女人说,"嘿!其实我觉得那真太棒了!"

"不过你也许没明白,我说的百分之百是什么意思。"男人站起来使劲跺脚,"哎哟,咱们遛遛吧,脚都冻麻了。"

方砖小路,干冷、空净。老麻雀瑟缩着时起时落,熬着冬天。轻轻的劈裂声,很远。

"我当然明白。真的,我确实觉得那太够意思了。我明白你说的百分之百。"

"连自己挺糟糕的念头也能说。"

"就是就是,连那些丑恶的想法也可以说。"

"连那些有失尊严的事。"男人说。

"甚至一闪念的罪恶心理。可惜我一会儿还有事。"她捏着手表算了一下,又抬起来,"嗬,那可太棒了!真是太棒了。"

"我不知道你是怎么理解百分之百的。"

"甚至胡说八道都行。"

"对对对,胡说八道。胡说八道都行,只要想。"

"其实人需要有这样的时候。"

"需要这样的机会。""太需要了。""真是,是。""老那么戒备森严……""老那么仪表端庄的受不了。""就是,太受不了。""等于自找苦吃而且……""其实没必要。""而且,对了,根本没必要。""况且活得就够不容易的了。""还得提心吊胆小心谨慎,他妈的要是那样还不如……""不行,我的时间快到了。""我是说,要是那样还不如谁也不认识谁。""对了,那样倒还好受,说不定。""要不就什么都可以说,不必在乎。""什么都行,完全随便,再说……""谁也不用担心说得不合适。""再说人和人太需要这样了。""太需要了。""其实非常需要。"

"我不知道你是不是觉得这样挺棒的。"

"是挺棒的。"

"其实是挺棒的。"

"甚至包括心里一些阴暗的东西,都可以说。""都可以。""连他妈的一些绝对算不上高尚的想法。""都可以,全都可以。""连一些他妈的……嗐,我今天脏话真多。""这挺好,真的,骂得又真诚又坦率。""是吗?""当然,人有时候得想说什么就说什么。""是。""想怎么说就怎么说,毫无顾忌。""谁也不怕谁看不起,因为谁也不会看不起谁。""嗷!我就是这么想的,我正要这么说呢。""一套一套的礼貌让人发晕。""没错儿没错儿,晕过去,而且不是心理的简直是生理的。""生理的,直接恶心你的肠胃。""唉,我真得走了,下午还得上班,还有一个手术得做。"

黑色的树干成群地默立,徒然高举着密匝匝的枝条。老麻雀出没其间。还有冻硬的土路,在林间蜿蜒,挂一层往日的苔藓。果真有一位樵夫的话,必是一位年轻的樵夫,清脆的劈裂声响在苍白的天空里。

"天奇会上哪儿去呢?"她问。

"不知道。"

"没再问问别人?"

"没人知道,"男人说,"谁也不知道。就像写小说。"

"像写小说?"

"上帝把一个东西藏起来了,成千上万的人在那儿找。"

"找什么?"

"问得真妙。问题就是,不知道上帝把什么给藏起来了。谁也不知道。"

或者是一位号手。果真是一位号手的话,肯定是位年幼的号手,手艺极不精到,躲在哪一片灌木丛里不知疲倦地吹着,把清脆的劈裂声吹给空旷的冬天。

在冬天的末尾,鹿成群结队北上,千里迢迢日夜兼程。在北极圈附近,它们要涉过冰河赶往夏栖地。太阳的角度变了一下,它们感觉到了。冰河已经解冻,巨大的透明的冰块在蓝色的激流中漂浮旋转、翻滚、撞击,野性的呼喊震撼着冻土,沿着荒莽的地平线一直推广到远方的黑色的针叶林,在那儿激起回声。鹿群惊呆了。继而嘶鸣。听不见。全是浪声,浮冰的碰撞声和爆裂声。

十四岁的女孩子,心怦怦跳,为那些可爱的鹿们担心。"不能等冰化完了吗?"她心里说。

不能等了。鹿群镇定下来,一头接一头跳入冰河,在河那边,有整整一个夏天的好梦。它们游泳的姿态健美而善良,又心焦又认命。巨浪和浮冰不怜悯任何一点点疏忽,连偶然的意外也不饶过。

过道的门响,妈妈回来了。

每年的这个时候,在这条河上,都有些美丽的尸体漂散在白冰碧浪之间。有些已经年老,有些正年轻,有些尚在童年。美丽的河上,自古以来就渴望这些美丽的灵魂……

妈妈回来了,再说也不想再看,她关上电视机。

"今天是礼拜日,想看就看吧。"妈妈在厨房里说。

女孩子已经走到街上。

她在街上整整逛了一个下午:吃了十二根冰棍;踢遍了路边所有的邮筒;替一个老太太买上了电影票,老太太挤不到人堆里去够不着售票窗口;买了一份报纸看,看完忘记丢在了哪儿;然后在马路牙子上走,至少走了有两站地才掉下来;最后来到一片空场上看别人驯鸟,那鸟叫蜡嘴雀,飞起来可以一连叼住主人抛上半空的三颗骨头球,她跟在人家屁股后头问人家那鸟要多少钱才卖,人家顾不上理她,因为她年纪太小。驯鸟的人走了,围观的人群也都散了,她还在空场上坐着不想回家。

这时候,那个老人向她走来。老人把鸟笼子挂在远处的几棵小树上,走来找他那块大树根,看见这小姑娘正坐在上面。

细雨无声,且无边际。男人一路走一路打听,问了多少人都说不知道太平桥在哪儿。"太平桥?不知道。"把他上下打量一番摇摇头走开。

灰色的天底下几条灰色的小街。他站在街口,还没拿定主意怎么走,已经听见路面上响起一个人孤独的脚步声,才知道是自己的。细雨无声,无边无际。

河水流过城市的时候变得污浊,解冻的一刻尤为丑陋。但春天的太阳在哪儿都是一样,暖和而又缥缈。

"你那些梦,怎么样,想起一点儿来没有?"

"没有。一点儿也想不起来。记性坏透了。我甚至有这样的时候,到很远的地方去找一个人,东打听西打听,等到了地方却一点儿也想不起为什么要来了,只好又回去。"

女人吃惊地看着他,然后又看着那条河。

"写起小说来也常这样。兴致勃勃地写,兴致勃勃兴致勃勃,忽然间,假如意识真像一条河流的话,这时候准是遇到一片沙漠,全被吸干了,既想不起为什么兴致勃勃,也想不起为什么不兴致勃勃。想一个下午也想不起来。"

"可还写。"女人说,带着同情。

"可还写。"男人说得漠然,"像是上了贼船。"

正在消融的冰雪像一团团陈年的棉絮,在河上缓缓浮游。清新而凛冽的空气中,或者是太阳里,一缕风琴声重复着一首儿童的歌。

"我不知道你是不是还……"男人正要说什么,被女人打断了。"唉——都这样。"女人说。

"什么都这样?"他问。

"都是不知道为什么,可还干。"

"好像是,为了,晚上,"他一步一步推想着说,"睡觉的时候,睡觉的时候你得能觉得,觉得自己还是干了点儿什么的。就是这么回事儿。"

"干了点儿什么呢?"

男人点上一支烟。风琴声无比宁静。这附近应当有一所小学校。应当有一个梳辫子的年轻女教师,在练琴。

"我不知道你是不是……"男人要说什么又被女人打断了。"那天我们抢救一个病人,"女人说,"在抢救之前我们就知道,即使救活了他也肯定是个白痴了,甚至又傻又瘫。"

"活了?"

"活了。"

"怎么样?"

"跟我们抢救之前知道的一样。"

"混蛋你们。"

"可在医学上,这是个出色的抢救。"

"说不定正有人把他写成论文呢吧?"他说。

"这样将来的抢救才可能更好,不傻也不瘫。"

男人抽着烟不说话。

女人说:"你不能不说,这是个站得住的理由。"

她又说:"只要你不再往下想。只要你不再想那个被救活了的人。只要你不想,一个人,即便不瘫不傻又怎么样。"

"我不知道你是不是还对我们上次说的事感兴趣?"男人终于说,说得很快很突然。

"什么?哦,当然。"

"我想你没准儿已经觉得没劲了吧?"

"没有。"

"可是看样子你兴趣不大似的。"

"没有没有,我还怕你觉得没劲了呢。"

"你还觉得那样很棒吗?"

"没有。哦,不不,很棒,还觉得很棒,我是说我没有兴趣不大似的。"

"你好像在想别的。"

"噢,我在听这琴呢。"她说,声音很轻,伸起一个指头指一下,阳光里的琴声仿佛都集中到她这个指头上。

无缘无故地相信那是一个梳辫子的年轻女教师,在练琴。礼拜日,孩子们都回家了,她独自走进教室,在这之前她梳洗过了,现在坐在琴前,按动琴键,满室阳光,一排排小桌椅如同所有的男孩子和女孩子……

"其实不对,我知道了!"她霍地转过身来看着他,"不是得能够觉得自己还是干了点儿什么的,不是,不是这么回事。"

"嗯?说呀!"

她又想了一下。"是得能够觉得,自己是还干了点儿什么的人。差一个字懂吗?"

半晌,男人张着嘴,让烟自己一点点儿冒出来。两个人一块看着那烟一点点儿冒出来,飘散。然后男人说:"懂。只差一个字,可意思差得多了。"

"是吧?"女人说,像是解开了一道题那样有点轻松。

"这样就可以睡一个安稳觉了。"男人说。

"这样早晨起来一出门你就能结出一层硬壳把你罩住,防着有人看不起你。"男人说。

"如果你觉得有人看不起你……""如果有人看不起你,你就想一下,我是还干了点儿什么的人。""对对,就这么回事。""如果再有人看不起你,你就再想一下,他还不知道我他妈的是作家呢,或者是他妈的别的什么呢。""就是就是,就是这么回事。""你就瞧机会让他知道知道。"女人连连点头,笑着。"可是他妈的人家先让你知道了,人家是干了两点儿什么的人。"女人笑得厉害。"得,你就下决心跟傻瓜似的没日没夜地干吧,干两点儿干一百点儿让他妈的谁也别瞧不起咱们。""最后连自己是什么全忘了。""不不,没忘,是干了一百点儿什么的人。""一百点儿什么呀?""对了,就是这个,他妈的老闹不清楚。"

"唉——硬壳。"

"盔甲。"

"我是用假面具这个词儿。"

"嗯!这词儿好。假面具。这词儿好。"

"因为你还得能随时换一套。"

"嗯!有时你得装得像是满腹经纶不动声色,有时候,又得装得豁达大度虚怀若谷。"

"或者是信心百倍毫不含糊。""或者是稳重,他妈的我得深沉点儿显得有分量。""还有乐观,虽然一会儿你没准儿想自杀。""还有幽默,不过幽默是没法儿装的,一装就像傻瓜。""还有坚强,还有和蔼。""假面具,这词儿真他妈用得棒!""装得浑身酸疼,晚上往被窝里一钻盼着天别亮。""你还得装得就像根本没装。""装得像是根本不会装。""装得像是最讨厌装的人。"

"那……咱们俩呢?"

"咱们俩要是不装怎么会知道得这么清楚。"

"真他妈对。"

琴声。一阵快板之后又是慢板,缓缓如伴流云。河里,云在走,水也在走。有几个孩子,来到教室外面的窗根下,心想这是什么歌呢?他们一个驮一个,轮流扒着窗户往教室里看。女教师闭上眼睛弹,沉醉在自己的琴声里。孩子们想,明天就要学这支歌了,明天……

"好多年以前,晓堃就说,得找一个把所有假面具全都摘下来的地方。"

"那时天奇也是这么说。"

"全摘下来,休息休息,得有一个能彻底休息休息的地方,那时她说。"

"那时天奇也是这么想的。在那儿你怎么想的就怎么说,你是什么就是什么,用不着防备。"

"用不着维护尊严。"

"主要是用不着维护。"

"维护可太累了。"

"因为在那儿压根儿没有丢人这么个概念。"

"嚯,那可太棒了。不过可不是在一个没有人烟的荒岛上。"

"当然不是。嫦娥其实是被罚到广寒宫去的。"

"可是据说,他人即是自己的地狱。"

"可你别忘了,在哪儿碰到地狱,在哪儿才可能找回天堂。"

"广寒,唉——这名字。"

"'阿波罗'带去了人的标志,金子铸成的一个标志,上面是一对赤身裸体的男女。"

"那时晓堃说,连男女之间那种赤裸的相见都是为了这个,为了彻底的自由,彻底的理解。"

"至少,你觉得男女之间那种事很美,主要是因为这个。"

女教师弹琴,一直弹到月亮升起来。几个孩子趴在月光里,听得入迷。树影轻摇,弄不清这琴声来自哪里。

女人说:"噢,我又记起一点儿我的梦来了。"

男人在夜色里看着她。

"我走出森林,"她说,"走下山,走下山然后走出森林……"

第二天,孩子们坐在教室里学那支歌。女教师弹着琴唱一句,孩子们跟着琴声唱一句。唱的是五月,到河边去,看紫罗兰开放。来吧,亲爱的五月,给树林穿上绿衣,让我们在小河旁,看紫罗兰开放。我们是多么愿意,重见到紫罗兰……

十四岁的女孩子和那个养鸟的老人认识了。一老一少坐在那块大树根上,谈得挺投机。她问老人,他的鸟叫什么名字。老人说,是画眉。

"您有蜡嘴雀吗?"

"没有。你有?"

"我也没有。我看见有一个人有,蜡嘴雀飞起来,那个人就把三个骨头球儿扔上天去,蜡嘴雀就这么在半空里嗒嗒嗒把三个骨头球儿全叼住,飞回来吐在那个人手上。您干吗不养蜡嘴雀呀?"

"我喜欢画眉。"老人说。觉得这孩子眼熟。

"我问那个人那只蜡嘴雀要多少钱才卖,那个人没听见。"

"人家不会卖。"

"再说我也买不起呀。我就是问问。蜡嘴雀可真不错。再说我也没钱。"

"你要是想买本正经书什么的,你妈大概多少钱都给。"

"唉!您怎么知道的?"女孩子惊奇地看着老人。老人笑笑,觉得她这神气可真熟悉。

"我妈是个老朽。"她开始用脚后跟磕那树根。

"我呢?"老人说。

"我看您还行。我妈是个老朽,连我给同学写封信都不行。"

"给男同学写还是给女同学写呀?"

"男同学,怎么了?!我们光是谈学习上的事。您不信?"

"我干吗不信呀?我信。"

礼拜日,母亲一个人待在家里,不知道女儿上哪儿去了。她打扫了一下女儿的房间,又找到女儿的书包看了看女儿的功课。夏天来临了,一只小蜘蛛在纱窗上飞快地爬。她弹了一下纱窗,小蜘蛛立刻拉起一条长丝滑下去,不见了。然后飞来一只蝴蝶。

在其他的地方也有蝴蝶。在山里,在山脚下开满野花的坡地上,在沼泽,在河的源头,在遥远的不为人知的地方,也有蝴蝶。也有小蜘蛛。

两头幼狼蹲在草丛里,热切地观察着这个世界,有一种使命感。

男人还在四处打听太平桥,差不多从城东走到了城西,从早晨走到了中午。

"这没什么,依我看这没什么。"老人对女孩子说。她从那块树根上跳下来,一会儿又坐上去。

"我十岁时就喜欢上一个十岁的小姑娘,"老人说,"现在我还记得怎么玩'跳房子'呢。"

"我们可光是谈学习上的事。"女孩子说。

"把一块石片扔进'房子',双腿叉,单腿跳,把石片踢进所有的'房间'不能压线。对不对?"

"我可不是光玩。您爱看小说吗?"

"年轻的时候爱。"

"作家可真了不起,一会儿让你整天都高兴,一会儿让你整天都……唉,说不出来的那么一股滋味儿。"

"我们那时候都十岁——我,和那个小姑娘。倒不是因为'跳房子',是因为她会唱一支歌。"

"什么歌?您唱一个,我看我会不会。"

"头一句是,"老人咳嗽一下,想了想,"当我幼年的时候,母亲教我歌唱,在她慈爱的眼里,隐约闪着泪光。"老人唱得很轻,嗓子稍稍沙哑。

"下面呢?"

老人想了一会儿,说:"你得让我好好想想,好些年不唱了。"老人又想了一会儿,说:"这么着吧,回头我好好想想,想起来告诉你。"

"这歌挺好听。"她说。

"噫——得你们这样的唱才好听呢。"老人看着她,终于明白她像谁了,"那大概是在过一个什么节的晚会上,舞台的灯光是浅蓝的,她这一唱,那些小男孩都不嚷嚷也不闹了。"

女孩子得意地"嘿嘿"笑,看着老人。

"在那以前我几乎没注意过她。她是不久前才从外地转学到我们这儿的。"

"那些小男孩,也包括您吧?"

"那时候我们都才十岁。晚会完了大伙儿都往家走,满天星星满地月光。小女孩们把她拥在中间,亲声密语的一团走在前头。

小男孩们不远不近地落在后头,把脚步声跺出点儿来,然后笑一阵,然后再跺出点儿来,点儿一乱又笑一阵。"

女孩子又从那块大树根上跳下来,站在老人对面,目光跟着老人的手势动,想象着,在这个世界上还没有她的时候所发生的事。

"有个叫虎子的说,她是从南方转来的。小不点儿说,哟哟哟,你又知道。有个叫小不点儿的。虎子说,废话,是不是?小不点儿说,废话南方地儿大了。小男孩们在后头走成乱七八糟的一团,小女孩都穿着裙子文文静静地在前头走。那时候的路灯没现在的亮,那时候的街道可比现在的安静。快走到河边了,有个叫和尚的说,她家就住在桥东一拐弯儿。虎子说五号。小不点儿说哟哟哟,你又知道了。虎子说,那你说几号?小不点儿说,反正不是五号,再说也不是桥东。和尚说,是桥东,不信打什么赌的?小不点儿说,打什么赌你说。他让和尚。和尚说打赌你准输,她家就在桥东一拐弯那个油盐店旁边。小不点儿又说,哟哟哟——五号哇?和尚说五号是虎子说的,是不是虎子?他问虎子。虎子说,反正是在桥东。小女孩有几次回过头来看,以为我们这边又要打架了呢。"

女孩子笑着:"打架了吗,你们?"

"没有。"老人说。他在想,那支歌再往下是怎么唱的呢?他在心里把前面的又唱了一遍,可再往下还是记不起来。

"我喜欢虎子。"女孩子说。

"是吗?"

"我不喜欢小不点儿。"

老人看着她,觉得她们长得太像了,说不定世界是在反反复复做着同一件事。

"不过……"女孩子想了想,"没准儿我也能喜欢小不点儿。我也不知道。"然后她问老人:"她们家是住在桥东吗?"

"是。"

"是桥东一拐弯儿的油盐店旁边吗?"

"是。哎哟,时候可不早了。"

"是五号吗?"

"记不清了。我得回去了,家里还有几只鸟呢。"太阳还没有落尽,月亮已经出来了。

"明天您还来吗?"

"我没有别的地方去。我是个老朽了。"

"不过我看您还行。"

男人和女人频繁相见的时候,远方的鹿群早已来到夏栖地。它们贪婪地吃着青草和嫩枝,一心一意准备着强壮的体魄,夜里也在咀嚼。与此同时,可爱的幼狼也在盼望着长大,不断嗅着暖风里飘来的诱人的气息。

对一个人来说,这个星球还是太大了。在这个椭圆的球面上,每时每刻都发生着数不尽的似乎是绝不相同的事情。虽然对宇宙来说这个星球小得可以忽略不计。

在这个季节,城市时而在烈日里喧嚣,时而在暴雨里淹没。

暴雨倾泻的时候两个人站在城郊的山岗上,站在两顶雨伞下,周围只有雨没有别的。只有雨声,只有被雨激起的泥土味草木味,没有别的。只有两个人站在雨里,其他什么都没有。

"你觉得那样可能吗? 你觉得两个人无话不说,这可能吗?"

"我觉得那样确实挺好的。"

"我没说不好。可你觉得这可能吗?"

"你觉得不可能?"

"大点儿声,你说什么?!"雨声很大。

"我说! 你觉得不可能吗?!"

"我不知道。不过我想照理说应该是可能的。"

"照理说怎么啦?!"雨声很大,雷声也很响。

"照理说！我想应该是可能的！"

"照理说。是呀,照理——说。"

"不对吗？"

"我不是说不对。对。可实际上呢？"

"我说的就是实际上。实际上能吗,你觉得？"

"我觉得我能,我不知道你。"紧密的雨点打在伞上像是敲鼓,很响。"我说我觉得我能！我不知道你！不知道你觉得能不能！"

"我没问题,我一直希望人和人能这样。"

"我也是。"风声,或者是漫山遍野草木的欢呼声。"我也是！一直觉得那样非常难得！"

"光说好听的高尚的光明的,那很容易。"

"那还叫什么无话不谈呀？那没劲。"

"那样的话到哪儿说去都行。"

"大声点儿！我没听见！"

"我说！要说那种话到哪儿去说都行！"

雨声,雷声,山下的水声,大极了。

"就是,到哪儿去说不行啊？何必非……"

"人这一生中,绝大多数的时候倒像个囚犯。"

"什么？！"

"我说人活一辈子！倒是像个囚犯的时候多,不能乱说乱动。"

"就是。我说你说得对！我常常觉得我自己就像个囚犯,这个世界处处得小心！"

"所有的人差不多都像囚犯。"

"又都像看守。"

"嗬,说得太对了。不过看守更是囚犯,看守更得随时小心着,更没有自由。"

"噢！我还没想到这一层。"

"是不是?"

"是。所以好多年以前晓堃说,人干吗非要爱情不可?就是为了找一块自由之地。"

"那时候,天奇也这么说。"

"在那儿谁也不是囚犯,谁也不是看守。"

"彻底自由,互相又彻底理解。"

"不对不对,是因为互相彻底理解,才彻底自由。"

"是是,天奇也是这个意思。"

"唉,为什么不能那样呢?"

"为什么不能?龟孙王八蛋的,我说能!"

"嘿,我能不能也骂一句人?"

"你说什么?!"

"我说!我也想像你那样痛痛快快骂一句!"

"什么你说?!"

"咳呀——"

雨又紧起来。雨大一阵小一阵,两个人等这一阵过去。

"说吧。你刚才要说什么?"

"没什么。"

"不对!你想说就应该说!"

"我说,我也想骂一句人,行吗?"

"当然可以。"

"有时候真想也像你们男人那样使劲骂一句。"

"骂吧,我听着。这太棒了,冲着全世界骂。"

女人笑着。

"骂呀!"

"可骂啦?非常非常难听的?"

"非常非常响亮的。我洗耳恭听。"

"真的?"

"真的。骂呀!"

暴风雨里响彻了女人的笑声。"这就行了,这已经就行了!"笑声又纯正又疯狂。

这时候女儿坐在教室里。教师的课讲完了,离下课时间还有几分钟,老师出一道智力题给全班的学生。"世界上有几种人?要求十秒钟回答。"学生们抢着回答。有说三种的:黄、白、黑。有说五种的:白、黄、棕、红、黑。老师笑笑:"两种,同学们,两种——男人和女人。下课!"

雨小了,渐渐看清了城市,不久雨停了。

"你的女儿还是那样觉得什么都没意思?"

"还是那样。唉,还是那样。"

两个人穿大街过小巷。一路上有人跟他打招呼,也有人跟她打招呼。一会儿是她不得不停下来跟人应酬几句,男人在一旁等着。一会儿又轮到他必须跟几个人点头微笑,女人站得远远的听不见他们说什么。

在一处安静一点的冷饮店里坐下,两个人都有一种重返尘世的感觉。屋子里很凉快,有隐隐约约的钢琴声,旋律很简单。窗外是轰轰烈烈的太阳,是河水一样翻涌的人流,无数鲜艳夺目的阳伞在上面漂浮,像碰碰车那样碰来碰去似乎没有目标。

"不是出了什么事吧?"女人问。

"没有。"男人说,"这是礼拜日。"

饮料的泡沫响起一片沙沙声。

在有地毯的屋子里,人们的谈话声都显得温文尔雅,动作都小心翼翼,表情都不过分。只有一个小孩出声地嘬着一块雪糕,吃得醉心,掩饰不住自己的愉快。母亲在告诫他。他不断扭转身子,盯着所有桌上的所有的好吃的东西,奇怪别人为什么都不喜欢吃,一边把自己的雪糕吃得满身满脸都是。母亲强压着怒火,在轻声告诫他。

"我想,我们说过的那些话,你最好别对别人说。"女人对男人说。

"当然。我不会对别人说的。"

"不是最好,是绝对,绝对别对别人说。"

"放心,我懂。"男人说。

"你懂什么?"

这时服务员把点心端来了。两个人看着服务员把点心一碟一碟放在桌子上,又沉默了一会儿,估摸服务员已经走远。

"你懂什么?"

"别人也许不会理解。我们说的那些话恐怕很少有人能理解。"

"不理解就会把这想得很坏。"

"其实是很高级的事,要是能理解的话。"

"不过你别跟别人说。"

"这我知道,这你放心。"

"对谁也别说。"

"当然。我还能对谁说呀?"

"就连你认为能够理解这事的人,你也别说。"

"你放心好了,没问题。"

"我跟你说那些话是因为我对你特别信任。"

"那你就信任我吧,我不会对任何人说。假设我要对谁说,我也会事先征得你的同意的。"

"不,对谁也别说。"

"我是说假设,假设我要对谁说我也会……"

"别假设,连假设也别假设。就是对谁也别说就够了。"

"那好吧。"

那个小孩的雪糕吃完了,磨着母亲再去买一块。母亲低声斥责他:"看下回还带你来吗?下回哪儿也不带你来了。"小孩只想再吃一块雪糕,完全顾不上下一回的事。母亲又去买了一块回来。小孩继续吃得津津有味。"下回还带我来。""不带。""带!""你这么不听话。""带!!""好好好,那你听话。"小孩赶忙坐得端正些,像大人那样长出一口气由衷地看着母亲,不再把雪糕嘬得那么响。

"也许真的是不可能。"

"我绝不对任何人说就是了。"

"也许只有两个完全不相识的人,才能想什么就说什么。"

"完全不相识?"

"你不知道我是谁,我也不知道你是谁,说完了,你走你的,我走我的。"

"你还是不相信我。"

"我认识的人你都不认识,你认识的人我也都不认识。说完了,各走各的路。"

"你还是不相信我,这我可没办法。"

"我不是这意思。我愿意相信你。"

"你呢?你会把这些事跟别人说吗?"

"我?我当然不会。我怎么会?"

"那好,你就像相信自己那样相信我吧。"

街上,沥青马路被晒软了,留下车辙和脚印。一把钥匙嵌进路面,不知是谁丢的。

母亲不在家,女儿也不在家。过厅里的吊兰垂下柔韧的枝条几乎抚到地面,开着白色的小花。傍晚的阳光在窗帘上布满橘红,窗帘微微飘动。厨房或是厕所里,传出有节奏的滴水声。不久,那座落地钟简单地敲了一下,分针叠在6上。

老人继续给女孩子讲他少年时的故事。

"她家确实就在桥东,油盐店旁边,两扇脱了漆皮的小门。门常开着,门道里总停着一辆婴儿车。我家住在桥西。打那以后,我挺愿意帮家里去打酱油。沿河边走一阵子,过了石桥,到那个油盐店去就得经过那座小门。有时候能瞅见她在门道里哄着弟弟玩。打完酱油我就把装满油瓶的草篮子搁在她家的台阶上歇歇。她瞅见我说:'你又买酱油呀?'她在门道里踢毽儿,一把薅住踢在半空的毽儿走过来瞅瞅,说:'买这么多呀?'我说我们家人也不知怎么回事儿,特别能吃酱油。"

女孩子被逗得笑:"真是吗?"

"为了证明这个,我打开一瓶喝了一口。'不咸哪?'她说,皱眉咧嘴地看着我。那模样儿我现在记得清清楚楚的。我就又喝了一大口,说,你要吗?你要就拿一瓶,我们家有的是呢。她说不要,就又开始踢毽。我说我还能一口吃一整瓣儿大蒜呢。这会儿有人喊她,她就跑进院里去了。我坐在台阶上等了一阵子不见她出来,提起草篮子磨磨蹭蹭往回家走。"

"一口吃一瓣大蒜一点儿也不难,我也行。"

"你吃过?"

"吃过。我们班男生说我们不行,我就当场给他们吃了一瓣。其实一点儿都不难,只要忍着点儿,一会儿就不辣了。"

老人默默地想了一会儿,说:"这她跟你可不一样。"然后继续讲他的故事。"小门里总停着一辆婴儿车,站在桥头也能看见。我绕到石桥底下,杂草老高可是不算密。我用石笔在桥墩上写下她的名字,写得工工整整,还画了一个自以为画得挺好看的小姑娘。头发可是费了工夫,画了半天还是画不好。头发应该是黑的,画成白的怎么也好看不了,我就东找西找捡了一块煤来。"

"煤呀?"女孩子格格地笑。

"怎么啦？"

"用煤画头发呀？"她还是笑个不停。

"有一天我把这个秘密告诉了小不点儿。那天我们俩在城墙上逮蚂蚱。城墙下不远就是那条河。开来一辆娶媳妇的花汽车，在城墙下的一个小院前停下了。五彩的绸子扎成彩球铺满车顶再悬挂下来。我们跑下城墙去看，怎么也弄不清哪个是新娘子。"

女孩子说："要是我，我一眼就能看出来。"

"看了一会儿我们又去逮蚂蚱。我问小不点儿，你长大了结婚吗，小不点儿说不，我也说不。我又问小不点儿，你长大了不结婚？小不点儿说不，我说我也不。逮了一阵子蚂蚱我又跟小不点儿说，你坐过花汽车吗？他说没有。我说结了婚就能坐，那你结婚吗？他说你呢？我说你呢？他说你先说，我说你先说。他说：'我就是没坐过花汽车。'我说：'反正我也结婚。'我就带他去桥底下，把那个秘密指给他看。小不点儿说：'你要跟她结婚哪？'我说：'你可别跟别人说。'他说行，还说她长得是挺好看的。我说，她长得比谁都好看。然后我们俩就在桥底下玩，一到夏天那儿特别凉快。我们用树枝划水，像划船那样，划了老半天，又给蚂蚱喂鸡爪子草狗尾巴草。喂各种草，还喂河水，把结婚的事全忘了。那时候我们才十岁，知道什么叫结婚呀？"

"后来呢？"女孩子问，严肃起来。

"后来不知道为什么事，快回家的时候我们俩吵了一架，小不点儿就跑到堤岸上去，说要把这件事告诉虎子去，告诉和尚，告诉所有的人去。'哟哟哟——你没说呀？''哟哟哟哟——你再说你没说！'他就这么冲我又笑又喊特别得意。我只有一句话说，我说：'你还说你要坐花汽车呢！'他说：'我也没说我要结婚哪！'我说：'那你干吗要坐花汽车？'他说：'哟哟哟——桥墩上的美妞儿谁画的？'说完他就跑了。我站在桥底下可真吓蒙了，一个人在桥下待到天快黑了。"

女孩子同情地看着老人。

"一个人总有一天会发现自己是孤零零的一个人。"老人说。

"他告诉别人了吗?"女孩子小声问。

"我想起应该把桥墩上的字和画擦了,一个人总会有一天忽然长大的。"

"这不对!"女孩子说,"您不用怕他们。"

"用野草蘸了河水擦,擦成白糊糊的一片。然后沿着河岸回家,手里的蚂蚱全丢了。像所有的傍晚一样,太阳下去了,一路上河水味儿、野草味儿、爆米花和煤烟味儿,慢慢儿地闻见了母亲炒菜的香味儿。那时候我妈还活着,比我这会儿还年轻得多呢。一个人早晚会知道,世界上没有比母亲炒菜的香味更香的味儿了。"

"那个臭小不点儿,他去告诉别人了吗?"

老人没听见,笑眯眯地想着往事。

"他要敢告诉别人,要是我我就让他也活不好!"

老人心里一惊,想到了一件没想到的事。

"他告诉了没有,那个臭小不点儿?"

"没有,他没有。"

"真没有?"

"一个人最终懂得原谅别人才行。"老人说。

"真没有还是假没有?"

老人想了一会儿说:"真没有。对,是没有。不过你得学会宽容。你自己也不见得全好。"

女孩子余怒未消。

老人笑笑:"可惜那支歌往下怎么唱我还是没想起来,你容我慢慢儿想行吗?"

女孩子点点头,一心只遗憾自己不会唱那支歌。

在一片楼群中间的草地上,男人躺在那儿,用那本地图盖上眼睛,听蜂飞蝉鸣。向日葵展开一圈耀眼的花瓣,追踪太阳。

不久,一个老太太拄着拐棍走到他身旁,不出声地惊愕地看了他好一会儿,然后把拐棍在地上使劲戳响。男人一骨碌坐起来。

"我当你是病到这儿了。"老太太说。

"我走得有点儿累了,躺在这儿歇歇。"

老太太依然心有余悸地盯着他:"不要紧的?"

"不要紧不要紧。"他说,伸伸懒腰打了个冷战,站起来跺跺脚,"您知道太平桥在哪儿吗?"

老太太或者有九十岁,或者更多,眼睛是灰白的。"太平桥?"灰色的眼珠转动一下,"怎么还有人问这个地方?"

"您说还有人?"

"多少年没人问啦。"她的脸不住地晃,上唇裹一裹下唇,仰脸看看四周的高楼,"这地方儿原本就叫太平桥来着。"

"地图上写的可不是。"

"地图?"老太太极轻蔑地瞥一眼他手里的地图,说,"早多少年就不这么叫啦。你找谁?叫得上太平桥来的人我全认得。"

"一个女的,三十多岁。"

"三十多?三十多岁的人谁还知道太平桥?"老太太在心里哼了一声。

"她说她常到那座桥上去站一会儿的。"

"什么您说?"老太太嗬儿喽带喘地笑起来,"我都没见过太平桥,早拆啦,我奶奶的奶奶怕都没见着过。"

"会不会现在还有个太平桥,不在这儿?"

"那我可不敢说。我就知道有一个太平桥。"老太太一路笑着走远了。

海潮淹没了太阳,接着又呼唤月亮。

"晓堃说这不可能。晓堃说,好多年以前她和天奇也是这么打算的,他们结婚的时候都以为是找到了这样的地方。"

"是,这我都知道。"男人说。

"后来证明不是。后来证明这不可能。"

"他们不能,不证明这不可能。"

月光很亮。月亮里那些稍暗的部分,据说是"海",是一片荒原。"阿波罗"带上去的那座人类的标志就在那荒原上。

"也许我们也是被什么更高的智慧送到地球上来的,为了一件我们不可能理解的事。"

"这很可能。很可能我们也是一种标志。上帝把他的动机藏起来了。"

"你最近又写了吗?"女人问。

"小说?没有。我不知道上帝是什么动机。"

"不管是什么动机,我们来了。人,来了。晓堃说,来了之后发现太孤单……噢!你等一下,我的梦又想起一点儿来了。我出了森林,在一条路上,走,一个人,看见很多房子很多非常漂亮的房子……对,我想起来了。我走进那些房子,房子里没人,所有的房子里都摆设得非常华丽,床啊桌椅啊灯呀地毯呀都布置得非常舒适,可是没有人。"

"然后呢?"

"我看遍了所有的房子,都没人。"

"然后呢?"

"我直发慌,使劲喊,还是没有人。没有人。"

"然后呢?"

"记不清了。"女人叹口气,看着月亮。

月亮挑逗着海,海便不得安静,焦灼地涌荡。这是潮汐,是月亮和海的摩擦。在月亮和海之间,有一股无形的力量。这力量开始于何时是一个问题;这力量将结束于双方的安息之日,是没问题的。

"我有点儿明白我的梦了,就因为一个人太孤单了所以到处找人。晓堃说得真对,最后找到了爱情那儿。"

"天奇也没有说错。天奇也是这么说的,也是真心这么去做的。"

"可是能够互相彻底理解的人实在是太少了,都戴了假面具。在父母那儿是一种,在朋友那儿又换上一种,在男人那儿一种,在女人那儿又是一种,大家都把自己包裹上一层东西再见人。""这我们已经说过了。""最后就只剩了一个指望,爱情,一个彻底自由的地方,什么都可以说,什么什么都可以说,什么都可以做。""这太难得了。""可这不可能。""他们没做到,并不证明不可能。""你就像在海上,在无边无际的水呀浪呀里,漂呀颠呀摇呀想找到一个岛。把船拴起来,你躺在沙滩上也行,礁石上也行,不遮不掩地随心所欲地歇一会儿。连男女之间赤身裸体地在一起,连那种事都是一种象征,彻底的给予和彻底的接受,整个一个人整个一颗心,不需要任何乱七八糟的玩意儿来掩饰,不需要,完全不需要。""这太棒了,你知道吗?这太棒了。""可以随意说点儿什么,不必用脑子,不必思前想后的怕哪一句说得有损自己的形象,又怕哪一句显得不够尊重对方。""这不是不可能的。""是不可能,晓堃说得对。"

"晓堃?"男人不以为然地笑笑,"晓堃还知道什么?"

"还知道天奇现在到哪儿去了?"女人说。

"嗯?"

"她知道他还在找,找那不可能找到的东西。"

"可怎么见得就找不到呢?"

"你刚才说那样的地方太难得了吧?好。你承认那样的地方太少太少了吧?好。我想你会同意,找到一个那样的地方实在是太不容易了吧?甚至错过一个机会这一辈子就可能再也找不着了,是吧?那好。"

"又怎么样呢?"

"你好不容易找到的,你会轻易把她失去吗?"

"当然不。我凭什么要失去?"

"但是你可能失去。"

"我可以不失去,我可以尽我的努力不失去。"

"唉,可惜让晓堃说对了。你怎么努力?你一旦感到可能失去,一旦怕她失去,你就会想把握住她,你就开始要猜疑了,你就会对她的一句话想很多很多,拼命想弄清楚她为什么那么说,你想不清楚你就拼命让她解释清楚,可她只不过是随便说说而已的,没动脑子,根本没动那么多脑子,连她自己也不清楚为什么要那么说!"

"好不容易找到了,"男人说,"不愿意轻易失去。这总不算错吧?"

"问题就在这儿,问题就是这并不错。"

"互相解释一下,这不对吗?否则怎么彻底理解?"

"这也对,可糟就糟在这也对。一切都对,可到最后就是没完没了的猜疑和解释不完的解释,成了习惯,成了习性。成了条件反射。其他的倒都忘了。"

"这不是猜疑。"

"也可以不叫猜疑,可你总在想对方的话到底是什么意思,这意思会不会使我失去她。不叫猜疑也可以。可是最后你就不敢想说什么说什么了,因为有些想法你自己也无法解释,你还敢说吗?"

海潮涌起来又落下去涌起来又落下去,落下去又涌起来,对着月亮叹息。叹息声不知几万里远。月亮只好按照自己的轨迹运行。

"老天,我不知道错在了哪儿。"男人说。

"不知道。"女人说。

"也许万恶之源就在猜疑。"

"你害怕失去她,这一点儿都不错。"

"也许应该相信根本不会失去?"

"凭什么呢?什么可以保证根本不会失去?"

"也许不想解释就别解释?"

"不是不想,是不能!是无法解释。"

"那就别解释。"

"可他想知道。不解释只会使猜疑加重。"

"他可以不问。"

"他可以嘴上不问。他眼睛里和心里不可能不问。另一方呢?随时感觉到他在问。"

"心里也别问。心里也不问,行吗?"

"咱们又说回来了。除非你不怕失去她,这办得到吗?你要是不怕失去她,你也就不会那么想要得到她了。"

夏日的长昼为荒原提供了充足的阳光,上千种植物纵横挥洒把天底下的地方全部变作绿色,上千种野花怒放。雪水融成的溪流在草下伸展开,四处闪光。鹿群自在徜徉,偶尔踏入溪中便似拨响了原野的琴弦,金属似的震颤声久久不息。

公鹿的犄角已经长成,剥落着柔软的表皮变得坚韧了。它们有一种预感:冥冥中有种神秘的东西将要降临;搅扰得它们又焦躁又兴奋。这东西是什么,还不知道。它们一有工夫就在带刺的矮树丛上磨砺自己的双角,也是听凭了冥冥中神秘的指使。母鹿们悄悄观察着公鹿的举动,安详地等待着某一天的到来。

半山腰上,懒洋洋的狼群在晒太阳,或卧或躺眯缝着绿幽幽的眼睛傲视一切,除了太阳的移动,其他都不放在心上。幼狼不见了,有的已半途夭折,活下来的都长大了,长得无比健壮,混同于它们的父母。唯皮毛的色泽显示着年轻的欲望,没有老狼身上的累累疤痕,偶尔爆发出来的低嗥也缺乏老狼眼睛里的沉稳。老狼转动着耳朵养精蓄锐,对周围发生的事了如指掌。

男人说,我并不是要占有一个人。

女人说,你要只是想得到一个人那倒好办了,可能有那样的人,一辈子都是你的。可你做梦也想要的是一块自由之地,这样你一旦害怕失去,她就已经失去了。

中午的太阳"轰炸"着城市。最热的时候,到处都是太阳的声音。人差不多都躲起来了。洒水车无精打采地开过去,敷衍着响几下铃铛。水就像是洒在烧热的炉壁上那样,变薄、缩小,说不定还有几个水珠嗞嗞地滚动几下然后消失。水泥路面上浮着一层抖动的蒸气,使一只过街的野猫变得弯弯曲曲。

野猫仓皇奔逃,蹿进一幢大楼的阴影里卧下来喘息,回过头去望,不明白那些闪光的地方是不是一条路。

路边,树荫遮不到的地方有一条石凳。

"站会儿吧。"

"就站会儿吧。"

两个人站在梧桐树的影子里。

"如果稍微解释一下呢?"男人说。

"稍微?"女人看着他的影子,"怎么稍微?"

"主要是表明愿意解释,是否解释得清楚倒不重要,倒在其次。"

男人的影子像一个日晷。女人说:"那不知又会引出多少需要解释的东西来。"

"会吗?"

"解释不清的解释就又是一个新问题,新问题又需要解释,又解释不清,这就没完了。"

"我们干吗一上来就不相信,是可以解释得清的呢?"

"太阳解释得清吗? 太阳?"

太阳自古以来就待在那儿,像现在一样坦坦然然不隐瞒什么。万物都与它有关。关于它,一定有一个清楚的解释默默地存在着——不妨这么相信。可是,自古以来,关于它,有多少回解释就有多少回尚待解释。

"那回,晓堃只是对天奇说她想一个人待一会儿。她说'你该干什么干什么去,我想一个人待一会儿',她就说了这么一句。她确实只是想一个人待一会儿。"

"天奇说什么了吗?他不是什么也没说就立刻到过厅里写他的东西去了吗?还要他怎么样呢?"

"关键就是这句'还要他怎么样'。晓堃要他怎么样了吗?她完完全全就是想一个人待一会儿,没有其他意思。"

"可天奇什么也没说就出去了呀?"

"是什么也没说,可你看他那脸色吧!他把门使劲一关,砰!使劲那么一关,心里就是说的那句话——'看你还要怎么样'。"

"不不不,这是晓堃的误会,天奇绝不会说看你晓堃还要怎么样,绝不是这个意思。""那是什么意思?""他是说,意思是说晓堃你还要我天奇怎么样呢?""这不一样吗?""这不一样。""我看不出有什么不一样。好吧。关于这件事他怎么跟你说的?"

"天奇说,他知道是因为什么。"

"什么因为什么?"

"他知道晓堃为什么说想一个人待一会儿。就因为上午天奇要写东西,那天是礼拜日,第二天他必须把那篇东西写完,交稿,他就对晓堃说,你带着女儿出去玩玩吧,或者上谁家去串个门吧。就因为这个,下午晓堃回来就不搭理天奇,就说她也想一个人待一会儿,让天奇该干什么干什么去。是不是这样?"

"根本不是。她就是随便那么一说,她那会儿心烦想一个人待一会儿。""说漏了,心烦?心烦什么?""咳哟!请问人可不可以有心烦的时候?""当然可以,天奇也没说不可以。可天奇不知道她为什么心烦,问她她也不说,就让天奇出去。""心烦什么?天奇一写东西其实就烦晓堃,不想让晓堃在他身边。这样的事好几次了,好几十次了,好几百次了!"

"写东西的时候怕人打扰,这我懂。"

"你是这样,可天奇不是。"

"是怕人打扰,对这点晓堃应该能理解。"

"对这点,开始晓堃非常能理解,可后来发现不是这么回事。实际上天奇认为他干的事晓堃一点儿都不懂,其实他根本就看不起晓堃。""这不对。天奇总是跟我说,他心里要是没有爱情,他简直就不知道为什么还要写诗写小说。""心里的爱情!可这不一定是指晓堃。""这你可错了。他总是说真正的爱情只有一次。""也许是下一次,为什么不可能是下一次呢?也许他已经感到这一次不是真正的了。"

"那是晓堃要那么想。"

"晓堃不会无缘无故那么想的。譬如说,那心里的爱情要是指晓堃,天奇为什么还担心没有爱情?"

"他担心了吗?真是怪事,他什么时候担心了?"

"他说心里要是没有了爱情,干吗还要写诗写小说。这话他说了吧?这不是担心是什么?""他说的是'要是',是说如果是说假设。""假设!他根据什么作这样的假设?一切都是平平安安的,会想到要假设人类毁灭吗?""他随便一说罢了。""爱情可不是随便一说的,你这么随便一说,她心里会怎么想?""那怎么说?一说爱情就得像写一本书那样字斟句酌再加上一二三四一大堆注释吗?"

"我没说要那样。可随便一说跟随便一说可以完全不一样。天奇要不是感到他心里的爱情已经不那么来劲儿了,他不会这么随便一说的。任何看来偶然的东西都有必然的原因。"

"你只听了晓堃一面之词。"

"对不起,你也是,你也只听了天奇一面之词。"

"天奇不是担心自己不爱晓堃了,而是担心晓堃不像过去那么爱他了。"

"这种担心完全没必要。这担心一点儿根据也没有。事实是只可能天奇腻了晓堃,不可能晓堃不爱天奇。"

"晓堃担心会这样?"

"当然。哦,你别钻空子,她这担心是有根据的,你别笑。天奇既然总是担心,晓堃当然就会担心。"

"天哪天哪……"

"这一点儿都不可笑!天奇既然总是担心晓堃不像过去那么爱他了,你让晓堃怎么办?晓堃不知道怎么办才能让他感到还是像过去那样,事实上还是跟过去一样。晓堃就会担心,怕哪句话说得不合适又加重他的担心。晓堃是担心这样时间长了,天奇就不会再像过去那样爱她了。"

"好了,咱们都别把自己的感情加进去,你就客观地说说晓堃的那一面之词吧。"

一座座高楼在烈日下昏睡。有家阳台上挂了一串小尿布,低垂着一动不动。有人在屋子里伸懒腰,书掉在地上,没有声音。

"有些话,只是我们女人之间才能说的。"

"我懂你的意思。"

"是只有我们女人才能感觉到的。"

"那不见得。譬如说那天晚上,天奇希望他们能好好地亲热亲热,可晓堃一晚上都不理他。"

"那是因为天奇一下午都不理晓堃。"

"天奇正是想这样来打消白天的误会。"

"希望,打消。出于这样的考虑那简直像一个谈判会了,一个交易会。""好家伙,没想到晓堃会这么想。天奇可是真心的。""每次都是吵了嘴,天奇就变得更亲热。""这不对吗?""你一想到对不对就已经不自然了,已经不敢为所欲为想说什么说什么了,生怕这个谈判会失败。小心翼翼小心翼翼,所有的动作都不对劲儿,都像隔着一层什么,都是技术性的没热情,每时每刻都有一种做戏感。"

男人不说话。

女人希望他能反驳她。

"天奇是在应付她。"女人说,仍然希望男人能反驳她。

男人看着楼顶上落着的一只鸽子。

"至少晓堃是这样,"女人说,"生怕哪儿做错了,总以为已经做错了,生怕他已经看出来她是在应付他。"她仍然给男人留着反驳的机会。

"天奇不知道他还能怎么办。"男人说。

"晓堃现在还盼着天奇回来呢,可是不知道他在哪儿。"

"他就像在梦游,自己也不知道自己在哪儿。"

"他回来又能怎么样呢?晓堃又怕他回来。"

"天奇要是知道这一切都错在了哪儿,他就会回来。"

"他要是能找到最初的那个梦就好了。"

"那就好了,就可以慢慢全都回忆起来了。"

荒原变成黄色,变黄的速度非常之快。公鹿猝不及想,一夜之间领悟了冥冥中神秘的安排。它们赞叹并且感恩于那神秘的旨意,在秋天的太阳里引吭高歌。公鹿的嗅觉忽地百倍敏锐,母鹿身上浓烈的气味赋予它们灵感,启发它们的想象力,弄得它们激情满怀。公鹿一遍又一遍地唱着情歌,意欲拜倒在母鹿脚下,抛弃以往的威严。纤巧的母鹿狡黠地躲避着公鹿的祈求,但只要发现公鹿稍有怠顿,母鹿们又及时地展示自己的魅力,引诱得公鹿欲罢不能。她们要把他们的欲火烧得更旺更猛些,上帝要求她们造就出坚忍不拔的英雄,造就真诚的情人,造就热情不衰的丈夫和强悍而智慧的父亲。鹿族的未来要求公鹿具备这些气概,要求母鹿在这黄金的季节里卖弄风情。

公鹿知道,它必须赶快找一片开阔地,必须在那儿迎候优秀的敌手,必须振作起雄风来赢得它的意中人。

牵牛花不知疲倦地吹着号角,前赴后继。
向日葵热烈的情怀甚至烤焦了自己的花瓣。
夜里,夜来香芬芳四溢,浓郁而且沉着。
日日夜夜。

母亲对女儿说:"你最近活得好吗?"
"还可以。"女儿回答。
"你觉得有意思点儿了吗?"
"我也不知道。"
"也许我不该反对你给那个男孩子写信。"母亲低着头说,在给女儿织一件毛衣。
"友谊是件非常好的事。"母亲又说。
"不过你还不到十五岁,"母亲说,"你们还都不懂爱情有多么严峻。"
"你们将来会懂。你们现在还只是友谊。"
母亲抬起头,发现女儿已经不在跟前。大门咔嗒响了一下。母亲走到过厅里侧耳细听,一串轻捷的脚步声下楼去了。

"当我幼年的时候……"女孩子唱道,然后问老人:"对吗?"
"对。"
"当我幼年的时候,母亲教我歌唱……"
"对对,就这样儿。"
"在她慈爱的眼里,隐约……是隐约吗?在她慈爱的眼里,隐约闪着泪光。"

"唉,你唱得可真像。"老人说,"还是你行。"

"下面的歌词还没想起来呀?"

"没有。"

女孩子又把前面的四句唱了一遍。

"人这一老可真麻烦。后头的词儿我怕是再也想不起来了。"

女孩子又唱了几遍,发觉自己原来能唱得这么好听,一时也感到惊讶。

"我想送给你一只鸟。"老人说。

"送给我?真的!我随便挑吗?"

"嗷嗷老天爷。你慢点儿,慢点儿。不是这些。这几只跟我熟了,给你你也养不活。"

"那给我哪只?"

"我家里有只鹦鹉新近孵了几只小鹦鹉,等再长大点儿,我给你带来。那些小家伙儿准保你更喜欢。"

"我们同学家就养着鹦鹉,哎呀——"女孩子像大人那样摇头咋舌,"真叫好看。什么时候给我带来?"

"别忙,等它们再长大点儿。"

"要不我自己去您家拿吧?"

"你也是个急脾气。"老人笑笑。

女孩子也笑了:"都是让我妈说的,我妈老说我是急脾气,我就真是个急脾气了。"

他们坐在那块大树根上,看着那些鸟。画眉在夏天的末尾叫得更加婉转,悦耳,变化万千不辞辛劳。暑气消散。行人的脚步显得悠闲。

"该你给我讲个故事了。"老人对女孩子说。

"我?讲个故事给您?干吗呀?"

"不干吗。我都给你讲了,我还给你鸟,你也该给我讲一个了吧?"

"那行。讲什么呢?"

"你看了那么多小说,你还不知道?"

"好吧。可我不知道您想听什么。"

"什么都行。你要想当作家,你就得会讲故事。"

"那好吧。嗯……"

"甭那么认真,随便讲一个就行。"

"行。嗯……《老人与海》行吗?"

"我就知道你憋坏主意呢,那你还不如讲个老人与鸟呢。"

"真是老人与海我不骗您!好吧,那就讲个别的吧,《老人与海》也太长了。行!我想起来了。"女孩子理理头发,坐得端正些,仿佛将要做一件极其严肃的事了。

"有个卖棺材卖花圈的商店。"女孩子讲道。

"好丧气,你怎么想起要讲这个?不不不,没关系,谁早晚不得死呢?"

"有一天晚上这店里来了个顾客,是个老头。"

"小伙子谁去那儿呀。讲吧讲吧,我爱听。"

"胖老板娘就问:'您买点儿什么呀?'"

"没这么问的,你当是平常的商店哪?"

"要不您讲!"

"好好好。人儿不大脾气可不小。我听着。"

"老头说要买花圈。胖老板娘问他买几个。"

"买一个还不够还买几个?你可真会糊弄我。"

"真的,书上就这么写的!老头跟老板娘说,您帮我算算得买几个吧,一个母亲送给儿子的,一个儿子送给父亲的……"

老人不再打岔了,盯着他的鸟,听着。

"一个哥哥送给弟弟的,一个妹妹送给哥哥的,一个外甥送给舅舅的,一个姑姑送给侄子的,一个孙女送给爷爷的,一个表姐送给表弟的……哎呀我都说乱了,多少个了?"

"没记住,你说这么快。"老人觉得这故事倒真是新奇得很,出乎意料。

"人一共能有多少亲人吧,您说?"

"哎呀,那可就多了,没算过。"

"反正他就要买那么多花圈,一辆汽车也拉不完,缎带上的称谓都不一样。"

"怎么会所有的亲人一下都死了呢?这事可太惨了。"

"胖老板娘差点儿乐疯了。"

"胖老板娘都不是好东西。"

她一年也未必卖得出去这么多花圈,她店里所有的花圈加起来还不够呢。她就跟老头说,您把住址留下来吧,等我们做够了一块给您送去。老头说什么也不留住址,说他过几天自己来取。

"这为什么?"

"是呀,老板娘也有点儿疑心了。她先是以为一架飞机失事了,正好老头的亲人都坐在上面。老头走后老板娘越想越不对劲儿,怎么死的都是男人呀?爷爷、父亲、儿子、舅舅、侄子、哥哥、表弟……怎么全是男人呀?"

"这可倒是。"老人连连点头。

"他是不是要把他家所有的男人都杀了,把所有的财产都留给一个坏女人呢?"

"哎哟!"老人紧张地看着女孩子,头和身子都有些抖,"这么大岁数了,可别这么着。"

"后来老板娘就跟踪那个老头,终于弄清楚了其中的秘密。您猜是怎么回事?"

"怎么回事?"

"您猜。"

"我猜不着。不是像老板娘想的那样吧?"

"是,就是像老板娘想的那样——"

老人盯着女孩子,蒙了半晌。最后拍着腿说:"这是何苦呢,唉,这是干的什么呢!"

女孩子格格格地笑起来,笑得蹲在地上:"不是!我骗您呢!"她笑够了,就势坐在地上,继续讲:"那老头其实是什么亲人都没有。压根儿就是他一个人。他怕将来没人给他送花圈,那些花圈都是他给自个儿准备的。"

出乎女孩子意料,老人一点儿都没笑。

"您听明白了吗?爷爷、父亲、侄子、舅舅什么的都是他自个儿一个人。"

老人还是不说话,单是动了动鼻子。

又过了半天,老人咳嗽了一阵还是不说话,光是挪了挪腿。女孩子有点儿心慌。

"这小说叫什么名儿?"

"我也忘了,我看书从来不记名儿。"

"你说这事是真的吗?"

"反正书上是这么写的。没准儿瞎编的吧?"

画眉不住地啼啭。

一轮巨大无比的落日里,一个人在拉琴。

男人寻找太平桥经过这个人身旁,便向他打听。拉琴的人不回答,只顾埋头拉琴。

别人告诉这个男人:"你怎么问他呀?你仔细看看他。"

拉琴人的目光呆滞得像是已经死了,凡世的景物只不过在他的瞳孔里流过罢了。

"你再仔细听听他的琴声。"

琴声永远重复着那七个或八个音符,间隔长短亦为一律,凡世的音响不再惊动他。这是个傻子,很美很动人的一个白痴。

男人只好继续走自己的路。太平桥必定在某个地方。

"我找遍了所有的屋子,都没有人。我走过街道,穿过花园,走上长长的走廊、又高又陡的台阶,走到大墙的拐角、假山背后、草坪上和草坪上的树丛里,到处都不见人。然后……我可以如实说吗?"

"当然得如实说。"男人说,"那种释梦的方法唯一的要求就是实话实说。"

"然后我又走进一座大厅,这时候,我忽然看见一个人向我走来,一个女人。那我可就如实说啦?"

"是怎么就怎么说。"

"那女人赤身裸体一丝不挂,身体的每一部分都非常丰满非常成熟,你懂吗?非常匀称、健康,你懂吗?焕发着光彩、焕发着欲望,连我心里都一震。她从幽暗中向我走来,无声无息的一道白光,走得极其散漫极其舒展,极其不管不顾肆无忌惮,极其……"

"什么?"

"不。"女人想了一下才又说,"当我们走到一起的时候,我才发现那是一面镜子。你懂吗?"

"镜子。我懂。"

"好大好大的一面镜子。"

男人点一下头,抽着烟。

"把我吓坏了。吓得我赶紧跑开到处去找衣服,这时候我已经听见四处都有人声了。所有的屋子里都挂着衣服,可都是别人的衣服没有我的衣服,我想不起来把自己的衣服都脱在了哪儿,所有的衣服我穿着都不合身,挺费劲地套上一件又挺费劲地揪下来,这时候人声越来越嘈杂了。我顾不了那么多,东找一件西找一件好歹穿起来。总算松了一口气。可就在我这么一回头之间,发现原来在我穿衣服的屋子里早都坐满了人。幸好人们都在啜茶聊天,像是没注意到我。我慌忙往外溜,贴着墙往外溜,有人挡了我的路我也不敢出声,提心吊胆地等着,等人走开时瞅准机会溜了出去。咳呀,心想这下喘口气吧,找个地方歇会儿吧。忽然又听见笑声,所有的人都在笑,都看着我,原来他们不是没注意到我,而是一直都盯着我,看我作出多么可笑的表演。我那身衣服确实花花绿绿的不伦不类,像个马戏团里的丑角,我越是想把衣服抻抻平,整理得像点儿样子,笑声就越是一浪高过一浪。"

女人停一下,吁一口气,吁一口气也似潮水那样不平整。

男人靠眼神安慰她。

还有秋光,在安慰她。

她就又说下去。

"然后我走在城郊的路上。然后我走在野地里。然后我蹚过河,上了山坡。很高的山腰处是黑色的森林,我往那儿爬。我在一条土路上爬,一边是峭壁寸草不生,一边是悬崖,悬崖下云缭雾绕,峭壁随时要倒下来,悬崖随时要塌下去。前面出现一个隧道拱形的洞口,我爬进去,心想只要能再爬出来就是森林了,森林那边就是海。可这洞并不像我想的那样是隧道,而是一个没有出口的洞,数不清的金属拱架支撑着圆形的穹顶。我只好又往回爬,可是回去的洞口也被封死了,拱架支撑不住洞顶,整个洞就像一口大锅扣下来把我扣在了里头。我看见那教堂一样的穹顶上有一个洞,我攀着拱架爬上去,挣扎着想挤出来,洞口很小,把身上的衣服又全都挤掉了,这才算出来了,又是那么赤身裸体地掉在地上。回头看那洞口,又有一个人挤出来,也把全身的衣服都挤掉了,挤得浑身鲜血淋淋,她长得很像我,但我知道那不是我。那幸亏不是我,那个人挤出洞口一下子掉下悬崖去了。"

"你的女儿最近情绪稳定点儿了吗?"

"不,那不是她!绝对不是,这我非常清楚。我爬到悬崖边往下看,深渊里竟是一片和平景象,炊烟袅袅,房舍错落,鸡犬声此起彼伏,车水马龙秩序井然。有个男人拿着麦克在唱,歌声悠扬又凝重,姿态又放荡又真诚。我在悬崖边想寻一条路下到深渊里去,可是找不到,一当看见一条路,悬崖就轰隆隆塌下去一大块,把路塌没了。"

"那个男人唱的什么?"

"很多。也听不太清。"

"可这很重要。对解释这个梦很重要。"

"好像有这么一句,我听不太清,可我感到总是有这么一句:今天你来了我不再忧伤,让我忘掉你曾漂泊远方。"

又到了一年当中最好的季节。鸟儿在天上飞得舒缓,落叶在脚下嬉戏。落叶就像玩累了的孩子,躺在床上还不死心,还要一直玩进梦乡去。(之后将没有什么再能打断孩子的好梦。)

山里的山楂红透了。山里五彩斑斓。

庭院中的柿子树硕果累累,使人想起春天的连翘,但比连翘黄得沉重。偶尔一两个柿子落地,砰然有声。

河水又深又宽阔,流得平稳。忽然一天,记不住是哪一天,蜻蜓都不见了,知了也不叫了。

男人说:"再没有比梦更诚实的事了。那大概免不了是深渊。"

"就算是吧。"女人说,"可在梦里我还是诚心诚意想要找一条路下去。"

"我想不必,既然你看出是深渊就不必。"

"我不是这个意思。我要下去,我是想下去,只是希望那不是深渊。"

"这样就好办。我也是这个意思,咱们可以不让它成为深渊。"

他们看见一个老人推着婴儿车走在一棵大树下,树冠如一顶巨伞支开,漏下斑斑块块的秋阳。(车里的孩子将会记住那金黄的树叶和枝叶间的蓝天,等他长大了,他将到处去找那棵树却到处也找不到了。)

男人说:"依我看,天奇和晓堃的全部错误就在于他们一定要结婚。"

"噢?"

男人又说:"结婚这东西纯粹是一种人为的保证,天真的愚蠢的条约。"

"问题怕不在这儿。"女人想:可能没这么简单,就怕没这么简单。

"这东西压根儿就不该有。一有它,人就害怕失去它,一有它就说明人害怕失去它,结果反而失去它。所以不如干脆没有这个形式,这样就能打消怕失去的心理。对吗?"

"我不知道。你先往下说吧。"

"要是能彻底理解,要真是自由之地,就不需要这条约来维持,要是没有彻底的理解根本不是自由之地,这条约就压根儿是狗屁。"

"这对。"

"要想不失去,先就别怕失去。"

"这行吗?"

"行不行也是它。你越怕失去你就越要失去。"

"这不错。"

推婴儿车的老人走过一棵小树,一片树叶落进车里,老人把它捡出来。(当孩子长大了,小树也长大了。当他千百次走过一棵大树的时候,他已经认不得这棵树,他已经忘了那个秋天这棵树上的一片叶子,在梦里抚摩过他。)

"天奇和晓堃互相失去了,就因为他们曾经太怕失去了。""他们现在又在互相寻找,是吗?""这样他们失去的只是那种怕失去的心理。""天奇也在盼望回到晓堃身边来,是吗?"

"你有一万块钱你就怕丢,你丢了你就难过得要死,你没丢你也紧张得要命。"

"你真的不知道天奇现在在哪儿?"

"你不如相信那一万块钱根本就不是你的。你本来就没有。结果你有了,你就喜出望外了。一样的事。"

"真对,真对。"

"咱们反正是什么都没有了,来到这世上一无所有。咱们不怕失去,失去顶多还是像刚来到世上时那样。""咱们本来已经失望了,结果咱们又找到了希望,是吗?""正是,正是这样。""噢,太棒了。"

他们看见那老人走在河边,河水里映出老人和那婴儿车的影子。老人走得那么缓慢,车里的孩子大概在这温馨的秋风里睡着了。(梦里他听见潺潺的流水声,多少年以后他在所有的河上找那声音,却再也找不到。)

"行了,我想咱们可以开始了,咱们可以毫无顾忌了。""我不知道这是不是梦。""这不妨就是你那梦的继续,你的船终于找到了那个岛。""那个港湾吗?那片沙滩?""你可以随心所欲自由自在地歇歇了,不管是躺在沙滩上还是趴在礁石上。""我怕这是梦。""你别怕这是梦,这就不是梦了。""我可以相信这不是梦吗?""或者不如像你说的那样,就当咱们是陌生人,那就可以想说什么说什么了,说完了各走各的路。""可以想什么就说什么吗?""完全可以。""唔,我要的只是这个。"

那个老人推着婴儿车走过树林,走过他们身旁。车里并没有孩子,而是五六只鸟笼。笼子上罩着粗针大线缝成的笼套,画眉都不叫。

溪流和钢琴。山谷和圆号,无边的原野和小号。落叶与长笛。

月光与提琴。太阳和铜钹和定音鼓。公鹿的角斗声像众神纵情的舞步,时而稍停时而爆发,开天辟地。

狼群屏息谛听。那角斗声远远传来,也令年轻的狼胆战心惊。它们不禁信服了老狼的忠告。老狼偶尔看一眼太阳,教会年轻的狼识别山和溪流的色彩,识别原野的风:这是鹿的节日,在这日子里,鹿拥有着天地万物乃至整个宇宙。

开阔的角斗场四周,母鹿们显得不安,也不时遥望太阳,白昼越来越短了。公鹿也注意到了这一点,大地再偏斜一点儿的话北极的寒风就将到来,那时一切就都来不及了;它们必须尽快战胜对手和自己的情人欢聚一堂。以往的艰辛的迁徙和跋涉都是为了现在,它们记得遗留在冰河上的那些美丽灵魂的嘱托。鹿族的未来将嘲笑任何胆怯,将谴责哪怕一秒钟的松懈和怠惰。它们拼着性命要留下英名,它们的身体里流着祖先的血液,千万代祖先曾经就是这么干的。

公鹿用前蹄刨土,把土扬得满身都是,舞动着华丽而威武的双角如同舞着祭奠的仪仗。它们跪倒,祈求苍天再多赐给它们些智慧和力量,苍天默默不语只让秋风一遍一遍地扫荡一丝一缕的愚昧。公鹿幡然猛醒抖擞着站起来,存心忘掉失败的可能,把天地之气推上胸膛,推向肩头、颈项,集中到角上又运遍全身,狂吼着冲向对手。公鹿的性子暴烈起来甚至不亚于狮子,整整一个夏天的贮备使它们的力量不亚于一头熊,吼叫声搏斗声似风卷万千旌旗猎猎不息。有过发情的公鹿杀死狼的记载。

老狼站起来,不露声色,带领它的部族悄悄向下风头转移,在那儿鹿群闻不到狼的气味,狼却可以知道鹿的日子还剩多少。鹿的节日终归会过去的,那时候,幸运之神将垂青于狼。

此刻人间,男人和女人形影不离,自在周游,不舍昼夜。窃窃私语融为秋声,魂销魄荡化作落叶猩红。

寒冷到来之前，鹿的营地上开遍最后一批花朵。得胜的公鹿昂首阔步，角上挂着失败者的带血的毛，和最漂亮的母鹿们成亲。公鹿终于博得了母鹿的赞许，日月轮流做它们的媒人。

小号轻柔地吹响，母鹿以百般温存报答公鹿的骁勇，用舌尖舔平铁一样胸脯上的伤痕。

圆号声镇定如山。公鹿甚至傲视苍天。

母鹿并不急于满足公鹿的欲望，让它平静下来平静下来，听一听落叶中的长笛吧，再去领悟自然的命令。

战败的公鹿渴望来年，大提琴并不奏出恨怨。年幼的鹿在溪边饮水，在钢琴声中对未来浮想翩翩。

傲慢的公鹿有些惭愧，母鹿这才授予它权利。公鹿便把日赐其精月赐其华全部奉献给母鹿，奉献给后世子孙，在那一刻体尝了雄性的辉煌与快乐，胸腔里喉咙里发出阵阵鼓声构成四季的最强音。母鹿在喜庆的日子里不禁忧伤，它们知道这奉献对公鹿来说意味着什么，母鹿凭本能觉察到不远处的狼群，在这欢乐的交响之中闪烁着不祥的梆声。

天上人间，男人和女人神游六合，似洪荒之婴孩绝无羞耻之念，说尽疯话傻话呆话蠢话；恰幽明之灵鬼，不识物界之规矩，为所欲为。

酒神把舞神灌得酩酊大醉，舞神给酒神套上了魔舞鞋。舞得秋风大作时，枯枝败叶漫天飞卷。舞得秋雨缠绵，成熟的种子落入水中，随之漂流，将在一个命定的时辰，一个命定的方位，埋进土地，注定未来的生活将有另一种结构。

女儿为那座古老的落地钟上弦。她和那座钟一般高了。钟的旁边有一盆白色的菊花。钟在夜里敲响总是吵醒她，一醒来便看见钟摆上跳着月光,有些害怕。幸亏还能看见这白色的花瓣也在月光下洒开,便觉得明天准有好事等着她。

老人身着黑色秋装,给女孩子带来一对白色的鹦鹉。女孩子穿了一身红。

"两只哪,都给我?"女孩子喜出望外。

"这是一对儿,分开了哪只都活不长。"

"我们同学家的鹦鹉是带色儿的,有绿的,有蓝的。"

"那样儿的好找。"老人说,"白的你问问有几家有?我的鸟都是好品种。"

"真白呀,像雪一样。"

"那是当然。等下了雪你比比去,把雪都比黑了。"

"我能拿起来瞧瞧吗?"

"拿吧,就是给你的。"

女孩子把插在婴儿车上的两根木棍摘下来,每根木棍上站着一只白鹦鹉,腿上都挂着金属链。

"您家也有这样的婴儿车呀?"

"我的孙子自小跟着我,这会儿都大了,这车没用了,冬天出来遛鸟我用它当拐棍儿。"

"我们家也有跟这一模一样的婴儿车,是我小时候坐的,现在也没用了。"

老人把画眉笼子挨个挂在树上,摘下笼套,画眉愣一会儿,一声一声叫起来。

"你妈一个人把你带大可不容易。"老人说。

"可不吗?上班下班她推着我,有一回下雪天,她摔了一大跤,把嘴都摔流血了。那会儿我光会哭。"

"可你还说你妈是个老朽。"

"我什么时候说了?"

"没说就好。"

"我光是说她有时候有点儿保守,那怕什么的?当她面我也这么说。我们俩还是最要好的朋友。"

"带大一个孩子你以为容易吗?"

女孩子把两根木棍并拢,让两只鹦鹉靠近,一只稍微大一点,一只小一点。

"夏天怕热着,怕中暑。中了暑就拉稀,得吃藿香正气水,孩子懂什么?不喝。不喝就得狠狠心往下灌。"

"我最不爱喝那种药,又辣又呛嗓子。"

"天凉了又怕得感冒。打针吃药,孩子知道什么?打着挺儿哭,哭也不行呀,针还是得打,打得小屁股肿成疙瘩。"

两只鹦鹉互相啄了啄嘴,换了个位置,这只跳到那根木棍上,那只跳到这根木棍上。女孩子再想把两根木棍分开可不行了。

"最怕得肺炎,喘气儿又急又不吃东西,身子缩成一团儿像个绒球儿,没精打采的。得用葡萄糖水把土霉素化开,掰着嘴一滴一滴往里喂,弄不好能要了命走。"

"我得过肺炎,我还住过院呢。我妈说我差点儿死了。"

"饿瘦了,身子虚了,再光给苏子吃可不行了。"

"给苏子吃?苏子是什么呀?"

"苏子都不知道?苏子还不好买呢。前些日子我托人在乡下买了十斤好苏子,等回头我给你点儿吧。"

"我没吃过苏子。也许小时候吃过我给忘了。"

"要是大便干燥,得喂苹果泥。要是消化不良闹肚子,就给喂点儿大蒜泥。要是身上脏了,你就弄盆水在太阳底下晒一会儿,它们会自个儿跳进去洗,洗一会儿就得,别让身上都湿透了。"

"您说谁哪?"

"听着别打岔。经常也得吃点儿荤腥儿,蝲蝲蛄、知了、油葫芦、蜘蛛什么的都行。有种叫三道纹儿的蜘蛛,脊背上有三条纹儿,最好了。"

"吃蜘蛛哇?"

"冬天没这些东西了,就养点儿黄粉虫,就是粮食里长的小虫。放在瓦罐里养,温度在十五到二十五度之间就行。"

"您是说鸟呢吧?"

"是呀?你这老半天听什么呢?"

女孩子大笑起来:"我还当是说您孙子呢!我说的呢,怎么给人吃蜘蛛吃蝲蝲蛄呀。"她又笑得跪在地上,两只白鹦鹉有些惊慌。"还说什么三道纹儿蜘蛛,您可真逗,几道纹儿的人也不能吃呀。"

老人的脸腾地红了,呆愣着说不出话来光咽唾沫。他才想起来,原来是要说自己的孙子来着,怎么就说到蝲蝲蛄去了呢?一瞬间他真感到自己是老了,说着说着就弄不清在说什么了。近来他常常把人和鸟弄混,把年月弄混,把天和地都能弄混。

老人闷闷寡言,一直到和女孩子分手。女孩子一直在笑,和那两只鹦鹉玩得开心极了。

"我得走了。一会儿我得练嗓子,我决定学唱歌了。"

看着女孩子端着白鹦鹉走远,老人心里空空落落。这时他忽然记起那支歌后半部分的歌词来。他在心里唱了一遍,分明丝毫不错。他想喊住女孩子,喊她回来告诉她往下怎么唱,那样女孩子又可以跟他多待一会儿了。可是,那红色的身影和那两个小白点已经走得看不见了。那支歌的后半部是这么唱:如今我教我的孩子们,唱这首难忘的歌曲,我辛酸的眼泪,滴滴流在我这憔悴的脸上。

终于,狼的日子来了。老狼猛地站起身,眼睛里焕发出绿色的光彩,刹那间便发动起全部力量,展臂舒腰,敏捷的脚步富于弹性,喉咙里响着喜悦的鼓点,翕动鼻翼甚至向年轻的狼们笑了笑。年轻的狼们一开始有些惊慌,不知发生了什么。老狼便立起耳朵,示意它的部下们细听:远处的角斗声早已停歇了,疯狂的婚礼也已结束,荒原上唯余寒风一阵紧似一阵,风中有疲惫的公鹿的喘息声。年轻的狼们欣喜若狂,不能自制。老狼却又蹲下来,把自己隐蔽在山石后面,但浑身的筋肉都绷紧着,胸脯急剧起伏。年轻的狼们好不容易安静下来,也都找到了各自的隐蔽所,本能教会它们拉开距离,形成一个包围圈,听觉、嗅觉、视觉不放过一丝风吹草动。

公鹿把体内的全部精华都奉献出去之后,迅速地衰老了,力竭精疲,步履维艰了。鹿群要往南方迁移了,到越冬地去。公鹿跟在浩荡的队伍后边,蹒跚而行,距离越拉越大,母鹿回过头来看它,恋恋的,但知道在自己的腹中寄托着鹿族的未来,于是心被撕成两半。公鹿用视死如归的泰然的神情来安慰母鹿,并以和解的目光拜托它往日的情敌。当它确信自己绝无力气在冰封雪冻之前赶回家园的时候,它停下了脚步,目送亲朋好友渐渐远去。它知道狼已经准备好了,它还记得父亲当年的壮烈牺牲,现在轮到它了。公鹿都有一天要做那样的父亲,这不值得抱怨,这是神赐予雄性的光荣的机会。不如把所余的力气积攒起来,以便对付那些等了它一夏天的狼。公鹿钦佩山腰上它的敌人的韧性和毅力。

老狼看见了老鹿。老鹿知道老狼看见了它。老狼一秒钟之前还蹲着,一秒钟之后已如离弦之箭飞下山岗。年轻的狼们一呼而起,从四面八方包围过去,即便是要杀死一头赢弱的老鹿,没有这样的集体行动也办不到。漫山遍野回旋着狼的气息和豪情。

老鹿明白,末日已来临,但它仍旧飞跑,它要领狼群到一个它愿意死在那儿的地方去,或者它要证明自己的死绝不是屈服,它朝与鹿群远去的相反方向跑,它要在最后的时刻尝够骄傲。

狼群把老鹿包围了。老狼坐下来,指挥年轻的狼冲上去。它要让儿孙们领教领教老鹿的厉害,以便这些小子们将来能懂得天高地厚。老鹿看出这些毛头小子的狂妄和轻浮,瞅准机会只一冲,便撕豁了一头狼的鼻子。它遗憾自己的气力不够了,否则不要了这家伙的命才怪。又一头不要命的扑上来了,老鹿把双角一扫,把那个愣小子扫了个滚儿。老狼暗暗称赞这一冲一扫,并觉得这招法非常熟悉,它看了看自己前胸的伤疤,认出眼前这头老鹿是谁的儿子了。老狼狞笑一回,看出老鹿的腿劲已经不济,便冲上去,避开锋利的鹿角,从横里猛撞老鹿的身子,老鹿一晃险些跌倒。这一下年轻的狼们被提醒了,接二连三地去撞老鹿的肩、腹和腿,老鹿左闪右挪没有还击之力了。这些狼可真年轻啊,老鹿羡慕它们的年轻,心想,到了把肉体也奉献出去的时候了。

就快结冰的溪流中,殷红的鹿血洇开了,散漫到远方去,连接起夕阳。鹰群在天上盘旋,那是上帝派来的死亡使者,迎接老鹿的灵魂安然归去……

"我想,我们大概还是弄错了。"女人说。

男人不语,抽着烟,望着街上的人群。

当若颠若狂的爱情之火稍稍平稳的时候,在如醉如痴似梦非梦的神游之后,男人和女人又似从天堂重返人间,落到地上,坐在一家小酒店里。

"给我一支烟。"女人说。

"你要烟?抽?"

女人点上烟,抽得很在行。

"喝酒吗?"男人问她。

"不。"

"女儿怎么样,情绪?"

"好多了。"

"怎么回事?"

"弄不太清。好像是从那次我同意她跟那个男孩子通信之后,她的情绪一下子就全好了。她决定学唱歌。"

"这挺好,她的嗓子从小就不错。"

"你呢?又开始写什么了吗?"

"写了一篇。就快结尾了。"

"知道为什么要写了?"

"知道了。不过是因为活着。"男人仰脸看看窗外的天。

"要下雪。"女人说。

"你倒是不如喝点儿酒。"男人说,给女人斟满一杯红色的葡萄酒。

女人光是看着那杯酒,把酒杯在手里转动着,一个红色的小酒店也随之转动。"不过,我们也许还是错了。"

"说说看。"

女人叹一口气,然后每说一句话都是由衷的感叹:"我没有怨你。我是说我自己。我老是摆脱不了那种恐怖感。我怕再一次失去你。"

男人的酒是白的。他已经接近知道他们错在哪儿了。

女人说:"你说要想不失去,先就不要怕失去。可这本身就是怕失去。你说越怕失去就越要失去,可这本身正是怕失去。"

男人不说话。

"你说别怕这是梦,这就不是梦了。实际上你也是怕这是梦。我呢,当我说我可以相信这不是梦吗?实际上我等于是在说,没有什么东西能保证这绝对不是梦。对吗?"

男人不回答,有节奏地喝着酒。

"你说错就错在一定要结婚,结婚纯粹是人为的愚蠢的保证。可两个人相爱既然不是由结婚来保证的,也就不是因为结婚才使两个人担心互相失去的。"

男人点一下头。

"爱得越深越怕失去,越怕失去说明爱得越深。"

男人又点一下头。

"你干吗不反驳我?"女人使劲吸烟。

"我反驳不了你。"男人说。

酒店外面,飘起了雪花。紊乱而无声。

"可你越怕失去你越要失去,"男人说,"这并不错。"

"并不错,是并不错。"

"因为你一怕失去,你就不能自由自在想说什么就说什么了。这也不错。"

"确实也不错,我懂。"

"我们要找的,不是一个提心吊胆地互相搂抱着的机会。"

"我们要找的是彻底的理解彻底的自由。"女人说,"这总不错吧?"

"我正在想这件事。"男人说。

"我找到了,好不容易找到了,怕失去,这有什么不对的呢?我知道我知道,一怕失去就已经失去了。天哪,到底怎么办才对呢?"

"你是说,怎么办才能不失去吗?"

女人紧张地盯着男人:"怎么办?"

"天知道。你再想想你问的这句话是什么意思吧。"

"嗷!"女人沮丧地闭上眼睛。再睁开眼睛的时候,她大声嚷:"可我不想再否认我怕失去。我怕,我怕!我怕!!我知道你不怕,我就知道你才不怕呢!"

男人把杯里的酒一饮而尽,然后再斟满。

"你不怕,你多镇静你多理智!告诉你,我也不怕!你爱到哪儿去就到哪儿去吧,你一辈子不回来我也不怕!当然,即便这样你也还是不怕,你这个老混蛋!"

雪编织着天空,又铺展着大地。白色的世界上,人们行色匆匆,都裹在五颜六色的冬装里,想着心事。

"喊够了吗?"

"够了。"

"能听我说一句了吗?"

"你说吧。"

"能相信我说的是真的吗?"

"我愿意相信。"

"事实上我比你还怕,实际上我比你还害怕。"男人说。

男人从春天走到冬天,从清晨走到了深夜。他曾走遍城市。他曾走遍原野、山川、森林,走遍世界。地图已经磨烂了,他相信在这地图上确乎没有那个地方。

最后他又走回海边,最初他是从那儿爬上人间的。海天一色。月亮和海仍然保持着原有的距离,互相吸引互相追随。海仍然叹息不止,不甘寂寞不废涌落;月亮仍然一往情深,圆缺有序,倾慕之情化作光辉照亮海的黑夜。它们一同在命定的路上行走,一同迎送太阳。太阳呢?时光无限,宇宙无涯。

在月亮下面,在海的另一边,城市里万家灯火。

随便哪一个窗口里,都是一个你不能清楚的世界。

一盏灯亮了,一会儿又灭了,一会儿又亮了,说明那儿有一个人。那个人终于出现了,走出屋子,一会又进来坐在灯前翻一本书。有朝一日你和他在路上擦肩而过,你不知道那就是他,他更不知道你曾在某一个夜晚久久注视过他。

两颗相距数十万光年的星星,中间不可能没有一种联系。在这陆地还是海的时候,在这海还是陆地的时候,那座楼房所处之地有一头梁龙在打盹,有一头食肉的恐龙在月光下偷偷接近了它;或者是一头剑齿虎蹑手蹑脚看准了一头柱牙象——你现在这么想也仿佛在远古之时就已注定。人什么时候想什么,不完全是自由的。

男人走累了,想累了,躺在礁石上睡去。天在降下来,地在升上去,合而为一。然后男人开始做梦。

漫无边际的黑暗中,有谁吹起一支魔笛,他不由得跟着那笛声走。只有一件黑白相间的长斗篷在他前面飘动,缓缓前移。他很想超越过去看看这吹魔笛的是谁,但他紧走慢走还是超越不过去,看不见那斗篷里到底是谁或者是什么,只见几根灵巧的手指伸而屈,屈而伸,所吹的曲子令人神往。他就那么一直追着那笛声向前走。很久很久之后,他看见一点曙光,看见广袤无垠的荒漠,看见大大小小的环形山和环形山的影子。那件黑白相间的长斗篷渐渐隐去不露形迹,魔笛声却回旋飘荡不离不散愈加诱人。在山脚下,放着两本书。他拿起一本来看,讲的是天堂里美丽的神话,他看懂了。他又拿起一本来看,说的是地狱里残酷的鬼语,他也能看懂。但当他拿起这一本书去看那一本书的时候,他却什么也看不懂了;相反,拿起那一本书来看这一本书时,也是茫然不知其所云。

他在梦里梦见了以前忘记了的梦,于是记起:两本书互相是不可能完全读懂的,正如两个人。这样他又想起把书颠倒过来读一回,从结尾读向开头。他发现,自由是写在不自由之中的一颗心,彻底的理解是写在不可能彻底理解之上的一种智慧。

一个巨大的火球在荒漠之边寂静升起。

而在月亮上,"阿波罗"带去的那座人的标志,仍在渴望更高的智慧来发现他们。

而在地上,大雪覆盖荒原,老狼也走到了生命的尽头。鹰群在高处向它炫耀新鲜的精力,在窥测它的行踪,并将赞美它所选择的墓地。老狼也要追寻着老鹿而去了,无论是谁,包括这些正在高傲地飞旋着的鹰,早晚都要去。不久将再来,在以往走过的路上重新开始展现和领悟生命。

而在家中,古老的大落地钟旁,菊花白色的花瓣散落一地,在根部保存起生机。

而在山里,在山下开阔的坡地上,在林间,在沼泽,在河的源头,在遥远的不为人知的地方,种子埋进冻土,为了无尽无休的以往继续下去成为无尽无休的未来。花开花落,花落花开,悠悠万古时光。

1987 年

车　神

一　残疾人车

　　去年我终于自己挣够了一笔钱,买了一辆电动的残疾人车。这样就不再为出远门发愁了,把一对电瓶充足电可以跑几十公里,速度跟健康人骑自行车差不多。车开起来,电机一路风儿似的轻唱,平稳又潇洒,引得路人赞叹。腿坏了十几年,这一来心野了,冲出城圈去常不着家,去圆明园,去香山,再多备一套电瓶甚至可以到更远的郊外去疯跑了。关键在于你什么时候想去疯跑什么时候就能去疯跑,轻而易举之事。有回到了健康时候的感觉。只是还上不了山,但揣摸那也不会是永远的绝望。

　　有了新车,原来用的那辆笨重的手摇车便闲在角落里。每从外面疯够了兴冲冲开了新车回到家,见那旧车不声不响独自度着寂寞,浑身的血一下子全静下来。忧伤像影子一样从四周围悄悄漫起,淹没到心头。于是抽一支烟再抽一支烟,怀疑自己是不是那种容易忘记老朋友的人。一支烟又一支烟挨到夜深,困了,慢慢去睡,又睡不着。

　　旧车下,一只蟋蟀彻夜地叫。这车驮我走过最艰难的日子,十几年。

二 二十个母亲

两个老太太,头发都已花白。蜻蜓在她们头顶上盘桓不去,随后蝴蝶又飞来。那样的年纪她们还都穿着裙子,蓝色和紫色的裙子,上面有星星一样的碎斑点。裙子下面的脚步,缓缓的就是秋天。

也许是在路上,也许是在林间或是河岸,有一个人坐在手摇车上抽烟。那不是我。

路很长,或者林子很静,要么就是河面上的薄雾中有一只船。两个老太太走近那抽烟的人,冲他笑笑,弯腰去看那车的链盘,又直起身来把车摸遍,退后几步估摸它的长度,再向抽烟的人问了车的价钱。

抽烟的人说:"不管是您们当中的哪一位,都摇不动这车。老年人摇不动它。"

两个老太太心里叹息,说:"是给一个孩子。"

"您的?还是您的?"抽烟的人把烟掐掉。

九月的天空渐渐深远。白云满怀心事,在所到之处投下影子。这时候在一家工厂里,那辆注定将属于我的手摇车正在组装。

抽烟的人想:这世上又多了一个不幸的年轻人,他无论如何料想不到,在剩下的日子里都将碰上什么。

正像这抽烟的人也没料到:这两个老太太又召集起十八个老太太,和她俩一样,她们的儿女都是我少年时代的同学。给我买那手摇车的,是二十个母亲。

三 乌鸦和鸽子

乌鸦飞过灰白的天空,吵散了梦里的鸽子。

整整一夜我的腿都是好的,赤脚在柔软的山路上走。黑色的岩石上栖息着鸽群,时而欢唱着飘上天去,时而笑闹着纷纷落下,数不清有多少……

醒了。腿却睡去,不能动了,也没有知觉。晨光熹微中,有个孩子站在我的手摇车前等着我醒来;他已穿戴整齐,斜挎着小小的行囊。

"你这是要到哪儿去?"

"你说的,今天和我去远游。"

不错,我答应过他。于是我平生第一次摇了那辆车走出家。孩子站在车尾的木箱上,身体轻得像是并不存在。

"可我们去哪儿呀?"

"你说过,去远游。"

大雪在夜里盖满了世界。风,又冷又大。孩子一路说着歌谣:"假如你已经死了,你还有什么可怕……"

我才想起问问这孩子是谁。但他不回答。

我们走过空旷的大街,走过安静的小巷,高楼和矮屋的窗口还都拉着窗帘,五颜六色的图案被冰凌冻在玻璃上,装饰起一个个温暖的家。雪在车轮下爆裂。孩子说着他的歌谣:

"既然死你都不怕,何不同我去远游……"

我想扭回头看看这孩子究竟是谁。孩子搂着我的脖子笑,热气喷在我脸上和心里。

我们走过城镇和村庄,走了大道走小路,走出树林,走上冰封的河面……辽阔无垠的雪野上栖息着成群的乌鸦,时而聒噪着涌起来,时而落下铺开一地阴郁。

我跟孩子说起梦里的鸽子。孩子说道:

"乌鸦是只黑鸽子,鸽子是只白乌鸦。"

孩子说罢消失不见。无边的白色的世界上有两道不尽的黑色的车辙。

在那个冬天的早晨,车神扮成孩子的模样,带我开始去远游。

四　小作坊

小巷深处有一家小作坊,三十几个家庭妇女一天到晚在那儿低着头忙。腰都弯了,眼都花了,长年累月皱纹悄悄爬到她们脸上。我摇着车走遍世界想找一个工作,最后走到这儿,她们把我收留。

低矮又歪斜的小房是她们自己盖的,没有玻璃没有太阳。她们在阴暗中笑得露出白牙,说为了盖这间小房她们夜里去偷过砖瓦灰沙,其中一个年老的小脚儿女人险些让人抓住。

她们愿意听我讲这手摇车的来历,说那二十个母亲来生可得荣华富贵子孙满堂。

我在这个小作坊一干好多年。我们每天把黏稠的黑色的生漆调出七色,画成神仙一样的才子佳人,一如画着无声的梦想。

五　在海边

有一年我到了遥远的海边,在那儿见到一匹老马和一个老人。春天在海天之间激动不安。老人像一块褐色的沉静的礁石,老马如同他的游魂。

我摇车接近老马,它不慌不忙地吻了吻我的车把和车轮。

老人说:"它还不老,还能风似的跑呢。"

"骑它跑一圈要多少钱?"我问。

"一块钱,再少了不行。"

"生意好吗?"

"现在不行,得到夏天。你是我今年见到的第一个游客。"

"可惜我不能骑上它跑一回了。"

"可你是怎么来的？就靠这辆车？"

"朋友们把我背上火车，把这车也抬上去。"

"我这辈子头一回见这样的车。"

"坐了几天几夜火车才到这儿，朋友们又把我背下来，把这车再抬下来。"

"我在这海边几十年了，没见有人坐你这样的车来过呢。"

"朋友们让我看看海。"

"他们在哪儿？"

我指指海上。那儿，一群年轻人在浪巅上海鸟似的欢叫，叫声在大海轰鸣震响的呼吸之中时隐时现。

"我也不能再到海上去了。"老人说。老人和老马一齐望着海天相接之处，很久。

"想不想让这马带上你围着海湾跑一圈？"

"行吗？"

老人纵身上马，一手抓缰，弯下腰来一手推住我的车，在海边飞跑，气喘吁吁地说："在我年轻的时候……"我们跑过沙滩，跑过长长的陡坡，跑上面海朝天的崖顶，老人气喘吁吁地说："……那时候这匹马的老祖父也还年轻。"

六　天河里的船歌

疯狂的夏天，死神一度要把我和我的车推下深渊；车轮顺着陡坡不可收拾地向下滚动，这时候一个姑娘挡在我的车前。

刹那间天也知道地也知道，我们各自寻找对方，都已经多年。

我重又睁开双眼。从白天到黑夜，太阳和月亮所在的地方有船桨掀动水波的声音：星星索……星星索……

"我们以前互相见过？"

"我们以前见过。"

"什么时候?"

"也许是在童年?"

"是在天地初开的时候。"

啊,我恍惚记得。

两个人各伸出一只手,细看那两道爱情线:又深又长没有枝杈。

"没错。"我说。

她却有些忧郁:"也许是道又深又长的天河。"

"两道!"我喊,"可没有过两道天河!"

星星索……星星索……星星索……太阳和月亮所在的地方,无始无终地唱着一首船歌。

七 岸

十几年中,总是她来看我,我却从没到她住的那间小屋里去过。到那儿去要上一百级楼梯,要在许多子弹一样的目光中摇着我的车。这车肯定会在那儿给她闯祸。

其实,人间有双重的天河。

如今她远在异乡,只身漂泊。

在最后一个夏天的最后一个晚上,她费尽心机要满足我多年的愿望:让我看看她住过的小屋,让我记住小屋里的全部陈设。一道长满青苔的土岗旁,有一座红色的小楼。她把我的车推上土岗,指给我看一个白杨遮掩的窗口。

"明天就只剩下它离我最近。"

"不过,别忘了它的主人。"

夜色浓重的时候,她把我的酒杯斟满,跑下土岗。黑暗里我数着她的脚步。

忽然那个窗口灯火辉煌,窗帘像舞台的帷幕般轻轻启开。十二个方格后面,她端着一面镜子走来走去。我从镜子里看见了她的小屋,小屋的每一个角落,与我一千次梦见过的相差不多……时钟敲过十下,我们如约举起酒杯,这时候我从那面镜子里看见,她的屋门被粗暴地推开……幕落了,灯熄了。玫瑰色的酒中映出浩渺的天河。

星星索……星星索……木桨打着水波。明天,她将远离故土;我将摇着车在岸边守候,地老天荒时据说河水也会干涸。

八 雨中的陌生人

黄昏像一群不会叫的飞蛾,纷乱的白光在苍茫里游来游去。夏天只剩下不可挽救的记忆。墙根下的野草,把疯狂结成种子,精心地埋进土里。

空中淅淅沥沥地哼着一支歌:天上的星星为什么像地上的人群一样拥挤,地上的人群为什么像天上的星星一样疏远……反反复复只这两句。

我的车蹲在窗前,似对我说:"出去走走吧,我们俩。"我不知道去哪儿。"走吧,不管是哪儿。"我不知道为什么要去。"别问为什么,只管先去。"

它驮我走进秋雨。"这下好些了吗?""就算好些了吧,兄弟。"湿漉漉的路面上反映着五彩的灯光,灯光中晃着无数五彩的人形。

什么是幻觉?不过是视觉所不能证实的听觉,和触觉所不能证实的视觉吧。照理说,你完全能够走过去和任何一个陌生人拉拉手或干脆扑在他怀里哭泣,以证明一切都不是幻影;但是你不敢。不敢就是不能。

我坐在雨地里,到深夜。

一个汉子晃悠悠走来,播散一路酒气,走近了站住,醉眼蒙眬地看着我。他把我也当成了醉汉。确实,夜静更深在这路边淋雨的只有我们两个。

很久,他说:"别这样,兄弟,回去吧。"

很久,他又说:"跟我回去吧!相信我,咱们都是喝酒的人。"

九　车神是谁

我的车神无处不在。我的车神变化万千。现在我终于知道车神是谁了:信心告诉你她是谁,她就是谁。

十几年前当我得到这辆车的时候,我曾一本正经地写下二十个名字,想等我将来挣够了一笔钱时去还上。现在我才知道这不可能,当初的想法太近荒唐。

我也不可能放弃那辆电动的新车。只有一个念头十分明晰:这辆手摇车驮我走过最艰难的岁月,无论如何不能把它卖掉。

车神无所不知。礼拜日的晨钟敲响,车神扮成一对年轻夫妇的模样,来把这辆手摇车修整一新,说:"这世上又有一个需要它的人。"便驾着它飘然而去。

神的事我不去问。对于那辆车,对于那个需要它的人,神留给我想象。

1987 年

史铁生